葬《ほうむ》り屋

私刑捜査

（『処刑捜査』改題）

南 英男

祥伝社文庫

目次

本書の主な登場人物

仁科拓海《にしなたくみ》……39歳。警視庁警部。実は警察庁長官と警視総監特命の極秘私刑捜査官。

川奈真吾《かわなしんご》……55歳。仁科への特命窓口。警察庁次長。警視監。

穂積大輔《ほづみだいすけ》……36歳。仁科の協力者。ブラックジャーナリスト。元毎朝日報《まいちょう》社会部。

服部悠子《はっとりゆうこ》……61歳。仁科の協力者。赤坂《あかさか》のバー『隠れ家《かくが》』ママ。元関東の大親分愛人。

松永輝光《まつながてるみつ》……93歳。与党民自党《みんじ》元老。元首相。南平台町《なんぺいだいちょう》の自宅近くで射殺される。

狩谷善行《かりやよしゆき》……84歳。右翼。竹島《たけしま》と尖閣《せんかく》諸島を監視する秘密民兵組織を松永と結成？

高石和典《たかいしかずのり》……62歳。松永の公設第一秘書。書生から仕《つか》える。

江森瑠衣《えもりるい》……37歳。松永の最後の愛人。

鮎川未来《あゆかわみく》……27歳。外資系投資顧問会社ディーラー。極左過激派日本革命戦線シンパ。

溝口航《みぞぐちわたる》……46歳。公安調査庁調査一部第二課職員（過激派担当）。

木村肇《きむらはじめ》……50歳前後。狩谷が率《ひき》いる右翼団体忠国青雲《ちゅうこくせいうん》党の特攻隊長。

関隆次《せきりゅうじ》……暴力団義友《ぎゆう》会池端《いけはた》組組員。忠国青雲党の危険ドラッグ密造販売に協力。

唐沢敦《からさわあつし》……江森瑠衣の愛人。公認会計士。

堀清則《ほりきよのり》……51歳。探偵社帝都《ていと》リサーチ調査員。元東京地検特捜部検察事務官。

西條均《さいじょうひとし》……唐沢が企業恐喝をさせている経済やくざ。

柴隆太《しばりゅうた》……43歳。唐沢と親交のある起業家。核シェルター企業社長。

第一章　超大物の暗殺

1

夕陽《ゆうひ》が当たっているせいだ。あたりに人の姿は見当たらなかった。

仁科拓海《にしなたくみ》は元刑事の墓標をしばし見つめてから、両手を合わせた。港区《みなとく》三田《みた》にある寺の墓所だ。かなり広い。

十一月上旬のある日だった。

午後四時半を回っている。小春日和《こはるびより》だったが、少し風が冷たくなってきた。

きょうは、二年前に殉職《じゅんしょく》した田代力也《たしろりきや》の命日《めいにち》だった。仁科は遺族がいないと思われる時刻を見計らって、この寺院を訪れた。本堂にも庫裡《くり》にも立ち寄っていない。住職にスタンドプレイと思われたくなかったからだ。

すでに携《たずさ》えてきた花は手向《たむ》けてある。線香の煙が白く立ち昇っていた。

「田代巡査長、勘弁《かんべん》してくれな」

仁科は瞼《まぶた》を閉じ、声に出して呟《つぶや》いた。故人の冥福《めいふく》を祈る。

三十九歳の仁科は警視庁の刑事だ。職階は警部である。

世田谷区《せたがや》奥沢《おくさわ》で生まれ育った仁科は都内の有名私大の法学部を卒業すると、警視庁採用の一般警察官《ノンキャリア》になった。幼いころから正義感は強かった。曲がったことは大嫌いだった。といっても、何か思い入れがあって職業を選んだわけではない。単に勤め人になりたくなかっただけだ。

仁科は警察学校を出ると、目黒《めぐろ》署地域課に配属された。

幸運にも拝命された翌々月、指名手配中の殺人者を緊急逮捕することができた。挙動不審と感じ、職務質問したおかげだった。

その半年後には、潜伏していた強盗犯を検挙した。目があったとたん、相手が急に逃げ出したのである。仁科は必死に追跡し、身柄を確保した。

そうした功績が高く評価され、刑事に昇任された。二年後には新宿《しんじゆく》署刑事課強行犯《きようこうはん》捜査係に異動になった。仁科は在任中に殺人事案《じあん》を初動捜査で二件も解決し、移った四谷《よつや》署でも凶悪犯罪の真相を暴《あば》いた。

そんなことで、二十九歳のときに本庁捜査一課強行犯捜査殺人犯捜査第四係のメンバーに加えられた。栄誉ある抜擢《ばってき》だった。その後、仁科は第十二係、第六係と渡り歩いたが、一貫して殺人事件を担当してきた。

ちなみに、殺人犯捜査は第一係から十二係まである。

都内の所轄署に捜査本部が設置されると、いずれかの係が班単位で出張《でば》ることになる。そして、第一期の一カ月は所轄署の刑事たちと協力して捜査に当たるわけだ。

第二期に入る前に所轄署の捜査員たちは、それぞれの持ち場に戻る。

その代わりとして、本庁の殺人犯捜査係が追加投入される。捜査費用は、すべて所轄署が負担する決まりになっていた。

仁科は六年前に結婚した。妻の奈々美《ななみ》は四つ年下で、気立てがよかった。個性的な美人でもあった。スタイルも悪くなかった。

仁科は奈々美に惚《ほ》れきっていた。一生、添《そ》い遂《と》げたかった。

しかし、運命は残酷だった。結婚して一年も経《た》たないうちに、妻は無差別テロに巻き込まれて亡くなった。妊娠三カ月だった。

仁科は深い喪失感《そうしつかん》に包まれ、半年も酒に溺《おぼ》れた。素面《しらふ》でいたら、後追い自殺しかねなかっただろう。それほど新妻の死はショックだった。

仁科は、もう誰とも再婚する気はない。

ただ、まだ男盛りである。柔肌《やわはだ》が恋しくなると、ワンナイトラブを娯《たの》しむ。

相手は、ハントバーで知り合った三十代の独身女性が大半だ。お互いに割り切った情事である。面倒な事態に陥《おちい》ったことは一度もない。

情感の伴《ともな》わないセックスは味気ないが、多くを望むのは贅沢《ぜいたく》だろう。事後の虚《むな》しさはある。それでも束《つか》の間、心と体の渇《かわ》きは癒《い》やされる。それで充分ではないか。

仁科は重い過去を引き摺《ず》っていた。殺人犯捜査第六係時代にコンビを組んだ渋谷《しぶや》署の刑事を死なせてしまったのだ。

相棒だった田代の享年《きょうねん》は二十七だった。若すぎる死だ。返せない借りを作ってしまったという思いがどうしても消えない。十字架は生涯、背負っていく覚悟だ。

仁科の判断ミスで、田代は連続殺人犯に日本刀で斬殺されることになった。

冷静ではいられなかった。仁科はためらうことなく、日本刀を上段に構えて挑《いど》みかかってくる犯人をシグ・ザウエルP230Jで撃《う》ち殺した。一発も威嚇《いかく》射撃はしなかった。

当然ながら、そのことで過剰防衛が問われた。

しかし、仁科は罰《ばっ》せられなかった。警視総監と警察庁長官が優秀な刑事である仁科を庇《かば》い通し、窮地《きゅうち》から救ってくれたのだ。

そういう恩義を受けたことで、仁科は二人の警察官僚《キャリア》の頼みを断ることができなかった。警視総監と警察庁長官は、法の網を巧《たく》みに擦《す》り抜けている狡猾《こうかつ》な犯罪者たちを根絶《ねだ》やしにしたいと切望していた。癪《しゃく》なことだが、正攻法では手の打ちようがない。

そこで、二人のキャリアは文武両道の仁科に非合法捜査官になってくれないかと打診してきたのだ。

仁科は一瞬、自分の耳を疑った。しかも、凶悪犯罪の首謀者を闇に葬《ほうむ》れという。違法捜査の揉《も》み消しと死体の処理は警視総監直属の別働隊に担《にな》わせるという話だった。

仁科も、合法捜査には限界があると感じていた。法は必ずしも万人に公平ではない。権力者たちが司法機関に圧力をかけている事実は否定できないことだ。それだからといって、警察が法を破ることは敗北ではないだろうか。

仁科は困惑した。考えがまとまらなかった。

私的な制裁はアナーキーすぎる。しかし、抜け目のない極悪人たちを法廷に立たせることができない現状をなんとか打破しなければならない。

仁科は大いに悩んだ。やはり、狡《ずる》く立ち回っている悪人どもを野放しにしておくわけにはいかないだろう。誰かが手を下す必要がある。

仁科は考えた末、〝葬《ほうむ》り屋〟になる決意を固めた。いわゆる非合法捜査で社会の治安が守れるなら、反則技は有意義なのではないか。そう考えたのだ。

仁科は一年十カ月前から、表向き本庁捜査一課第二特殊犯捜査第四係に所属している。言うまでもなく、ゴーストメンバーだ。その素顔は警察庁次長直属の極秘私刑捜査官である。

次長は、警察庁のナンバーツーだ。警察庁長官の参謀で、階級は警視監である。むろん、キャリアのひとりだった。

仁科は立件の難しい凶悪な事件を洗い直し、首謀者を密《ひそ》かに処刑している。猛毒のクラーレを塗った吹き矢《ブロウガン》を使うことが多かった。筋弛緩剤《きんしかんざい》を注射することもある。これまでに仁科は、救いようのない極悪人を六人殺《あや》めた。最初の抹殺には幾分《いくぶん》ためらいがあったが、その後は非情に徹してきた。

仁科は汚れ役を引き受けているが、決して冷血漢ではない。まともな市民には優しく接し、社会的弱者には常に温かい眼差《まなざ》しを向けている。女性にも紳士的だ。

仁科には、特別仕様の黒いレクサスが専用捜査車輛として貸与されている。また、オーストリア製のグロック32と消音器《サイレンサー》の常時携行が認められていた。手錠や特殊警棒も同様だ。

特命の窓口は、警察庁次長の川奈真吾《かわなしんご》になっていた。五十五歳のエリートだが、気さくな人物である。ユーモアのセンスもあった。仁科と落ち合うときは、たいてい変装して現われる。

ふだん仁科は、広尾《ひろお》の賃貸マンションの自宅で待機している。間取りは1LDKだった。登庁の義務はない。専用覆面パトカーは、自宅マンションの地下駐車場に置いてある。

特別手当は一件につき五十万円だが、特に不満は感じていない。捜査費に制限はなかったが、ミッションを受けたときに川奈次長から手渡される百万円で足りることが多い。

仁科は単独捜査をこなしているが、二人の民間人に協力してもらっている。

ひとりは新聞記者崩れのブラックジャーナリストの穂積大輔《ほづみだいすけ》、三十六歳だ。穂積はおよそ二年前に毎朝日報《まいちょうにっぽう》を退職した。かつては社会部のエース記者だった。

仁科は穂積と事件現場でよく顔を合わせていた。なんとなく波長が合い、四年あまり前から酒を酌《く》み交わすようになった。

穂積は、上司のデスクと部長が大物国会議員絡《がら》みの殺人事件の取材活動に及び腰になったことでジャーナリズムに絶望したようだ。その後は犯罪者たちの弱みを握り、多額の口止め料をせしめて暮らしている。

ブラックジャーナリストに成り下がってしまったが、ただの薄汚い恐喝屋《きょうかつ》ではない。穂積は強請《ゆすり》で得た大金のほとんどを社会福祉施設に匿名《とくめい》で寄附している。本人はそのことを強く否定しているが、事実だった。

穂積は心境の変化があって、義賊になったのだろう。

もともと彼には、露悪《ろあく》趣味があった。他人に善人と思われることを何よりも嫌う。偽善者たちには手厳《てきび》しい。

仁科は、そうした穂積の人柄を好もしく感じている。

そんな理由で、穂積の犯罪にはすべて目をつぶってきた。これからも、そうするだろう。もうひとりの協力者は、数年前に病死した関東の大親分の愛人だった服部悠子《はっとりゆうこ》である。六十一歳だが、まだ若々しい。口も達者だ。

悠子は、赤坂《あかさか》のジェントルバー『隠れ家《かくが》』のオーナーママである。驚くほど顔が広く、各界の名士《セレブ》とも親しい。裏社会にも精通している。

仁科は、悠子から警察関係者も知らない裏情報を何度も得た。そのつど謝礼を払おうとしたのだが、ただの一度も受け取ってもらっていない。

姐御肌《あねごはだ》の悠子は気っぷがいい。人情家で、野暮な生き方をしている男たちを軽蔑《けいべつ》している。死んだ俠客《きょうかく》は粋《いき》の塊《かたまり》だったらしい。

悠子は三十代の前半まで、そこそこ売れた女優だった。いまも美貌《びぼう》は変わらない。南青山《みなみあおやま》の分譲マンションで、愛犬のトイプードルと一緒に生活している。

仁科は穂積と連れだって、悠子の店にちょくちょく立ち寄る。悠子は仁科たち二人を甥《おい》っ子のようにかわいがってくれている。実に頼りになる協力者だ。

仁科は若死にしてしまった田代に心の中で詫《わ》びてから、合掌《がっしょう》を解《と》いた。

線香が燃え尽きるのを待つ。田代家の墓に背を向けたとき、物陰から二十七、八歳の男がぬっと現われた。中肉中背だが、眼光が鋭い。

仁科は目を凝《こ》らした。

相手の顔には見覚えがあった。記憶の糸を手繰《たぐ》る。

男は宮越健斗《みやこしけんと》という名で、強盗殺人事件の共犯者だった。主犯の男は、押し入った貴金属店の店主を大型スパナで撲殺《ぼくさつ》した。いまも殺人囚として服役中だ。

「おれのことを忘れちゃいないよな？」

宮越が言いながら、足早に近づいてきた。

「憶《おぼ》えてるよ。おまえと盛山亮太《もりやまりょうた》を逮捕《パク》ったのは、このおれだからな。いつ仮出所したんだ？」

「五カ月前だよ。おれの人生は、もう終わりだ。前科者になったんで、ろくな仕事にありつけなかった。親兄弟にも、迷惑がられる存在になってしまった。どいつも情《じょう》がなさすぎる」

「身から出た錆《さび》だな」

仁科は突き放した。

「おれはギャンブル仲間の盛山と貴金属店に押し入ったが、何も盗《と》ってなかったんだ。店主を殺《や》ったのは盛山なんだぞ。なのに、おれまで四年以上も臭い飯を喰《く》わされた」

「おまえ、おれの自宅を突きとめて尾行してきたんだなっ」

「そうだよ。あんたの家《ヤサ》を調べるのにだいぶ苦労したぜ。レクサスなんか乗り回してるから、探偵社でも経営してるようだな」

「おれは、まだ刑事《デカ》をやってるよ。宮越、おれに仕返しでもするつもりなのか？」

「そうだよ。おれの前途《ぜんと》を暗くしたのはあんただ。あんたを殺《や》って、おれも死ぬ。もう肚《はら》を括《くく》ったんだ」

宮越が声を張って、ベルトの下からコマンドナイフを引き抜いた。刃渡りは十四、五センチだろうか。真新しかった。

「逆恨《さかうら》みだよ。つまらないことを考えるな。まだ若いんだから、やり直しは利《き》く」

「他人事《ひとごと》だと思って、いい加減なことを言うなっ。あんたを先に殺す！」

「刺すだけの覚悟と度胸があるんだったら、やってみろ」

仁科は怯《ひる》まなかった。

柔道と剣道は、どちらも三段だった。大学時代はボクシング部に所属していた。腕力には少しばかり自信があった。

「ただの威《おど》しじゃないぞ」

宮越が目を尖《とが》らせ、刃物の柄《え》を握り直した。全身に殺意が漲《みなぎ》っている。どうやら本気のようだ。

仁科は宮越を睨《にら》みつけた。どちらかと言えば、強面《こわもて》だった。目に凄《すご》みを溜《た》めると、犯罪者の多くは視線を逸《そ》らす。

「盛山だって、最初は店の経営者を殺す気なんかなかったんだ。店主がアラームを鳴らしたんで、あいつはパニクってしまったんだよ」

「動機はどうあれ、殺人は殺人だよ。盛山はちゃんと償《つぐな》うべきだな」

「けっ、偉そうに！　とにかく、おれの人生は台無しになってしまった。だから、あんたを道連れにして死ぬ」

「死にたきゃ、自分だけ死ね。コマンドナイフで頸動脈《けいどうみゃく》を掻《か》き切れば、この世とおさばできるだろう」

「調子こくんじゃねえ。なめるなっ」

宮越が大声で喚《わめ》き、突進してきた。

通路は狭かったが、左右に動くことはできそうだ。仁科は身構えた。宮越がすぐ近くまで迫った。

仁科は横に跳《と》んだ。

宮越がコマンドナイフを斜《なな》めに振り下ろす。刃風《はかぜ》は重かったが、切《き》っ先《さき》は仁科から四十センチあまり離れていた。

仁科は身を躱《かわ》すなり、前のめりになった宮越に横蹴《げ》りを見舞った。

スラックスの裾《すそ》がはためく。蹴りは宮越の右の太腿《ふともも》を直撃した。

宮越が呻《うめ》いて、大きくよろけた。腰の位置が下がっている。隙《すき》だらけだ。

仁科はステップインした。

宮越が反射的に振り向く。仁科は拳《こぶし》を固め、ストレートパンチを繰り出した。右だった。当然、体重《ウエイト》を乗せた。

パンチは顔面にヒットした。相手の肉と骨が鈍《にぶ》く鳴った。

宮越は突風に煽《あお》られたように宙《ちゅう》を泳ぎ、通路に横倒しに転がった。それでもコマンドナイフは握ったままだった。

仁科は宮越の脇腹を蹴りつけた。

宮越が四肢《しし》を縮める。刃物が手から落ちた。仁科はコマンドナイフを拾い上げ、遠くに投げ捨てた。

「おれを捕《つか》まえる気なら、舌を嚙《か》み千切《ちぎ》るぞ」

宮越が唸《うな》りながら、そう言った。

「雑魚《ざこ》を検挙《アゲ》ても仕方ない。今回は見逃してやろう」

「あんたに哀《あわ》れまれたくない」

「なら、早くベロを嚙み千切れ！」

「くそっ」

「できもしないことを言うんじゃない」

仁科は言いざま、宮越の側頭部に強烈な蹴りを入れた。

宮越が体を丸め、動物じみた声を発しはじめた。仁科は嘲笑《ちょうしょう》し、大股で歩きだした。

墓所を出て、寺院を後《あと》にする。

レクサスは少し離れた大通りに駐《と》めてある。歩《ほ》を進めていると、懐《ふところ》で私物のスマートフォンが鳴った。

仁科は手早くスマートフォンを摑《つか》み出し、ディスプレイに目をやった。発信者は元新聞記者の穂積だった。アイコンをスライドさせる。

「仁科の大将、今夜の予定は？」

「特にないよ。おれを大将と呼ぶなと言ったはずだがな」

「忘れちゃいませんよ」

「大将なんて呼ばれると、なんだか年寄り扱いされてる気がしてな。どうせなら、先輩と呼んでくれ」

「それ、おかしいでしょう？　卒業した学校は違うし、職場も一緒だったわけじゃありませんから」

「そうなんだが、そっちより三つ年上のおれは人生の先輩だよな？」

「ああ、なるほどね。わかりました。これからは、先輩と呼ぶことにしましょう」

「そうしてくれ。ところで、悪人から口止め料をたっぷりとせしめたんじゃないのか？」

仁科は訊《き》いた。

「いい勘《かん》してるな。よくわかりましたね」

「ふだんよりも声が弾《はず》んでるんで、すぐ察しがついたよ」

「さすがだな。大手商社の役員が会社の金を二億円も横領して、若い愛人に分譲マンションを買い与えてたんですよ」

「で、いくら口止め料を出させたんだ？」

「三千万です。金回りがよくなったんで、銀座のクラブを奢《おご》りますよ」

「せっかくだが、そういう金で奢ってもらうわけにはいかない。おれは一応、現職の刑事だからな」

「違法捜査ばかりしてますけどね。先輩はアウトローっぽいのに妙に潔癖《けっぺき》なところがあるな。そういうことなら、今夜も『隠れ家』で飲みましょうか。おれ、八時過ぎには店に入っています」

　穂積が先に電話を切った。仁科はスマートフォンを上着の内ポケットに収め、ほどなくレクサスに乗り込んだ。

　いったん自宅マンションに戻り、赤坂のジェントルバーに行くことにした。仁科はエンジンを始動させた。シフトレバーをＤ《ドライブ》レンジに入れようとしたとき、懐で刑事用携帯電話《ポリスモード》が震動した。マナーモードにしてあったのだ。

　ポリスモードは市販のスマートフォンと形状はよく似ているが、五人との同時通話ができる。写真や動画の送受信は、本庁通信指令本部かリモートコントロール室を介して行われている。

制服警官たちには、Pフォン《ピー》が支給されていた。事件の被疑者や指名手配犯の顔写真・動画は一分以内に送受信される。実に便利なツールだ。ポリスモードもPフォンも、民間人が通話を傍受《ぼうじゅ》することはできない。

仁科は上着の内ポケットから、刑事用携帯電話《ポリスモード》を取り出した。電話をかけてきたのは警察庁の川奈次長だった。

「広尾の自宅にいるんだね？」

「いいえ、野暮用で三田にいます。極秘指令でしょうか？」

「そうなんだ。去る九月六日の夕方、政財官界を裏で支配してた民自党元老の松永輝光《まつながてるみつ》、九十三歳が自宅のある南平台町《なんぺいだいちょう》の邸宅街を散歩中に何者かに射殺された。記憶に新しいから、仁科君も知ってるね？」

「ええ。渋谷署に捜査本部《チョウバ》が立って、捜一《そういち》の殺人犯捜査五係が出張《でば》ったんではなかったかな」

「その通りだ。第一期が過ぎても、被疑者の絞り込みはできなかった。松永が至近距離からアメリカ製のコルト・パイソンで撃ち殺されたとき、複数人の住民が銃声は聞いてる。それなのに、加害者の目撃証言はゼロだった」

「銃声を耳にした住民たちは事件に巻き込まれたくなくて、意図的《いとてき》に表に出なかったんでしょう」

「多分、そうなんだろうな。射殺犯は何もヘマはやってない。殺し屋《プロ》の犯行臭《くさ》いね」

「そうなのかもしれません。第二期から三係が追加投入されたはずですが、まだ重参（重要参考人）の割り出しはできてないんですね？」

「そうなんだよ。第三期からは七係が支援に駆り出されるんだが、果たして真相に迫れるかどうか」

「厄介《やっかい》な事件《ヤマ》みたいですね」

「そんなことなので、ひとつ仁科君に骨を折ってもらいたいんだ」

「了解です」

「もう間もなく本庁捜一から、元老殺しの捜査資料がわたしの手許《てもと》に届くことになってる。三十分後に日比谷《ひびや》公園の野外音楽堂近くのベンチで落ち合えるだろうか」

「ええ、大丈夫です。それでは、後《のち》ほどお目にかかりましょう」

仁科は電話を切って、シフトレバーをＰ《パーキング》レンジからＤレンジにシフトした。

2

いつしか陽《ひ》は落ちていた。

日比谷公園のベンチに腰かけているのは、ほとんど若いカップルだった。仁科は野外音楽堂のそばのベンチに坐《すわ》って、紫煙《しえん》をくゆらせていた。

あたりには人影はなかった。好都合だ。約束の時刻の五分前である。川奈次長は、まだ現われていない。

喫《す》いさしのセブンスターを携帯用灰皿の中に突っ込んだとき、左手の遊歩道から靴音が響いてきた。

仁科は、近づいてくる男を見た。長髪のウィッグを被《かぶ》って付け髭《ひげ》で変装しているが、背《せ》恰好《かっこう》ですぐに川奈警視監とわかった。次長は細身で、背が高い。

仁科は携帯用灰皿をツイードジャケットのアウトポケットに滑《すべ》り込ませ、小さく会釈《えしゃく》した。ベンチから立ち上がると、どうしても人目についてしまう。

「洋画家に化けたつもりなんだが、そう見えるかね？」

川奈が笑いを含んだ声で言い、仁科のかたわらに腰を落とした。クッション封筒を小脇に抱《かか》えている。中には、捜査資料ファイルが入っているはずだ。

「画家はめったにスーツでは出歩かないんじゃないんですか」

「そうか、そうだろうね。せめてネクタイを外してくればよかったな。いや、替え上着で来るべきだったか」

「そのほうが洋画家に見えたでしょうが、長髪のウィッグを被っていますんで、警察官僚には見えませんよ」

「なら、ひと安心だ」

「園内にたとえ警察関係者がいたとしても、誰も警察庁次長とは見抜けないでしょう。それにしても、いつも大胆な場所を指定されますね」

仁科は言った。

「人のいない場所で仁科君に捜査資料を渡したら、かえって怪しまれるだろう。灯台下暗《もと》しではないが、職場の近くできみにファイルと捜査費を手渡したほうが……」

「覚《さと》られにくいかもしれませんね」

「だと思うよ。しかし、少しは変装しないとな。いつものように鑑識写真と事件調書のファイルが入ってる」

川奈が言って、クッション封筒を仁科の膝の上に置いた。仁科はクッション封筒をベンチの端に移した。

「被害者の松永輝光のことを老害と感じてた政治家や財界人は少なくなかっただろう。元老のワンマンぶりはひどかったようだからな」

「次長は、アンチ松永派の政治家か財界人が腕っこきの殺し屋を雇《やと》ったのではないかと筋《すじ》を読んでいるのですか？」

「民自党のすべての派閥が松永の言いなりになってたわけじゃないだろう。松永の死を望んでた民自党の国会議員はいたにちがいない。それから、財界人もね」

「それは考えられますね。政権党ばかりではなく、野党関係者も国家を私物化していた松永のことは苦々しく思ってたにちがいありませんから」

「だろうね。捜査資料に詳《くわ》しく記述されてるが、この初夏に松永輝光は軽井沢《かるいざわ》の別荘に滞在中に過激派のメンバーに襲われかけたことがあったんだ」

「そのことはマスコミでは報道されなかったと思いますが……」

「そうなんだ。すっかり鳴りをひそめてる過激派の連中が妙な気を起こすきっかけになってはまずいからと政府筋から事件のことは伏せてほしいという申し入れがあったんだよ」

「警察は外部の圧力に屈《くっ》したんですか」

「そう受け取られても仕方ないが、寝た子を起こすのはよくないと判断したんだよ。苦しい言い訳かな」

　川奈次長が自嘲《じちょう》的な笑い方をした。

　警察は、さまざまな理由で外部の圧力を撥《は》ねのけられないことがある。仁科は子供じみた突っかかり方はしなかった。

「捜査本部は公安《ハム》の情報から、別荘で静養中の松永を狙撃しかけたのは『日本革命戦線』と推測して、幹部たちをマークしつづけたんだ。しかし、結局はシロだった」

「捜査が甘かったとは考えられませんか。どの過激派セクトも、ずっと派手な活動はできないままです」

「そうだね。時代が変わって、極左《きょくさ》のシンパもだいぶ少なくなってる」

「ええ。どのセクトも何か派手なことをやらないと、組織の存在が霞《かす》むと焦《あせ》りを覚えてるんではないでしょうか」

「だろうな。仁科君が言ったように、捜査が甘かったのかもしれないね。最初に『日本革命戦線』を洗い直してもらおうか」

「わかりました。捜査本部は、次に誰を捜査対象者にしたんです？」

「射殺された松永と旧知の右翼の狩谷善行《かりやよしゆき》、八十四歳は日本が韓国や中国に領土を侵略されることを恐れてた。二人は何年も前から何か手を打たなければならないと知恵を絞ってたらしいんだよ」

「それで？」

「憲法に縛《しば》られて自衛隊と海上保安庁は、他国の横暴な挑発行為に徹底抗戦はできないことになってる」

「ええ。韓国はとうに竹島《たけしま》を実質的に占領してますし、尖閣《せんかく》諸島周辺の接続水域を中国海警局の公船がちょくちょく航行して、日本の領海に何度も入りました」

「そうだったね。公船の三隻は機関砲を搭載してたらしいから、日本側をわざと刺激して出方をうかがってたんだろうな」

「ええ、そうだったのでしょう。公船周辺では約二百二十隻の中国漁船が操業してたということですから、明らかに挑発ですね」

「わたしも、そう思うよ。外務省はすぐに在日中国大使館に抗議し、公船の即時退去を求めた。中国は段階的に行動をエスカレートさせて、日本政府のリアクションを見たいにちがいない」

「それは間違いないでしょう」

「そんなふうに韓国や中国になめられてるんで、松永と狩谷善行は秘密民兵組織を作って竹島や尖閣諸島周辺を漁民に化けた元自衛官、元海上保安官、元麻薬取締官たちに一年数カ月前からパトロールさせてるようなんだよ。その連中は機関銃で武装してるらしい。松永と狩谷は秘密民兵組織を結成したことを頑《がん》として認めなかったそうだが、ただの噂《うわさ》ではないんだろう」

「ええ、そうでしょうね」

「松永も狩谷も愛国心が強いことでは共通してるんだが、右翼の大物のほうは好戦的みたいなんだ。狩谷は戦争に発展してもかまわないから、武力で韓国や中国を蹴散《けち》らすべきだと考えてるんだろうな」

「松永のほうは、そこまで過激ではなかったんですかね」

「そうみたいだな。秘密民兵の使い方を巡って松永と狩谷が対立したのかもしれないぞ。

捜査本部の調べでは、そういう気配はうかがえなかったそうだが……」

「次長の推測が正しければ、狩谷が殺し屋を雇って松永輝光を始末させた疑いもあるな」

「そうだね。松永に書生から仕《つか》えてきた公設第一秘書だった高石和典《たかいしかずのり》、六十二歳は元老のことは何もかも知ってるだろう」

川奈が言った。

「でしょうね」

「だが、その高石は松永が狩谷と秘密民兵組織を結成したことは知らなかったと証言してるんだよ」

「それは不自然ですね。狩谷善行に脅されて、警察に秘密民兵組織のことは絶対に喋《しゃべ》るなと口止めされてたんだろうか」

「そうだとしたら、狩谷が意見のぶつかった松永を誰かに片づけさせたのかもしれないぞ。仁科君、『日本革命戦線』を洗い直して、やはり捜査本部事件には関与してないことがわかったら、長いこと松永の秘書を務《つと》めてた高石和典に会ってみてくれないか」

「はい」

仁科は大きくうなずいた。

川奈次長が上着の内ポケットから、厚みのある角封筒を摑《つか》み出した。今回の捜査費だろう。

「いつものように百万用意してきた。足りなくなったら、すぐに補充するよ」

「お預かりします」

仁科は差し出された角封筒を受け取り、そのまま自分の懐《ふところ》に仕舞《しま》った。

「民間の協力者が二人いるという話だったが、非合法捜査のことを他言される心配はないね？」

「その点は、ご心配なく」

「そうか。その二人に捜査協力費を受け取ってもらったほうがいいな」

「そうしたいのですが、どちらもどうしても受け取ってくれないんですよ」

「困ったね、それは」

「何らかの形で、二人にはちゃんと報《むく》いるつもりでいます」

「そうしてくれないか。わたしは職場に戻るよ」

川奈がおもむろに立ち上がり、ゆっくりと遠ざかっていった。なぜか警察庁次長は、二人の民間協力者のことを詮索《せんさく》しなかった。

元新聞記者のブラックジャーナリストや大親分の愛人だった元女優の力を借りていると知ったら、難色を示すかもしれない。そうしたことが予測できたので、あえて問わなかったのではないか。

仁科は十分ほど経《た》ってから、ベンチから腰を浮かせた。

クッション封筒を持って、近くの出入口に急ぐ。レクサスは、日比谷の地下大駐車場に置いてあった。

仁科は専用捜査車輛に乗り込むと、自宅マンションに向かった。二十数分で、帰宅することができた。

仁科は車を地下駐車場に置き、エレベーターで八階に上がった。

借りているのは八〇五号室だった。家賃は十五万六千円だが、相場よりは数万円安い。築二十一年のマンションだからだろう。

仁科は自分の塒《ねぐら》に入ると、まずドリップでコーヒーを淹《い》れた。マグカップにブラックコーヒーを注ぎ、リビングソファに坐って捜査ファイルを開く。

仁科は、いつものように鑑識写真の束《たば》を手に取った。

二十数葉《すうよう》あった。十数葉は死体写真だった。

被害者の射殺体は、南平台町の路上に俯《うつぶ》せに倒れていた。すぐ近くにマレーシア大使館がある。事件現場は南平台町×九番地だ。松永邸は同町×八番地にある。

被害者が背後から撃《う》たれたことは間違いない。後頭部の射入孔《しやにゆうこう》は大きかった。

コルト・パイソンはダブルアクションの大型リボルバーだ。全長は二十九センチ一ミリもある。銃身が長い分、命中精度は高い。357マグナム口径で、装弾数は六発だ。

至近距離なら、標的を撃ち損《そこな》うことはないだろう。そのことを考えると、プロの犯罪者の仕業《しわざ》ではないのかもしれない。海外のシューティング・レンジで大型拳銃を試射したことがある者なら、元老の射殺は可能だろう。

ただ、コルト・パイソンは重量が千百五十グラムもある。女性では支《ささ》えつづけられないのではないか。

路面の血溜《ちだ》まりは大きい。それだけ出血量が多かったのだろう。犯人の遺留品はなかったようだ。

仁科は鑑識写真の束《たば》をコーヒーテーブルの上に置き、捜査資料を読みはじめた。

事件の一一〇番通報があったのは、九月六日の午後六時七分ごろだった。通報者は通りかかった男性会社員だ。本庁機動捜査隊と所轄の渋谷署員が真っ先に臨場《りんじょう》し、鑑識課員、捜査一課殺人犯捜査係、検視官も現場を踏んだ。鑑識作業が終わるまで一般捜査員は死体に近づけない。テレビの刑事ドラマは、そのルールを無視している。

鑑識作業が終わると、事件現場で予備検視が行われた。現場検証後、遺体は渋谷署に運ばれて本格的な検視を受けた。

その翌日、大塚《おおつか》にある東京都監察医務院で司法解剖が行われた。死因は失血性ショックで、ほぼ即死だった。死亡推定時刻は、九月六日午後六時から同五分の間とされた。

付近の三人の住民が午後六時三分過ぎに大きな銃声を聞いたことは確認されている。死亡推定時刻は外れていないと思われる。

一日半の初動捜査では、加害者の特定はできなかった。本庁は渋谷署の要請に応じて捜査本部を設《もう》け、殺人犯捜査第五係を送り込んだ。

しかし、第一期は虚《むな》しく過ぎてしまった。第二期も特に進展はなかった。

仁科は事件調書をじっくりと読んだ。

第一期で捜査本部は『日本革命戦線』を怪しみ、幹部五人の動きを探《さぐ》った。そのうちの二人が松永輝光の軽井沢の別荘を下見していた裏付けは取れた。

捜査本部は、その二人に任意同行を求めた。片方の幹部が松永暗殺計画を練っていたことは自供した。だが、六月十八日の狙撃《そげき》未遂事件にはセクトのメンバーは誰も関わっていないと言い張った。

別の過激派のメンバーが『日本革命戦線』の犯行と見せかけただけなのか。捜査本部は『日本革命戦線』をマークしながら、別のセクトの動向も探ってみた。しかし、他の過激派は軽井沢の松永の別荘には近づいていなかった。

『日本革命戦線』がミスリードを企《たくら》んだのか。

ふたたび捜査本部は、過去に爆弾テロと要人暗殺事件を起こした『日本革命戦線』のメンバーをとことん調べ上げた。その結果、捜査本部事件には関与していないという心証を得た。

第二期に入ると、捜査本部は被害者とは旧知の右翼の大物の狩谷善行に不信の目を向けるようになった。狩谷は今春まで週に一度は南平台町の松永邸を訪れていた。

ところが、五月以降はまったく元老の自宅に通わなくなった。何かが原因で、二人は仲《なか》違《たが》いしたのか。

捜査本部は両者に近い人間たちに接触し、松永と狩谷が秘密民兵組織を結成したという噂を知った。捜査員たちは狩谷の自宅や事務所を張りつづけた。

だが、元自衛官や元海上保安官が右翼の親玉と接触する現場を押さえることはできなかった。

アンダーボスが秘密民兵組織を束ねているのだろうか。捜査本部の者たちは、松永と狩谷の側近たちに張りついてみた。しかし、アンダーボスらしき人物はいないようだった。

捜査本部は最後の手段として、狩谷に鎌をかけた。だが、秘密民兵組織を結成した覚えはないと笑い飛ばした。

そんな経緯があって、捜査は難航したままのようだ。

仁科は長嘆息《ちょうたんそく》して、捜査資料のファイルを閉じた。セブンスターをくわえ、使い捨てライターで火を点《つ》ける。

松永が総理大臣を二期務《つと》めて政界を引退したのは二十年ほど前だ。首相時代からワンマンぶりを発揮し、いまも隠然《いんぜん》たる力を有しているのは闇社会の首領《ドン》たちと若いころから親交を重ねてきたからだろう。

政界や財界の有力者たちは尊大だが、案外、臆病《おくびょう》だ。反社会的な勢力に目をつけられることを極端に恐れる者が多い。下手《へた》したら、骨までしゃぶられることを知っているからだろう。

しかし、すべての政治家や財界人が松永の下僕《げぼく》になるわけではない。気骨《きこつ》のある者は元老の言いなりにはならないだろう。裏社会の人間も、誰もが松永の支配下にあるとは思えない。元老に悪感情を懐《いだ》く者もいたはずだ。

射殺犯は意外な人物なのかもしれない。

仁科は煙草《たばこ》をひっきりなしに喫《す》いながら、あれこれ推測してみた。そうこうしているうちに、たちまち時間が流れた。

仁科は午後七時四十分過ぎに部屋を出た。非合法捜査には明日から取りかかるつもりだ。今夜は、たっぷりガソリンを入れておきたい。ついでに、ワンナイトラブのチャンスも摑みたいという気持ちもあった。

仁科は自宅マンションを出ると、近くの大通りでタクシーを拾った。

『隠れ家』は赤坂《あかさか》のみすじ通りに面した飲食店ビルの四階にある。目的地に着いたのは、およそ二十分後だった。店に入る。

ジェントルバーの客は穂積だけだった。まだ時刻が早いからだろう。穂積はカウンターの端で、スコッチ・ウィスキーのロックを傾けていた。銘柄はオールドパーだった。

「仁科ちゃん、いらっしゃい」

ママの悠子がカウンターの中で笑みを浮かべた。

「おれたちが口開けの客か。常連の老紳士たちみたいに高級な酒は飲めないから、商売にならないね」

「いいのよ、気にしなくても。なんなら、今夜の勘定《かんじょう》は学割にしておくわ」

「気がいいな、ママは」

「ボックス席に移る？」

「ここでいいよ」

仁科は、穂積の横のスツールに腰かけた。

悠子が心得《こころえ》顔で、突き出しとビアグラスを仁科の前に置いた。BGMはジャズだ。ハービー・ハンコックのピアノが控え目に流れている。大人向けの酒場だろう。

「特命が下《くだ》らないと、毎日が退屈でしょうね」

悠子がビールを注ぎながら、小声で言った。

「実は密命が……」

「そうなの。どんな事件なの？」

「九月六日の夕方、民自党の元老の松永輝光が自宅近くで射殺されたよね」

仁科はビールで喉《のど》を湿らせてから、二人の協力者に極秘捜査の内容を語りはじめた。

3

事件現場に近づいた。

仁科はレクサスの速度を落とし、マレーシア大使館の数十メートル手前で車を路肩《ろかた》に寄せた。午後二時過ぎだった。前夜の酒がまだ抜けていない。

仁科たち二人は十時半過ぎに『隠れ家』を出て、西麻布《にしあざぶ》のハントバーに移った。穂積はおよそ一年前に七年越しの恋人と別れてから、仁科同様にワンナイトラブを娯《たの》しむようになった。

ハントバーのカウンター席に落ち着いて間もなく、二人の美女が声をかけてきた。仁科たちは口説《くど》けそうな相手にカクテルを振る舞った。談笑しているうちに、逆ナンパしてきた二人の声が次第に低くなった。仁科は訝《いぶか》しく思い、相手の喉元《のどもと》を見た。

どちらも喉仏が尖《とが》っていた。どうやらニューハーフに引っかかってしまったらしい。最悪だ。

仁科と穂積はもっともらしい口実を作って、美しいニューハーフたちと別れた。二人は自分たちの間抜けぶりを笑い合い、近くのダイニングバーで飲み直した。さらにジャズバーに寄った。

おのおのタクシーに乗り込んだのは、きょうの午前三時数分前だった。

仁科は中目黒《なかめぐろ》の賃貸マンションに住んでいる穂積を先にタクシーに乗せてから、自宅に戻った。すぐにベッドに潜り込む。午前九時には起床するつもりだったが、正午近い時刻まで寝てしまった。

二日酔いで、食欲はなかった。

仁科は熱いシャワーを浴びてコーヒーを飲んだだけで、自宅マンションを出た。少し頭が重いが、捜査に支障はないだろう。

仁科はレクサスを降り、十数メートル歩いた。鑑識写真で、射殺現場は察しがついた。

仁科は屈《かが》み込んで、路面に目をやった。

事件の痕跡はない。犯人の遺留品がどこかに落ちているかもしれないと期待して、犯行現場に来たわけではなかった。

殺人現場を踏むと、刑事魂《だましい》を掻《か》き立てられる。

個人的には、国家を私物化してきた松永の死を悼《いた》む気持ちは薄かった。それでも、人が殺された事実を無視するわけにはいかないだろう。

仁科は短く合掌して、勢いよく立ち上がった。無駄と知りつつ、近くの邸宅のインターフォンを次々に鳴らす。

事件当日、銃声を聞いたという二人の主婦に再聞き込みをさせてもらったが、新たな手がかりは得られなかった。仁科はレクサスの中に戻り、近くにある被害者宅に向かった。

ほんのひとっ走りで、松永邸に着いた。

気後《きおく》れしそうな豪邸だった。敷地は優《ゆう》に五百坪はありそうだ。庭木が多い。奥まった所に大きな和風住宅が建っている。仁科は松永邸の門の前に立ち、インターフォンを鳴らした。

ややあって、スピーカーから年配と思われる女性の声が流れてきた。

「どちらさまでしょう？」

「警視庁の者です。松永さんの事件の捜査を担当してるんですよ」

「捜査本部の方なんですね？」

「いいえ、特任支援捜査員です」

仁科は澄ました顔で言い、姓だけを名乗った。

「そうですの。申し遅れましたが、わたし、池内《いけうち》香澄《かすみ》といいます。亡くなった松永輝光の妹の長女です。母方の伯父の妻はとうに他界して、夫婦は子宝に恵まれなかったんですよ。わたしの母も四年前に亡くなっていますので、伯父の遺産は……」

「あなたが相続されるんですね？」

「ええ、そうなんです。ですけど、この家屋敷はハウスクリーニングが終わったら、売却する予定なんですよ」

「そうですか。ほんの十分ほどでかまわないのですが、捜査に協力していただけないでしょうか」

「わかりました。潜《くぐ》り戸の内錠は外してありますので、どうぞ中にお入りください」

香澄の声が途切《とぎ》れた。

仁科は門扉《もんぴ》を抜け、長い踏み石をたどりはじめた。ポーチに達する前に、玄関戸が開けられた。現われた被害者の姪《めい》は着物姿だった。香澄は六十代の半《なか》ばだろうか。仁科はFBI型の警察手帳の表紙だけを呈示《ていじ》した。

「あちらでお話を……」

香澄が内庭を横切って、池の畔《ほとり》の陶製の据え椅子を手で示した。椅子は二つあった。

仁科は先に腰かけた。少し遅れて故人の姪が陶製の椅子に浅く坐る。

「早速《さっそく》ですが、松永さんは軽井沢の別荘で静養中に過激派のメンバーと思われる連中に暗殺されそうになりましたよね。六月十八日の事件です」

「そのことは、まったく知りませんでした。わたしは鎌倉《かまくら》に住んでいるのですけど、年に一度ぐらいしか伯父と会うことがなかったんですよ。ふだんは行き来していませんでしたのでね」

「そうなんですか」

「故人は唯我独尊《ゆいがどくそん》タイプだったので、母もわたしも苦手でした。日本の舵取《かじと》りをしていたみたいですけど、自信家で他人にはあまり好かれていなかったんではありません？」

「さあ、どうなんでしょうか。故人は、右翼の大物の狩谷善行氏とは若い時分から親しくされてたんでしょう？」

「そうみたいですね。この家を訪れたとき、何度か狩谷さんをお見かけしたことがあります。どちらも民族主義者なんで、話が合ったのでしょう」

「二人は領土問題で韓国や中国に対しては、いい感情を持ってなかったんだろうな」

仁科は誘いをかけた。

「狩谷さんもそうだと思いますが、伯父は明らかに韓国と中国を敵視していました。竹島も尖閣諸島も日本の領土であることは歴史的にはっきりしているのに、都合のいい解釈をして領有権を主張するのは、ごろつきのやり方だと憤《いきどお》っていましたよ」

「別に民族主義者じゃなくても、多くの日本人は韓国や中国の言い分はおかしいと感じてるんではありませんか」

「ええ、そうでしょうね。伯父は憲法を変えて自衛隊を軍隊にしなければ、周辺の他国に侮《あなど》られつづけるだろうと嘆《なげ》いていました。できれば、日本も核武装すべきだとも言ってたわ」

「その考えには同調できませんが、この国が韓国や中国のほかロシア、北朝鮮からも軍事面で軽く見られていることは確かでしょう」

「松永の伯父も、そのことをとても悔《くや》しがっていました。自衛隊の力で竹島を取り戻せないんだったら、民兵が日本固有の領土を奪還するべきだと主張していたの。尖閣諸島周辺の海を航行してる中国の公船や漁船は民兵たちが追っ払うべきだとも語ってましたね」

香澄が言った。

「確証があるわけではないのですが、あなたの伯父さんと狩谷氏が日本政府の弱腰外交に焦《じ》れて、秘密民兵組織を結成したという情報を警察は摑んでるんですよ」

「そうなんですか⁉　わたくし、そのことは知りませんでした。でも、伯父なら、そこまでやるかもしれませんね」

「元自衛官、元海上保安官、元麻薬取締官を雇い入れて漁民に化けさせ、竹島や尖閣諸島の周辺の動きを探《さぐ》らせていたようなんです。場合によっては韓国人や中国人を生け捕りにして、裏外交の切札にする気だったのかもしれないな」

「そんな事態になったら、相手国は態度を硬化させるんではありませんか？」

「捕虜《ほりょ》が少数なら、そうでしょうね。しかし、たくさんの軍人や漁民を人質に取ったら、韓国も中国も何らかの譲歩をするんじゃないのかな」

「そうでしょうか。どちらの国も意地になっているみたいですので、そこまで折れますかね。そうは思えないわ」

「大勢の捕虜を見殺しにするだろうか。いや、否定する材料もないな。もしかすると、あなたの伯父さんは私設戦闘員たちに韓国側と中国側を挑発させて、戦争の火種《ひだね》を蒔《ま》こうとしてたのかもしれませんよ」

「ま、まさか⁉」

「考えられないことではないと思います。そうした事態になったら、改憲で自衛隊を軍隊化すべきだと考え直す日本人が増えるかもしれませんでしょ？」

「そうでしょうけど……」

「ところで、狩谷氏は足繁《あししげ》く松永邸に通ってたようですが、五月ごろから急に訪れなくなったみたいですね。あなたの伯父さんは何かで狩谷氏と意見が対立したんでしょうか」

「そのあたりのことは、わたくしにはわかりません」

「二人が仲違いしたんだとしたら、狩谷氏が第三者に松永さんを射殺させたと疑えなくもありません」

「えっ、そんな……」

「刑事は、なんでも疑ってみる習性があるんですよ。悪い癖《くせ》ですがね」

仁科は微苦笑した。

二人の間に沈黙が落ちたとき、松永邸の門扉の潜り戸が押し開けられた。邸内に足を踏み入れたのは、六十二、三歳の男だった。

白髪《しらが》混じりの頭髪は豊かだ。背広姿で、薄手のコートを手に持っている。

「あら、高石さん」

香澄が陶製の椅子から立ち上がった。

松永の秘書を長いこと務めていた高石和典だろう。捜査資料に貼付《ちょうふ》されていた写真よりも、五、六歳は老《ふ》けて見える。

「故人の公設秘書をなさっていた高石さんですね？」

仁科も腰を上げ、香澄に確かめた。

「ええ、そうです」

「ちょうどよかった。近いうちに、高石さんにも捜査に協力してもらおうと思っていたのですよ」

「それなら、こちらにお呼びしましょう」

香澄が高石を手招きした。高石が大股で歩み寄ってくる。

「香澄さん、お客さまは不動産会社の方ですか？」

「いいえ、警視庁の方よ。捜査本部の支援をされている刑事さんですって」

香澄が説明した。

仁科は一礼し、高石に警察手帳を短く見せた。姓は小声で告げた。だが、高石は特に不審な表情は見せなかった。

「ご苦労さまです。すぐに松永先生を殺害した犯人は捕まると思っていたのですが、事件

「捜査が難航してますので、こちらが助《すけ》っ人《と》に駆り出されたんですよ。再聞き込みにおつき合いいただけますか？」

「もちろん、協力させてもらいます。わたしは大学を出て、松永先生の書生にしていただいたんですよ。それから、先生が亡くなるまでお仕《つか》えしてきました。実の父親のように慕《した》ってきましたので、まだ悲しみは尾を曳《ひ》いています」

「そうでしょうね。高石さんは政治家を志望されていたんですか？」

「二十代のころは、そうでしたね。しかし、政治家になるには器《うつわ》が小さすぎると思い知らされました。清濁《せいだく》併《あわ》せ呑《の》む度量《どりょう》がなければ、区議会議員も都議会議員も務まりません。わたしは自分の器を知ってから、松永先生に私設秘書、そして公設秘書としてお仕えすることにしたわけです。その選択は正しかったと思います」

「そうですか」

「お二人とも、どうぞ家の中に入ってください」

香澄が言って、高石と仁科を交互に見た。

そのとき、邸宅の中で固定電話が鳴りはじめた。

「ここで、捜査に協力します。後《あと》で、遺品の整理を手伝わせていただきます。平河町《ひらかわちょう》の事務所の片づけは終わりましたので、こちらの整理のお手伝いをいたします」

「高石さんに立ち合っていただかないと、わたしだけでは保存する必要のある書類や書物の選別もできないのよ」

「わたしが選別をさせてもらいます。それよりも、香澄さん、電話が鳴りつづいていますよ」

「ほんとね。ちょっと失礼します」

香澄は小走りで家の中に駆け込んだ。

「掛けましょう」

高石が仁科に言って、香澄が坐っていた陶製の椅子に腰かけた。仁科は倣《なら》った。

「この池の中には、二千万円近い錦鯉《にしきごい》が六匹も泳いでるんですよ」

高石が水面《みなも》に視線を落とした。

釣られて仁科は池を覗《のぞ》き込んだ。体長四十センチほどの美しい錦鯉がゆったりと泳いでいる。

「松永先生は数え切れないほど海千山千《うみせんやません》の連中に接してきたので、人間不信の面があったんですよ。でも、飼っている錦鯉は無心にかわいがっておられました。お子さんがいなかったので、錦鯉を慈《いつく》しんでらしたのでしょう」

「そうなんですかね。富や権力を握った方たちは、ほとんど女性関係が派手ですよね。松永さんにも、たくさんの愛人がいたんでしょう？」

「五、六十代のころは、そういう女性たちがいましたね。でも、八十代になってからは愛人はひとりでした」

「その方のことを教えていただけませんか」

「それはご勘弁ください。瑠衣《るい》さんは、事件には関与していないでしょうから。おっと、いけない。うっかり下の名前を口走ってしまいました。刑事さん、聞き流してくださいね」

「瑠衣さんの姓を教えてくれませんか。氏名がわかれば、造作《ぞうさ》なく個人情報もわかりますので」

「本当に勘弁《かんべん》してもらいたいな。公設第一秘書だった者が松永先生が面倒を見ていた女性のことを喋《しゃべ》ったと世間に知れたら、何かとまずいことになりますのでね。この通りです」

高石が拝む真似《まね》をした。

「わかりました。こちらで調べましょう」

「そうしてください」

「高石さんは当然、松永さんが六月に軽井沢の別荘に行かれたことはご存じですよね？」

「ええ、もちろん。わたし、先生に同行して六月十二日から十九日の朝まで別荘に滞在していたんですよ」

「そうだったんですか。これまでの調べによると、松永さんは六月十八日に別荘の庭で何者かに狙撃されかけたようですね。それは事実なんでしょう?」

「ええ、事実です。わたし、先生と一緒に別荘の庭に出ていました。先生の指示で庭木の伸びた小枝を剪定中《せんていちゅう》に、隣接してる自然林の中で葉擦《はず》れの音がしたんです」

「自然林の中に誰か潜《ひそ》んでたんですね?」

「ええ、そうです。銃身を短く切り詰めた散弾銃《ショットガン》を構えた若い男が、樹木の間から別荘の庭を覗き込んでました」

「スポーツキャップか何か被ってました?」

「白っぽいヘルメットを被って、黄色っぽいタオルで顔半分を隠してました。わたしが大声で誰何《すいか》すると、慌《あわ》てて自然林の奥に逃げていきました」

「あなたは、そいつを追いかけたんですか?」

仁科は問いかけた。

「すぐに追いかけようとしたのですが、先生を庭に残すのは危ないと判断しまして……」

「追跡を諦《あきら》めたわけか」

「ええ、そうです。発砲はされませんでしたが、過激派のメンバーが先生を暗殺する気でいたのでしょう」

「なぜ、そう思われたんですか?」

「五月の中旬、先生の平河町の事務所に不審な小包が届いたんですが、中には散弾銃の九粒弾が入っていました。差出人は東京太郎《あずまきようたろう》となっていましたが、消印は豊島《としま》区内の郵便局になってましたね。松永先生は極左の連中を嫌っていましたが、四十年も前から官庁や大手企業の本社に繰り返し爆破物を仕掛けてきた『日本革命戦線』を名指しで批判しつづけてきたんですよ」

「その報復として、松永さんの暗殺を過激派が計画したのではないかと推測したわけですね？」

「そうです。『日本革命戦線』のアジトは豊島区内にあります」

「それは知っています。真っ黒い要塞《ようさい》のような建物は、テレビニュースで幾度も映されましたから」

「ええ、そうでしたね。松永先生を散弾銃で暗殺しようとしたのは、きっと『日本革命戦線』にちがいありません。小包の消印は豊島区内の郵便局のものでしたのでね」

「それだけで、過激派の犯行と疑うのはどうでしょうか。何か作為《さくい》的でしょ？『日本革命戦線』が本当に九粒弾を松永さんの事務所に送りつけたんだとしたら、豊島区内からは発送しないんじゃないだろうか。わざわざ自分らが怪しまれるようなことはしないはずです」

「言われてみれば、確かにそうですね。『日本革命戦線』と反目《はんもく》している過激派のセクトが、対立組織の犯行に見せかけたんでしょうか」

高石が考える顔つきになった。

「そういう見方もできますが、松永さんには強引な面があったんではありませんか。そうなら、あちこちに敵はいるでしょう」

「先生は日本を動かしていたと言っても、過言ではないでしょう。しかし、独裁者ではありませんでしたよ。他人の意見にはよく耳を傾けていました。それで総合的な判断をして、代々の首相や大物財界人らに助言してたんです。決して独善的ではありませんでした」

「そうですか。松永さんは若いころから親しくしていた狩谷善行氏と私設軍隊のような組織を作って、民兵みたいな連中に竹島や尖閣諸島周辺の監視をさせ、韓国や中国を挑発してたという情報があるのですが……」

「それはデマですよ。先生も狩谷さんも韓国や中国の横暴ぶりにひどく腹を立てていましたが、わざわざ火種を蒔くような愚《おろ》かなことはしないでしょう」

「狩谷氏が五月ごろから松永さんと距離を置くようになったという情報もあるのですが、お二人は何かで決裂したんですかね」

「そのころ、狩谷さんの体調がすぐれなくなったと松永先生から聞いたことがあります。多分、そういう理由で狩谷さんは外出を控えるようになっただけなんでしょう」

「そうなんだろうか」

「わたしは過激派のどこかのセクトが、極左を目の仇《かたき》にしていた松永先生を犯罪のプロに殺害させたと推測してるんですよ。『日本革命戦線』が射殺事件にタッチしてないとしても、極左組織が怪しいと思いますね」

「そうですか」

「捜査本部は『日本革命戦線』はシロだと判断したようですが、やはり疑わしく感じるんですよ。刑事さん、過激派の連中を調べ直していただけませんか。そして、一日も早く先生を亡き者にした犯人を取っ捕まえてください」

「やれることは、すべてやってみます。ご協力、ありがとうございました」

仁科は陶製の椅子から離れ、松永邸を辞した。

4

露骨な張り込み方だった。

『日本革命戦線』のアジトの前には、二台の覆面パトカーが縦列に駐《と》まっている。トヨタの灰色のプリウスとスズキの黒いキザシだ。本庁公安一課の者たちだろう。

同課は極左暴力集団を担当している。主に中核派と革マル派の動向に目を光らせているが、他のセクトも守備範囲に入っていた。公安第二課も革マル派を捜査対象にしているが、労働団体も担当していた。

　仁科はレクサスを黒い四階建てのビルの数十メートル手前で、さりげなく脇道に入れた。公安刑事たちとの接点はなかったが、顔を知られているかもしれない。大事をとったほうが賢明だろう。松永邸を辞したのは三十数分前である。

　仁科は車を民家の生垣《いけがき》に寄せ、捜査ファイルを開いた。

『日本革命戦線』に関する予備知識を頭に叩《たた》き込む。同セクトは一九七〇年代に結成された。対立関係にある革マル派と中核派から食《は》み出した闘士たちが抗争に明け暮れることに厭気《いやけ》が差し、手を取り合ったわけだ。

　革命を最大目標に掲《かか》げたセクトのテロ行為はエスカレートする一方で、革マル派や中核派を含めて多くの過激派たちに呆《あき》れられていた。実際、蛮行《ばんこう》は狂気を帯びている。

　七十六歳の最高指導者は現在、殺人教唆《きょうさ》罪で服役中である。五人の幹部が組織を束ねているが、必ずしも一枚岩ではないようだ。

　そんなことで、セクトを離れる者が後を絶たない。いまやアジトで共同生活をしている男女は四十数人になってしまった。シンパの数も激減したのではないか。

　それだけに、焦《あせ》りが募《つの》っていたことは想像に難《かた》くない。『日本革命戦線』のメンバーが松永輝光こそ悪の元凶と考え、暗殺を企《くわだ》てたとしても別に不思議ではないだろう。

　捜査資料によると、幹部である寺尾雄一《てらおゆういち》、辻智広《つじともひろ》、百瀬紀之《ももせのりゆき》、立花悟《たちばなさとる》、桑原敏枝《くわばらとしえ》の五人は今年に入ってアジトから一歩も出ていないらしい。いずれも五、六十代で、公安刑事の尾行を巻くことができなくなったのだろう。

寺尾たち幹部が松永を直《じか》に殺害したとは考えにくい。五人が相談して、殺し屋かセクトのメンバーに元老を片づけさせたのか。

公安警察は国家の社会秩序を乱す恐れのある組織や団体を監視し、徹底的に調べ上げる。具体的には、日本共産党、革マル派、中核派、旧オウム真理教、過激な右翼団体、中国、北朝鮮、ロシアなどの動向を探《さぐ》りつづけているわけだ。しかし、それだけではない。協力者《スパイ》の獲得にも力を入れている。公安警察官たちは日本共産党、極左団体に巧《たく》みに近づき、党員やシンパをスパイに仕立て上げて対象組織の情報を得ているのだ。

公安関係者が『日本革命戦線』のメンバーを取り込んだ可能性もある。五人の幹部に接触するのは困難だろう。

仁科は黒革のジャケットから刑事用携帯電話《ポリスモード》を取り出し、警察庁の川奈次長に連絡をした。電話はツーコールで繋《つな》がった。

「早速、動きだしてくれたようだね」

「ええ」

仁科は被害者宅を訪ねたことを報告した。松永の姪や元公設第一秘書から聞いた話も伝えた。

「松永邸を出てからは？」

「『日本革命戦線』のアジトに回ったのですが、本庁《うち》の公安《ハム》の連中が二台の覆面《メン》パトに分乗して張り込んでました」

「警察庁《うち》の公安三課の者も革マル派や中核派はもちろん、『日本革命戦線』にもよく張りついてる」

「そうでしょうね。五人の幹部の誰かに接近するつもりだったのですが、予定が狂ってしまいました」

「困ったな」

「警視庁《うち》か警察庁《おたく》の公安関係者が『日本革命戦線』のシンパをS《エス》にしてると思うんですが、ちょっと調べていただけませんでしょうか」

「わかった。協力者がいるとわかったら、すぐに教えよう」

川奈が先に電話を切った。

仁科はポリスモードを耳から離した。ちょうどそのとき、レザージャケットの内ポケットで私物のスマートフォンが震動した。穂積からの電話か。

仁科は手早くスマートフォンを摑み出した。

ディスプレイを見る。発信者は『隠れ家』のオーナーママだった。

「昨夜《ゆうべ》はわたしの店を出てから、穂積君と一緒にハントバーにでも行ったんじゃない？」

「えっ」

「図星《ずぼし》だったみたいね。二人とも、女が欲しそうな顔をしてたわ。男性はお酒が入ると、セックスしたくなるみたいね。で、セクシーな美女といいことできたの？」

「それがね、逆ナンしてきた美女たちはニューハーフだったんだ。おれたちは口実をつけて先に店を出て、別の店で飲み直したんだよ」

「うふふ。特命の件で何か手伝えることがあったら、遠慮なく言ってちょうだい。探偵の真似事は嫌いじゃないんで」

「それじゃ、さっそくママに協力してもらうか。射殺された松永輝光には、瑠衣という名の愛人がいたようなんだ。最後の彼女らしいんだが、苗字《みょうじ》も正体もわからないんだよ」

「裏のネットワークを使えば、わかりそうね。わたしが、その彼女のことを調べてあげる」

「よろしく！」

仁科は通話を切り上げると、レクサスの運転席を降りた。表通りまで歩き、物陰から過激派のアジトをうかがう。

二台の警察車輛は同じ路上に留《とど》まっていた。やはり、『日本革命戦線』の五人の幹部たちの誰かに探りを入れることは無理だろう。

仁科は踵《きびす》を返し、レクサスの車内に戻った。

煙草を喫《す》おうとしたとき、私物のスマートフォンが打ち震えた。電話をかけてきたのは穂積だった。

「先輩、きのうは厄日《やくび》でしたね。仁科さんに言われるまで、おれ、あの二人が男とは気づかなかったんですよ。横に坐った相手の胸にわざと二《に》の腕をくっつけたら、おっぱいが大きくて揺れてましたからね」

「シリコンで膨《ふく》らませた偽《にせ》の乳房だったわけだ」

「その気になって相手とホテルに行ったら、どうなってたのかな。おれ、迫ってくる奴を思いっきり殴ってたかもしれませんね。それはそうと、さっき元同僚の記者に電話で探りを入れてみたんですよ」

「毎朝日報社会部は、松永事件の筋をどう読んでるんだ？」

仁科は訊いた。

「社会部では、松永輝光が右翼の親玉と私設軍隊らしい組織を結成した裏付《ウラ》けを取ってるようですよ。元同僚の口ぶりで、おれはそう感じ取りました」

「そうか。松永が狩谷善行と秘密民兵の動かし方を巡って意見が対立したなんて話は出なかった？」

「そういう話は出ませんでしたね。しかし、松永は不当に竹島を占領した韓国をあからさまに批判し、尖閣諸島の領有権を主張してる中国はクレージーだと罵《ののし》ってたらしいんですが、他国との戦争は望んでる様子はなかったそうですよ」

「そう。狩谷のほうは、好戦的な姿勢だったようだがな」

「民族主義者の多くは、日本や日本人を軽く見てる他国なんか力で捩《ね》じ伏せてやればいいと考えてますからね。極右《きょくう》とも言える狩谷は核武装して、近隣諸国に脅威を与えるべきだと考えてるにちがいありませんよ」

「そうなんだろうな。日本が核兵器を持てば、韓国も中国も迂闊《うかつ》なことはできないと思うようになるはずだから」

「ええ、そうですね。しかし、現実に日本が核武装なんかできるわけない。狩谷は日本人は腰抜けばかりじゃないぞと韓国や中国にアピールしたかったんでしょう。それで、松永輝光と協力し合って、秘密民兵組織を結成させたんだと思いますよ」

「そうなんだろう。松永は自分たちが雇った民兵が竹島や尖閣諸島の周辺を監視するだけでも、それなりの抑止力《よくし》はあると考えてたんじゃないか。だが、狩谷はそれでは物足りないと考えてたのかもしれないぞ」

「民兵たちに韓国や中国の軍人を生け捕りにさせ、水面下で外交取引の切札に使いたいと思ってたんですかね」

「まるでリアリティーのない話ではないんじゃないか」

「ええ、そうですよね」

穂積が同調した。

「いまの推測が間違ってなかったら、早晩《そうばん》、松永と狩谷は意見がぶつかるだろう。力関係では松永のほうが優位に立ってるはずだが、九十三歳の高齢者だ。四、五年前から警備対象者から外れたんじゃないかな」

「そういえば、二年半ほど前から松永にはＳＰが付かなくなりました。自宅をガードしてた立ち番の警察官もいなくなったはずですよ」

「そうだったのか。そのことは知らなかったな。日本を裏で動かしてきた松永の老いは隠せなくなったんで、閣僚、官僚、財界人たちは天下の御意見番をだんだん軽《かろ》んじるようになったのかもしれない」

「ええ、多分ね。狩谷も同じで、ただ松永の指示に従うだけではなくなったんでしょう。先輩、違いますかね」

「それ、考えられるな。狩谷は民兵たちを使って、韓国や中国の軍関係者を捕虜にすべきだと松永に進言した。それに対して、松永は敵視してる両国の挑発行動をチェックするだけでいいと耳を傾けなかったんだろうか」

「先輩、そうなんじゃないんですかね。それだから、狩谷はちょくちょく松永邸を訪ねたのに……」

「急に顔を出さなくなったのか。意見の対立があって、二人の関係がぎくしゃくするようになったのかもしれないな。狩谷は体調がすぐれないと嘘をついて、松永の自宅に足を向けなくなったようだがな」

「先輩、二人の間に確執《かくしつ》があったと考えるべきでしょう。きっとそうにちがいありませんよ。狩谷は、最後のフィクサーと呼ばれてた松永輝光を見限って……」

「民兵か殺し屋《プロ》に元老を撃ち殺させた？」

「そう疑ってもいいんじゃないんですか」

「まだ判断材料が少なすぎるな。狩谷が場合によっては韓国や中国の軍人と撃ち合ってもかまわないと考えてるとしたら、あまりに短絡的《たんらくてき》じゃないか。それに、分別が足りなすぎるよ」

仁科は言った。

「その通りなんですが、狩谷は韓国や中国の挑発にもう耐えられないと感じてるんじゃないのかな。つまり、怒りが沸点《ふってん》に達してしまったんでしょう」

「穂積、待てよ。狩谷は、もう若くないんだぞ。八十四歳の老人がそこまで怒りに駆られるだろうか」

「右翼に限らず偏《かたよ》った思想に凝り固まった人間は高齢になっても、熱くなりやすい傾向があります」

「それにしても、狩谷が民兵の使い方で松永の指示に従いたくなかったからって、長いつき合いの元老を誰かに殺《や》らせる気になるとは思えないな」

「そうですかね」

「穂積、狩谷は松永に隠れて何か疚《やま》しいことをしてたとは考えられないだろうか。そのことが松永に知られてしまったんで、やむなく狩谷は第三者に元老を片づけさせた。そんなふうに筋を読むこともできるんじゃないか」

「ええ、そういう推測もできそうですね。松永たち二人が私設軍隊みたいな組織を作ったことは間違いないと思いますが、軍資金はどう工面《くめん》したんでしょうか」

「松永はフィクサーとして活躍してたんだから、あちこちから多額の謝礼や相談料を貰《もら》ってたんだろう。捜査資料には被害者の遺産総額までは記述されてなかったが、預貯金、金融商品、不動産を併《あわ》せれば数十億、いや、百億円にはなるんじゃないのか」

「そうかもしれませんが、金持ちは案外、ケチだそうですよ。松永は有力国会議員や大企業からカンパを集めて、秘密民兵組織を結成したとは考えられないかな」

「そうなんだろうか」

「銃器、高速船、特殊潜水艦、ヘリコプターなどを用意して、民兵たちを高い報酬で雇い入れなければならないわけでしょ？」

「いくら資産家でも、なかなか私財をなげうつ気にはならないか」

「と思います。多分、松永たちは何らかの寄付を受けてたんでしょう。韓国や中国の暴挙に腹を立ててる保守系の政治家や財界人は、想像以上に多いんじゃないんですか」

「そうだろうな。狩谷はカンパの一部を着服してたんだろうか。一部のマスコミは狩谷は〝利権右翼〟だと極《き》めつけてた」

「そういう側面はあったかもしれませんよ。狩谷が代表を務めてる右翼団体は六百人以上の党員がいるんです。収入の少ない若い党員を喰わせてやってるようだから、金は必要なんでしょう。しかし、カンパの一部をネコババしてたとは思えないな。そういうことをやるのは小物も小物ですからね」

「そうだな」

「狩谷は民兵組織をさらに強化したくて、独断で非合法な手段で軍資金集めをしてたんじゃないんだろうか」

「そのことを知った松永が激怒したのかな」

「狩谷は、むかっ腹を立ててたんですかね。そして、誰かに松永を殺《や》らせたんでしょうか」

「そんなふうに結論を急ぐのは、ちょっとまずいな。捜査本部《チョウバ》は、狩谷もシロと断定してるんだからさ」

「そうですね。おれ、かつての記者仲間からも情報を集めてみますよ」

穂積が電話を切った。

仁科はスマートフォンを所定のポケットに戻すと、煙草をくわえた。一服し終えて間もなく、『隠れ家』のオーナーママから電話がかかってきた。

「仁科ちゃん、松永輝光の最後の彼女のことがわかったわよ。江森《えもり》瑠衣という名で、満三十七歳ね」

「いつから元老の世話になってたのかな？」

「十二年前から囲われてたみたいよ。そのころ、瑠衣はパーティー・コンパニオンをやってて、政財界関係者の集まりで松永輝光に見初《みそ》められたらしいの。当時、瑠衣は売れない脚本家とつき合ってたようなんだけど、お金に目が眩《くら》んじゃったんでしょうね」

「松永は百万以上の愛人手当を渡すと言って口説いたのかな」

「ううん、月々の手当は二百五十万円だったそうよ。それに、白金《しろかね》にある大きな借家に住まわせてくれたんだって。その後は鳥居坂《とりいざか》の高級賃貸マンションに引っ越して、一年半前から二番町《にばんちょう》にある『グランドホライゾン』というマンションに住んでるらしいの。部屋は一二〇一号室だったかな。間取りは2LDKだけど、専有面積は広いそうよ」

「そう。ママ、ありがとう。江森瑠衣の写真までは……」

「ちゃんと送信してもらったわよ。これから、仁科ちゃんのスマホに転送する。あっ、そうだわ。松永は十年以上も前から男性機能が働かなくなって、彼女の体を手指《しゅし》と口唇《こうしん》で愛撫した後《あと》、性具で悦《よろこ》ばせてただけみたい」

「それだけで、瑠衣は満足できたんだろうか」

「物足りなかったんじゃない？　それだから、江森瑠衣はパトロンの目を盗んで摘《つま》み喰いをしてたようよ」

「特定の浮気相手がいたのかな」

「幾人かの男性と関係があったようだけど、本命の彼氏がいたのかどうかまではわからなかったのよ。必要なら、別の人に訊いてみるわ。そのほうがいい？」

「いや、そこまでしてくれなくてもいいよ。送信を待ってます」

仁科は、いったん電話を切った。待つほどもなく、江森瑠衣の写真が送信されてきた。色っぽい美人だった。少し捲《めく》れ気味の上唇がセクシーだ。くっきりとした目で、鼻の形も悪くない。顔は典型的な卵形だった。

仁科はスマートフォンを元の場所に滑り込ませた。

何気なくルームミラーを仰《あお》ぐと、二人の男が脇道に入ってきた。どちらも見覚えはなかったが、おそらく公安第一課の者だろう。警察官特有の目の配り方だ。

仁科は慌《あわ》てなかった。

ごく自然にエンジンを始動させ、レクサスを発進させる。最初の四つ角を左折し、百メートルほど先で今度は右に曲がった。仁科はレクサスをガードレールに寄せ、ルームミラーとドアミラーに目をやった。二人の男は追ってこなかった。

きょうは『日本革命戦線』のアジトから遠のいたほうがよさそうだ。仁科はハンドルを握り直した。

その数秒後、川奈警視監からコールバックがあった。

「警察庁《うち》の公安三課の調べによると、警視庁《おたく》の公安一課は『日本革命戦線』のシンパの女性をS《エス》にしてるそうだ。その協力者は鮎川未来《あゆかわみく》という名で、外資系の投資顧問会社のディーラーらしいよ。二十七歳で独身だという話だったな。有名女子大の大学院を出てから、一年間ロンドンに語学留学してる」

「そんな経歴の女性がなんだって過激派のシンパになってしまったんですかね」

仁科は素朴な疑問を口にした。

「鮎川未来の父親は手広く事業をやってるんだが、利己的な拝金主義者みたいだね。そんな親に反発してるうちに極左に傾いてしまったんだろうな。しかし、『日本革命戦線』に幻滅《げんめつ》してしまったので、公安警察に協力する気になったんだろう」

「セクトを脱《ぬ》けることはできなかったんでしょうか。その気になれば、逃げて地方でひっそりと暮らすこともできたと思うんですがね」

「何かセクトに弱みを握られて、逃げるに逃げられなかったんじゃないのかな。鮎川未来の個人情報をメールするよ。少し待ってくれないか」

川奈の声が途切《とぎ》れた。

仁科はメールの送信を待った。

第二章　気になる美人闘士

1

遮《さえぎ》る物は何もなかった。

レクサスの運転席から、オフィスビルの出入口がよく見える。仁科は『日本革命戦線』のアジトを離れてから、丸《まる》の内《うち》のオフィス街にやってきた。

目を注《そそ》いでいるSTビルの十階に鮎川未来の勤務先があることは、すでに確認済みだった。アメリカ資本の投資顧問会社のホームページも覗《のぞ》いていた。支社長と役員の半数は欧米人だが、日本人社員が六十人ほど働いているようだ。

仁科は、川奈次長から送られてきた写真をじっくりと見た。深窓《しんそう》育ちらしく、どこか気品があった。聡明《そうめい》そうな美人だ。

未来は裕福な生活をさせてもらいながらも、子供のころから見苦しく金を追い求める父親を軽蔑（けいべつ）していたのではないか。成功者によく見られる傾向だが、富や名声を得ると傲慢（ごうまん）になりやすい。

おそらく未来の父も、家族を振り回してきたのではないか。子が反抗心を持つのは当然といえば、当然だろう。だからといって、過激な思想に傾くのは振幅が大きすぎるのではないか。令嬢である未来は、それだけ世間擦《ず》れしていないのだろう。

『日本革命戦線』のシンパになったものの、じきに幻滅してしまったようだ。なのに、どうしてセクトから抜け出さなかったのか。

組織の幹部や同志らに脅されて、いやいや留《とど》まっていたのか。それとも、何か弱みを握られてしまったのだろうか。どちらにしても、未来は警視庁公安第一課に抱き込まれてSになったのだろう。

ころころと考え方が変わる人間は、総じて口が軽い。未来を問い詰めれば、『日本革命戦線』が松永の死に関わっているかどうかはっきりしそうだ。

仁科は缶コーヒーを飲みながら、鮎川未来が職場から出てくるのを待った。午後四時半を回っていた。

日本の会社の事務系社員の多くは、午後五時か六時には仕事から解《と》き放《はな》たれる。外資系企業の定時はどうなっているのだろうか。

仁科は待ちつづけた。

張り込みは、いつも自分との闘いだった。捜査対象者が動きだすまで、ひたすら待ちつづける。焦《じ》れたら、張り込みを覚《さと》られやすい。愚直に待つ。それが鉄則だった。

やがて、午後五時になった。STビルから、日本人の男女が三々五々出てきた。しかし、未来は現われない。いたずらに時間が流れる。

鮎川未来が姿を見せたのは午後六時半ごろだった。

あたりは、すっかり暗くなっていた。未来は大通りに向かって歩きだした。連れはいなかった。世田谷区内にある自宅に帰るつもりなら、最寄《もよ》りのJR駅か地下鉄駅に向かうはずだ。どうやら未来は寄り道をする気らしい。

仁科はそう予想しながら、レクサスのエンジンを始動させた。ライトを点《つ》け、静かに発進させる。

未来は大通りに出ると、タクシーを拾った。神田橋《かんだばし》交差点の近くで車を降り、車道の反対側に渡る。ほどなく未来は、別のタクシーに乗った。公安警察官の尾行を警戒しているのか。

目的地は江戸川《えどがわ》区臨海町《りんかいちょう》にあるアミューズメントパークだった。三十分ほどで到着した。

未来はタクシーを降り、急ぎ足でアミューズメントパークに入っていった。交際相手か、セクトの仲間と落ち合うことになっているのか。

仁科は路上にレクサスを駐《と》め、未来の跡《あと》を尾《つ》けた。

若者たちが多い。仁科は気恥ずかしさを覚えながら、未来との距離を少しずつ縮めはじめた。舗道で捜査対象者を尾《つ》けるときは、最低でも四十メートルは距離を取る。そうしなければ、マークしている相手に気づかれてしまう。

しかし、人混《ひとご》みの中ではもっと距離を縮めないと、見失うことが多い。未来は人波を縫《ぬ》いながら、観覧車乗り場に達した。

そこには、四十五、六歳の男がいた。地味な印象を与えるが、目の動きが忙《せわ》しない。

『日本革命戦線』の同志だろうか。

仁科は死角になる場所から、二人を観察した。

未来の表情は暗い。相手の言葉に短くうなずくきりだった。自分から何かを質問することはなかった。セクトの準幹部あたりの指示で、犯罪に手を染めてしまったのだろうか。

数分後、二人は同じゴンドラに乗り込んだ。

ゴンドラは密室だ。密談するには、もってこいだろう。

ゴンドラがゆっくりと上昇しはじめた。夜景を眺《なが》めているのは、ほとんど若いカップルだった。ゴンドラ担当の従業員は、未来たち二人を不倫カップルと見たのではないか。それほど浮いていた。

だが、二人は不倫の関係ではないだろう。ほとんどのカップルは同じシートに腰かけ、夜景を目で楽しむ。

しかし、未来たちは向かい合う形で坐っていた。ゴンドラの中で、二人はどんな会話を交わしているのだろうか。

仁科は上着のポケットから、暗視望遠鏡《ノクト・スコープ》を摑《つか》み出したい衝動に駆《か》られた。二人の唇の動きで、遣《や》り取《と》りはおおむね読み取れる。しかし、ノクト・スコープを目に当てて観覧車を仰《あお》ぎ見ていたら、不審がる者もいるだろう。

やがて、未来たち二人が乗ったゴンドラが地上に戻ってきた。

仁科は、まず未来の様子をうかがった。相変わらず、楽しげには見えない。早く相手と別れたがっているように見受けられる。

男が何か言って、未来の肩に腕を回した。

未来が身を強張《こわば》らせ、相手の右手を遠慮がちに外した。すると、連れの男はふたたび未来の肩を抱き寄せた。そして、彼女の耳元で何か囁《ささや》いた。

食事か、ドライブに誘われたようだ。

未来が首を振った。次の瞬間、四十代半ばと思われる男は凄《すご》む顔つきになった。未来が困惑顔で小さく顎《あご》を引く。相手が表情を和《なご》ませた。

二人はアミューズメントパークの出入口に足を向けた。

仁科は慎重に二人を追った。未来たちは外に出ると、左手に向かった。少し先の路肩にグレイのカローラが寄せられている。

男が先に未来をカローラの助手席に坐らせ、すぐに運転席に入った。仁科はカローラのナンバーを憶《おぼ》え、レクサスに歩み寄った。

車に乗り込み、端末でカローラのナンバー照会をする。車の所有者は溝口《みぞぐち》航《わたる》という名で、四十六歳だった。

カローラが走りだした。仁科は溝口の犯歴をチェックした。前科はなかった。なんと溝口は公安調査庁の職員だった。

公安調査庁は法務省の外局で、破壊活動防止法、団体規制法などの法令に基《もと》づき、公共の安全を図ることを任務としている。中央合同庁舎第6号館A棟に置かれている機関だ。総務部、調査一部、二部があり、職員はおよそ千六百人である。

国内の調査対象はカルト教団、暴力団、日本共産党、革マル派・中核派などの新左翼、右翼団体、右派系市民グループ、朝鮮《ちようせん》総連などで、それらの情報を収集している。

逮捕や家宅捜索などの司法警察権はないが、公安警察とは協力し合うこともある。溝口は調査一部第二課に属し、中核派など過激派を担当しているようだ。

警視庁公安第一課に頼まれて、溝口が鮎川未来をスパイに仕立てたのか。それとも、先に溝口が未来を抱き込んだのだろうか。そして、公安一課に恩を売ったのか。そのあたりのことは、じきにわかりそうだ。

仁科はレクサスで、カローラを追尾《ついび》しはじめた。

溝口の車は東京港沿いに走り、数十分後に天王洲《てんのうず》にあるホテルの地下駐車場に潜《もぐ》った。京浜運河に面した洒落《しゃれ》たホテルだ。仁科もレクサスを地下駐車場に入れた。

カローラと少し離れたスペースに収め、エンジンを切った。仁科は静かに車を降り、近くのコンクリート支柱に身を寄せた。

少し経《た》つと、走路の向こうから未来たち二人がやってきた。仁科は耳に神経を集めた。

「グリルでステーキを食べようじゃないか。その後、最上階にあるラウンジでカクテルでも飲もうよ」

溝口が歩きながら、優しい声音《こわね》で言った。

「せっかくですけど、わたし、それほどお腹《なか》は空《す》いてないんです」

「そうなのか。それじゃ、ラウンジでボリュームのあるオードブルを注文しよう。ラウンジから眺める東京港はロマンチックだよ。舷灯《げんとう》がところどころに瞬《また》たいててね」

「………」

「もう少し愉《たの》しそうな顔をしてくれよ。きみにはいろいろ協力してもらって、本当に感謝してるんだ。中核派の連中は鳴りをひそめてるが、『日本革命戦線』は何をしでかすかわからない。きみが組織の動きを教えてくれるんで、ありがたいよ」

「溝口さん、わたし、恐《こわ》いんです。仲間たちにSと知られたら、きっと……」

「きみをちゃんと守るよ。桜田門《さくらだもん》の公安一課にとっても、大事な協力者なんだ。きみが仲間に命を狙われるようなことになったら、わたしたちは絶対に守り抜く」

「そうしてくれますか」

「もちろんさ。わたしは、きみを単なる協力者とは思ってない。もう感じ取ってるだろうが、わたしは本気できみを好きになったんだよ」

「あなたには奥さんもお子さんもいるではありませんか」

「きみとやり直せるなら、妻とは別れる。子供たちには申し訳ないと思うが、そうする覚悟はできてるんだ」

「そういうことをおっしゃられても、わたし、困ります」

未来が言って、エレベーター乗り場で足を止めた。

「きみ、特定の彼氏はいないと言ってたじゃないか。年齢差はあるが、わたしはきみと真剣に愛を紡《つむ》いでいきたいんだよ。ちょっと気障《きざ》なことを言ってしまったな」

「溝口さんには感謝していますけど、ごめんなさい……」

「恋愛感情はない？」

「は、はい」

「きみの心がこちらに向くまで、わたしは諦《あきら》めないぞ。いつか鮎川さんをなびかせてみせる」

溝口が宣言して、函《ケージ》に乗り込んだ。未来が渋々、溝口に従った。

エレベーターの扉が閉まった。仁科はエレベーターホールまで走った。動くランプを見上げる。ケージはホテルの最上階に停止した。溝口は未来をラウンジバーに導《みちび》く気なのだろう。

仁科は隣のエレベーターで最上階に上がった。何分か時間を遣《や》り過ごしてから、ラウンジバーに足を踏み入れる。

運河に面した窓際にはテーブル席が並び、ほぼカップルで埋まっていた。未来と溝口は奥のテーブルで向かい合っている。卓上の赤いキャンドルライトが妖《あや》しく揺らめいていた。

仁科は中央のカウンターに落ち着いた。

未来たちのいるテーブル席は斜め後ろだ。耳をそばだてれば、溝口の声は聞こえる。未来は、もっぱら聞き役だった。

三十歳前後のバーテンダーが近づいてきた。

仁科はウィスキーのロックを飲みたかったが、ノンアルコールのビールをオーダーした。生ハムとスモークドサーモンをオードブルに選ぶ。

仁科は煙草を喫《す》いたくなった。

ラウンジバーを見回すと、奥に強化ガラスで仕切られた喫煙室があった。仁科はバーテンダーに一言断《ことわ》って、スツールを滑《すべ》り降りた。

喫煙室に向かう。利用者はいなかった。仁科は喫煙室のソファに腰かけ、セブンスターに火を点《つ》けた。

深く喫いつけ、煙を鼻から細く吐き出す。煙草が健康によくないことは、百も承知だった。しかし、禁煙する気はなかった。喫煙で何年か寿命が縮まっても、別段、惜《お》しくない。人生は一度しかないのだ。好きなように生きなければ、愉《たの》しくないではないか。意味もないだろう。

ちょうど一服し終えたとき、懐《ふところ》で私物のスマートフォンが震えた。

仁科はスマートフォンを手に取った。発信者は穂積だった。

「かつての記者仲間たちと軽く飲んでるんですが、ちょっとした情報《ネタ》を得ました。『日本革命戦線』はシンパがぐっと減ったのに、案外、闘争資金は潤沢《じゅんたく》らしいんですよ」

「何かダーティーな手段で荒稼ぎしてるんだろうな」

「こちらも、そう思いました。闘争資金に困ってないんだったら、松永を殺し屋《プロ》に始末させたとも考えられるでしょう？　アジトは本庁の公安一課に張られっ放しなんでしょうから、セクトの誰かが松永を殺《や》ることは難しいんじゃないのかな」

「闘争資金がたっぷりあるんだったら、殺し屋を雇うとも考えられるな」

「『日本革命戦線』の奴らは、官庁の裏金を強奪してるんじゃないのかな。警察の裏金は狙えないでしょうけど、外務省あたりは金の管理がずさんみたいだから、たやすく盗み出せるんじゃないんですか」

「過激派の連中が役人に成りすまして官庁に潜り込むのは、かなり難しいと思うぜ。彼らは、どう装《よそお》っても公務員には見えないだろうからな」

「そうですね。もしかしたら、ヤミ金とか故買屋《こばいや》の隠し金を盗《ギ》ってるのかもしれませんよ。あるいは、暴力団の上納金をかっさらってるのかな」

「金があるということなら、『日本革命戦線』はダーティー・ビジネスに励《はげ》んでるんだろう」

「ええ、おそらくね」

「殺し屋に松永輝光を射殺させたんだとしたら、軽井沢の別荘で元老を仕留《しと》め損《そこな》ったのは犯罪のプロっぽくないな。『日本革命戦線』と反目《はんもく》してる別の過激派が……」

「『日本革命戦線』の仕業《しわざ》と見せかけて、松永を殺《や》ろうとしたんですかね？」

「そうなのかもしれないな。『日本革命戦線』は闘争資金に不自由してなかったら、当然、殺し屋を雇ったはずだ」

「でしょうね。捜査本部は『日本革命戦線』はシロだと断定したということですけど、まだ灰色ですよね」

「そう言ってもよさそうだな」

「先輩のほうは何か進展がありました？」

穂積が問いかけてきた。

仁科は経過を教えた。

「公安調査庁の溝口って男は、鮎川未来の弱みにつけ込んでSに仕立てたのか。公安関係者は巧妙に目をつけた協力者候補に近づいて、上手に抱き込んでるようですからね。でも、まだ二十代の女性にどんな弱みがあったのかな。深窓育ちの娘が男に狂ってたとは思えませんよね？」

「男にだらしがないという感じじゃなかったな。セクトの幹部の命令で、鮎川未来はどこかに爆発物を仕掛けたのかもしれないぞ」

「その犯行を公安調査庁の溝口に知られてしまって、スパイに仕立てられたのか」

「何か弱みを握られてしまったんだろうな」

「先輩、実は鮎川未来がダブルスパイだったとは考えられませんか？　未来は溝口に抱き込まれた振りをしてセクトの偽情報を流してた。溝口は、それをそっくり警視庁公安一課に提供してたんじゃないのかな」

「なぜ、そう思う？」

「過激派のシンパになる女は男に擦《す》れてなくても、それほど世間知らずじゃないのかもしれませんよ」

「溝口が自分に接近してきた理由なんか、とうにお見通しだった？」

「そうなんじゃないのかな。鮎川未来はまんまと抱き込まれた振りをして、セクトに関するでたらめな情報を流してる。公安の目を逸《そ》らしといて、警備が薄くなったのを見計らい、その隙《すき》に過激なテロをやる気なんではありませんかね」

「そっちの推測通りなら、未来は強《したた》かな女ってことになるな。しかし、擦れたとこはまったく感じなかったんだ」

「先輩、女たちを甘く見ないほうがいいですよ。純情そのものに見えても、どんな女性も芝居がうまいですからね。生まれながらにして、みんな、女優の要素を持ってるんじゃないですか」

「確かに、しれーっと嘘をつく女はいるよな。しかし、未来はそういうタイプには見えなかった。ピュアだから、資産家の娘でありながらも、過激派にシンパシーを感じるようになったにちがいないよ」

「好みのタイプみたいですね、鮎川未来は」

「穂積、おれは初心《うぶ》な少年じゃないぞ。やたら女性を美化したり、すぐ惚《ほ》れたりするもんか」

「ちょっと怒ってます？」

穂積が笑いを含んだ声で言った。

「そんなことで、むくれたりしないよ。そっちは未来をダブルスパイと疑ってるようだが、おれの勘《かん》では外れだな」

「そうですかね」

「未来は、公安庁の溝口に犯罪の証拠を握られたんだろう。それで、仕方なくスパイじみたことをさせられてるにちがいないよ」

「どっちにしても、公調の奴ら、公安警察官と同じようにアンフェアな手を使いますね。溝口が未来をホテルのラウンジバーに誘ったのは、下心があるからでしょう？」

「だろうな」

「女好きでもかまわないけど、相手の弱みにつけ入って口説《くど》くのは卑怯《ひきょう》ですよ。同じ男として、おれ、赦《ゆる》せないな。これから天王洲のホテルに急行して、溝口を張っ倒してやりたい気持ちです」

「おれも同じ気持ちだが、特命捜査の邪魔をしないでくれ。穂積、ありがとう」

仁科は通話を終わらせ、喫煙室を出た。カウンターの自席に戻る。ノンアルコールのビールとオードブルが届けられていた。

仁科は飲みものを啜《すす》って、また聞き耳を立てた。

2

ノンアルコールのビールを飲み干した。

仁科は、空《から》になったグラスを高く翳《かざ》した。バーテンダーがすぐに近づいてきた。

「お代わりを頼みます」

仁科は言った。バーテンダーが笑顔でうなずき、ゆっくりと遠のいた。

そのとき、斜め後ろから鮎川未来の声が聞こえた。

「溝口さん、わたし、そろそろ失礼させてもらいます」

「まだ時刻は早いじゃないか」

「ですけど、明日、会社で会議があるんですよ。プレゼンの準備もしなければならないんです」

「仕事熱心も結構だが、自分の生活も充実させないとね。それじゃ、あと三十分だけつき合ってくれないか」

「わかりました」

「ありがとう。何かオードブルを追加しようか」

溝口が言った。

「もう充分にいただきました」

「カクテルは一杯半ぐらいしか飲んでないし、ろくにオードブルも食べてない。もっとリラックスしてほしいな」

「は、はい。ちょっとトイレに行かせてください」

未来が立ち上がる気配が伝わってきた。化粧室に行く振りをして、逃げる気になったのか。

仁科は目で未来の動きを追った。未来は、まっすぐ化粧室に向かった。仁科は上体を捻《ひね》り、夜景を見る真似《まね》をした。

ちょうど溝口が上着の右ポケットに手を突っ込んだところだった。その目は落ち着かなかった。周《まわ》りを気にしている様子だ。

仁科の視線に気づいたのか、溝口は右ポケットから右手を抜いた。何も手にしていない。

仁科は前に向き直った。それから間もなく、バーテンダーが二杯目のドリンクを運んできた。仁科は短く礼を言い、グラスを摑《つか》み上げた。

未来が席に戻ったのは数分後だった。

「すっきりしただろうから、どんどんカクテルを空《あ》けてくれないか」

「わたし、あまりアルコールに強くないんですよ。でも、飲みかけのカクテルはいただきます」

「そうしてくれないか。それで、せめてもう一杯ぐらいカクテルを飲んでくれよ。わたしだけ酔うのはみっともないからね。さ、空けてくれないか」

溝口が促《うなが》した。未来は、一気に飲みさしのカクテルを喉《のど》に流し込んだようだ。

「お見事！　あれ、どうしたの？」

「アレクサンダーというカクテルの味がなんか急に変わったようなんです」

「そんなはずはないな。同じものでいいかな？」

「せっかくですけど……」

「そう言わずに、もう一杯だけつき合ってくれよ。ね！」

溝口が未来に言い、近くにいたウェイターを呼んだ。アレクサンダーのお代わりをする。ウェイターが下がった。

「まだ内示があったわけではないのですが、ニューヨークの本社に欠員が出たんですよ。もしかしたら、向こうで働けるようになるかもしれません」

未来が小声で溝口に言った。

「それは困る。きみは大切な協力者なんだから、アメリカに行かれたんじゃ……」

「わたし、ずっと日本にいると、アンラッキーなことが起こるような気がして、とても不安なんです。あなたにはいろいろ情報を提供してきましたので、もう自由にしてほしいんです」

「このわたしから遠ざかろうとしたら、きみは破滅《はめつ》だよ。例のことをバラしたら、きみは刑に服さなければならないんだぞ。よく考えたほうがいいな」

「組織の仲間たちは、おそらくわたしの裏切りに勘づいているでしょう」

「それらしいことを誰かに言われたのか？」

「いいえ、そういうことはありませんでした。でも、なんとなく仲間に警戒されているような感じなんですよ」

「それは考えすぎだろう。きみと接触してるときに不都合な人間に見られたことは一回もないんだし、わたしが誰かに尾《つ》けられた記憶もない。思い過ごしだって」

「そうでしょうか」

「わたしに協力してくれてる間は、きみは安全だよ。ただ、わたしから離れようとしたら、きみはどうなるかわからないよ。仲間たちに追い込まれて、壮絶なリンチを受けることになるだろう。組織は裏切り者を生かしておくかな」

「あなたは、わたしをがんじがらめにしておく気なんですねっ」

「声が高いよ」

「でも……」

「よく聞くんだ。わたしは、きみの致命的な弱みを押さえこんでるんだぞ。そのことを忘れたのか？」

「わたし、もう耐えられません」

「だから、仲間とわたしから逃げたくなったと言うんだな」

「ええ、そうです」

「そんな身勝手なことはできないだろうが。え？」

「………」

「仲間たちに追われたくなかったら、例のことで自ら出頭するんだね。そうすれば、わたしからも自由になれるよ。しかし、それだけの勇気はないよな。それだから、わたしに協力してきたんだろう」

「………」

「おい、どうしたんだ？」

「急に眠くなってきて、あなたの声がよく聞き取れません」

「酔ってしまったようだな。きみをタクシーで自宅まで送ってやろう」

溝口がソファから腰を浮かせ、未来を抱え上げた。どうやら公安調査官は、未来のカクテルに強力な睡眠導入剤を混入したようだ。

その狙いには察しがつく。溝口は寝入った未来の体を奪って、自分から離れないようにしたいのだろう。溝口は予《あらかじ》めホテルに部屋を取り、鮎川未来を誘い込んだにちがいない。なんと卑劣《ひれつ》な男なのか。義憤《ぎふん》が膨《ふく》らんだ。

仁科は振り返って、溝口の背中を睨《ね》めつけた。

溝口は未来を抱きかかえながら、ラウンジバーを出ていった。仁科はカウンターから離れ、急いで勘定《かんじょう》を払った。

ラウンジバーを出ると、溝口たち二人はエレベーターホールにたたずんでいた。未来は、いまにも頽《くずお》れそうだ。

溝口はサングラスで目許を隠し、物陰に移動した。数十秒後、函《ケージ》が最上階に上がってきた。溝口が昏睡《こんすい》状態の未来を支えながら、ケージに乗り込んだ。仁科はエレベーターホールまで走った。扉が閉まる寸前にケージに飛び込む。

溝口が顔をしかめた。

「申し訳ない。ちょっと急いでたもんですんで」

仁科は溝口に謝って、下降ボタンに目をやった。

九階のランプが灯《とも》っている。仁科は一階のボタンを押し込んだ。ケージが下《くだ》りはじめた。

「お連れの方、酔い潰《つぶ》れちゃったみたいですね」

「酒に弱いのに、カクテルを何杯も飲んだんだよ」

「おたくが無理に飲ませたんじゃないんですか」

「きみ、無礼じゃないかっ」

「冗談ですよ」

「失礼な男だな」

溝口が語気を荒《あら》らげ、未来を抱《かか》え直した。

ほどなくエレベーターが停止した。九階だった。溝口たちがケージから出た。

仁科は扉が閉じる前にそっとケージから降り、抜き足で死角になる場所に身を潜めた。

顔半分を突き出し、溝口たちの様子を見る。

二人は九〇二号室の前まで歩いた。

仁科はショルダーホルスターからグロック32を引き抜き、消音器を嚙《か》ませた。サイレンサー付きの自動拳銃を上着の裾《すそ》で隠す。

溝口がカードキーを使って、九〇二号室のドア・ロックを解《と》いた。それから未来を肩に担《かつ》ぎ上げた。仁科は忍者のように壁に沿って走りはじめた。爪先《つまさき》に重心を置いた走り方だった。ほとんど靴音は響かなかった。

九〇二号室のドアが開けられた。

仁科は疾駆《しっく》し、ドアが閉まる前に部屋に躍《おど》り込んだ。無言で溝口に体当たりする。

溝口は未来を肩口に載《の》せたまま、前のめりに倒れた。

すかさず仁科は、溝口の脇腹に蹴《け》りを入れた。溝口が唸《うな》って手脚を縮める。

ツインベッドの部屋だった。仁科は床《ゆか》から未来を抱き上げ、手前のベッドの上に横たわらせた。

「な、何者なんだ⁉」

溝口が身を起こしかけた。

仁科は消音器付きのグロック32を構えた。片手保持だった。

初弾は薬室《やくしつ》に送り込んであった。マガジンには六発詰めてあるが、安全装置は掛けたままだった。

「這《は》ったまま、こっちに進んでこい」

「あんたは、さっきエレベーターで一緒になった男じゃないか」

「そうだ。ラウンジバーでも、おたくらの近くのカウンターにいた。台場の観覧車の中で、鮎川未来から『日本革命戦線』に関する情報を入手してたんだなっ」

「その拳銃は真正《しんせい》の銃《じゆう》なのか⁉」

「その通りだよ。モデルガンじゃないことを証明してやろうか」

「撃《う》つな。撃たないでくれーっ」

溝口が哀願《あいがん》し、這い進んできた。

「鮎川未来の致命的な犯罪を知ったんで、それにつけ込んで公調のSに仕立てたんだよな！」

「えっ⁉」

「おたくのこともわかってる。名前は溝口航で、四十六歳だな。公安調査庁調査一部第二課に所属してる。どこか間違ってるかっ」

「そんなことまで知ってるのか⁉ もしかしたら、警察庁公安部の人間じゃないのか。わたしが鮎川から得た情報を警視庁公安第一課に流してたことが面白くなくて……」

「公安関係者がサイレンサー付きのグロック32を持ってるわけないじゃないか」

「それもそうだな。あんたは何者なんだ？」

「その質問には答える気はない」

仁科は、にべもなく言った。

「上体だけでも起こさせてくれないか。這《は》ってると、腹部が圧迫されて苦しいんだよ」

「好きにしろ」

「わかった」

溝口が半身を起こし、胡坐《あぐら》をかいた。

「鮎川未来が飲んでたカクテルに、おたくは強力な睡眠導入剤を混ぜたな」

「そ、そんなことはしてない」

「質問に正直に答えないと、九ミリ弾を撃ち込むぞ」

「そうだよ。スウェーデン製の強い睡眠導入剤をアレクサンダーに混ぜたんだ、彼女がトイレに行ってる間にね」

「女スパイを姦《や》って、自分から逃げられないようにしたかったんだなっ」

「そうじゃないんだ。わたしは本当に未来にぞっこんなんだよ。しかし、彼女のほうは四十男にはまるで興味がないみたいなんだ。それに、わたしは妻子持ちだからな。恋愛の対象と考えられないんだろう」

「もっともらしいことを言ってるが、たまには二十代の女を抱きたくなっただけなんじゃないのか。え？」

「いや、性的な欲望を充《み》たしたかっただけじゃないんだ」

「本当のことを言わないなら、シュートするぞ」

仁科はグロック32のセーフティー・ロックを外し、無造作《むぞうさ》に引き金を絞った。衝撃《キック》が手首に伝わってくる。圧縮空気が洩《も》れ、薬莢《やっきょう》が右横に排出された。

放った銃弾は溝口のすぐ脇に着弾して、天井近くまで跳《と》んだ。溝口が驚きの声をあげ、全身を竦《すく》ませた。

「頼むから、もう撃たないでくれないか」

「九ミリ弾を撃ち込まれたくなかったら、正直になるんだな」

「あんたの言った通りだよ。未来を強引に抱いちゃえば、ずっとSとして使えると考えてたんだ」

「未来は、おたくにどんな弱みを知られたんだ？　そいつを喋《しゃべ》ってもらおう」

「それは言えないよ」

「おれを苛《いら》つかせたら、長生きできないぞ。それでもいいんだなっ」

　仁科は、引き金の遊びをぎりぎりまで絞った。人差し指にほんの少し力を加えるだけで、銃弾は間違いなく発射される。

　溝口が右手を前に突き出し、頬《ほお》を引き攣《つ》らせた。

「妻に何か遺言があるなら、ちゃんと伝えてやるよ」

「じゅ、銃口を下げてくれないか。鮎川未来はセクトの幹部たちに騙《だま》されて、爆殺事件の実行犯にされたんだよ」

「もっと詳《くわ》しく話せ！」

　仁科は声を張った。

「去年の十一月、検事総長の奥さんが官舎の玄関ホールで死んだ事件は記憶にないかな？」

「その事件のことなら、はっきりと憶《おぼ》えてる。検事総長夫人は宅配便の差出人が別の場所に住んでる息子だったんで、玄関ホールで包装箱を開けた。そのとたん、仕掛けられてた爆発物が爆《は》ぜて検事総長の妻は爆死させられたんだったな？」

「そうだよ。その爆発物を届けた偽の配達人が鮎川未来だったんだ。未来はセクトの寺尾《てらお》雄一《ゆういち》という幹部に中身は野良猫の生首だと嘘をつかれて、検事総長宅に届けてしまったんだよ。『日本革命戦線』の幹部たちは、代表指導者を殺人教唆《きょうさ》のかどで起訴したんで、検察を逆恨《さかうら》みしてたんだ」

「そうか」

「公安調査庁《ちょう》は、そのうちに『日本革命戦線』が検察庁に何らかの報復をすると読んでたんだよ。だから、わたしは検事総長宅に何日も張りついてた」

「そんなある日、宅配便会社の従業員を装《よそお》った鮎川未来が爆発物入りの包装箱を持って検事総長の戸建て官舎を訪ねたわけか」

「そうだよ。未来は爆破音に驚いて、一瞬、官舎に引き返そうとした。だが、恐ろしくなったんだろうね。急いで路上駐車中のワンボックスカーの運転席に乗り込んで、車を急発《は》進させたんだ。よっぽど焦《あせ》ってたんだろうな。未来は四、五十メートル先で、老女を撥ねてしまったんだよ」

「ワンボックスカーは、どうしたんだ？」

「いったん停まったんだが、未来は逃げていった。わたしは、犯行の一部始終を動画撮影してた。しかし、未来を警察には売らなかったよ。老女は怪我しただけだったんでね」

「鮎川未来をSに仕立てる気になったんだな？」

「そうだよ。あんたが知ってるかどうかわからないが、十年以上も前から公安調査庁は必要ないと口にする国会議員が多くなった」

「そのことは知ってる。警察庁や警視庁に公安部があるわけだから、公調を存続させるのは税金の無駄遣《づか》いだと主張する政治家が出てくるのは当然だろうな」

「そういうけど、例のオウムの一連の犯罪に関しては公調も公安警察に負けないぐらいに活躍したんだ。それなのに、およそ二千人もいた職員を千六百人に減らされた。年間予算も大きく削られてしまったんだよ」

「そうだな」

「わたしは公調を再評価してもらいたくて、中核派よりも危険な『日本革命戦線』のメンバーをなんとか協力者にして、警視庁公安第一課に恩を売るチャンスをうかがってたんだよ」

「そんなときに、たまたま鮎川未来の致命的な犯罪を目撃した。そういうことなんだなっ」

「そうだよ」

溝口が即座に答えた。

「未来はおたくに致命的な弱みを知られてしまったんで、Ｓにならざるを得なかった」

「そうなんだが、未来は自分を爆殺犯に仕立てた幹部の寺尾に利用されたことに怒りを感じてたので、セクトの秘密を次々に喋《しゃべ》ってくれた」

「そうか」

「服役中の最高指導者はきわめて独裁的で、寺尾たち五人の幹部が少しでも異を唱《とな》えると、若いシンパたちに集団リンチさせてたらしいんだ。その後は、女性メンバーたちに性の奉仕をさせてたらしいんだよ。寺尾たち五人は飴《あめ》と鞭《むち》で骨抜きにされて、最高指導者の言いなりになってるそうだ」

「まるでカルト教団だな」

「ほとんど変わらないと思うね。革命が聞いて呆《あき》れるよ」

「『日本革命戦線』は以前と較《くら》べると、シンパの数がだいぶ少なくなってる。だが、闘争資金には不自由してないようだな。何か危《ヤバ》いことをして、荒稼ぎしてるんじゃないのか。その点について、未来はおたくにどう言ったんだ？」

「彼女はセクトが法律に触《ふ》れるようなことをしてることは否定しなかったのだが、具体的な話はしてくれなかった。闘争資金のことを他言したら、組織の仲間に消されると思ってるんだろうな」

「そうなのかもしれない」

「ただ、未来はアジトには最高指導者と五人の幹部だけが知ってる秘密のトンネルがあるのかもしれないと言ったことがあるな。アジトは公安警察官たちに四六時中、張り込まれてるんで門からは外に出られないはずなのに、時々、最高指導者と五人の幹部の姿が見えなかったというんだ。下《した》っ端《ぱ》の連中には内緒にしてるアジトが別にあって、そこで何かをやり、せっせと闘争資金を増やしてるんだろうか」

「考えられそうだな。ところで、『日本革命戦線』の連中は、諸悪の根源は民自党の元老だった松永輝光と思ってたようだが、そのことで鮎川未来はおたくに何か言ったことはあるか?」

「そういうことはなかったよ。あんたは、警察の非合法捜査官じゃないのか?」

「おれはスキャンダル・ハンターだよ。成功者や権力者の醜聞《しゅうぶん》を嗅《か》ぎ当てて、銭にしてるんだ」

「そんなふうには見えないが……」

「もう鮎川未来は自由にしてやれ。今後も彼女につきまとうようだったら、そっちをレイプ未遂犯にして公調で働けないようにするぞ。おれは本気だからなっ」

「ただの強請屋《ゆすりや》じゃなさそうだから、あんたを怒らせるようなことはしないよ。未来は協力者のリストから外す。だから、今夜のことは誰にも言わないでくれないか」

「わかった。未来に確かめたいことがあるんで、そっちは消えてくれ」

仁科は身を屈《かが》めて、床の弾頭と薬莢を抓《つま》み上げた。

溝口がのろのろと立ち上がり、九〇二号室から出ていった。仁科はコンパクトなソファに腰かけ、脚《あし》を組んだ。未来が目覚めるまで待つ気だった。

3

静かだ。

未来の寝息は規則正しかった。深く寝入っているようだ。間もなく午後十一時になる。

仁科は、未来が目を覚ますまで辛抱《しんぼう》強く待つ気でいた。しかし、夜が明けるまでは待てない。

仁科はサングラスを外し、ソファから立ち上がった。

手前のベッドに近づき、未来に声をかけてみた。だが、なんの反応もない。仁科は未来の肩口を軽く摑んで、揺さぶった。

未来が小さく唸《うな》って、寝返りを打ちかけた。仁科は、今度は大きく揺すった。と、未来が跳《は》ね起きた。

「だ、誰なの⁉」

「怪しい者じゃない」

仁科は穏《おだ》やかに言って、ＦＢＩ型の警察手帳を呈示した。顔写真も見せる。それでも、未来は不安顔だった。

「こっちは公安部の人間じゃないから、安心してくれ。きみを逮捕しにきたんじゃないんだよ」

「なぜ、あなたがこの部屋にいるんです？」

「実は、こっちは九月六日の夕方に殺された松永輝光の事件の支援捜査をしてるんだ。日本を裏で動かしてた元老のことは知ってるな？」

「は、はい」

「きみが属してる『日本革命戦線』は捜査対象になったが、一応、疑いは晴れた。そのことは当然、知ってるね？」

「ええ」

「こっちで、捜査に協力してくれないか」

仁科は先にコンパクトなソファに腰かけた。未来がベッドから滑り降り、仁科と向かい合った。乱れた髪を撫《な》でつけながら、何か問いたげな顔つきになった。

「こっちに尾行されてた理由を知りたいようだな」

「は、はい」

「きみが公安調査庁の溝口航にSにされたという情報が入ったんで、勤め先の前で張り込んでたんだよ」

「そうだったんですか」

「きみは仕事が終わると、タクシーで葛西《かさい》のアミューズメントパークに向かった。観覧車乗り場の前で溝口と落ち合って、一緒にゴンドラに乗り込んだ。ゴンドラの中で、きみはセクトに関する情報を与えたんだな？」

「ええ、そうです。わたしは末端のシンパですので、幹部にうまく利用されてしまったんです。騙《だま》されたことで、組織に対する忠誠心はなくなりました」

「そうだろうな」

「あのう、溝口さんにこの部屋に連れ込まれたことはぼんやりと憶《おぼ》えてるんですけど、彼の姿が見えない理由《わけ》は？」

「こっちが溝口にお灸《きゅう》をすえて追っ払ったんだ。溝口はラウンジバーで、きみのカクテルに強力な睡眠導入剤を混入したんだよ。きみが化粧室に行ってる間にね。こっちは、きみらのいたテーブルの近くのカウンター席にいたんだ」

　仁科は経緯を話した。

「溝口航に下心があることは感じてました。でも、体を自由になんかさせるつもりはありませんでした。ですけど、わたしは彼に致命的な弱みを知られていたので、誘いを強く断ることができなかったんです」

「きみが幹部の寺尾雄一に嵌《は》められたことは、溝口から聞いたよ。検事総長宅に届けろと指示された包装箱に入ってたのは野良猫の生首ではなく、爆発物だったんだね？」

「ええ、そうだったんです。わたし、知らないうちに汚れ役を演じさせられたわけです。

幹部たちには本当に幻滅しました」

「だろうな。きみは、うまく利用されたんだから」

「わたし、国家権力に与《くみ》する者はすべて敵視していました。組織の最高指導者を起訴した検察に対しても、憎悪を感じてました。だけど、検事総長の奥さんを爆死させたことにははっきりと罪悪感を自覚してたんです」

「そうか。溝口から聞いた話によると、きみは爆発音を耳にして検事総長の官舎に戻ろうとしたそうだね？」

「ええ。でも、捕まりたくなかったんです。父親とは価値観がまるで違うので、反《そ》りが合わないんですよ。だけど、母のことは好きなんです。わたしが警察に捕まったら、母を悲しませることになるだろうと考え……」

「乗ってきたワンボックスカーに乗り込んで、急いで犯行現場から去ったわけだ？」

「ええ、そうです」

未来が目を伏せた。

「気が動転してたんで、きみは老女を撥ねてしまった。溝口はそう言ってたが、その通りなのか？」

「はい。わたしは恐くなって、つい逃げてしまったんです。まさか溝口が検事総長宅の近くに張り込んでて、犯行の一部始終を動画撮影してるとは思ってもみませんでした」

「だろうな。きみは溝口に致命的な弱みを握られたんで、公安調査庁の協力者《スパイ》になることを拒《こば》めなかったんだ？」

「そうなんです。もっと毅然《きぜん》としてたら、つけ込まれることはなかったのかもしれません。でも、やはり自首する勇気はなかったんです」

「幸い老女は怪我を負っただけだったらしいな」

「そのことは、マスコミ報道で知りました。少し気持ちの負担が軽くなりましたけど、轢《ひ》き逃げは重い犯罪です。それから、検事総長の奥さんを死なせてしまったわけですので……」

「爆殺の件では、きみに犯意はまったくなかったわけだ。だが、老女を撥ねて逃げたことは罪深いな。このまま逃げ切れっこない。そのうち出頭すべきだな」

「そうしないといけないと思ってはいるのですけど、わたし、なかなか決心がつかないんです」

「そうだろうが、いつか自首したほうがいいな。逮捕される前に出頭すれば、いくらか罪が軽くなる。こっちは、きみに手錠を打つ気はない」

「わたしに時間を与えてくださるんですね。感謝します」

「別に礼を言うことはないさ。きみは根っからの犯罪者じゃない。それどころか、性格のいい知的な女性なんだろう。きみの良心を信じてるよ」

「は、はい」

「さて、本題に入らせてもらうぞ」

仁科は語調を変えた。

「松永輝光の事件のことで、確認したいことがおありなんですね？」

「そうなんだ。『日本革命戦線』は、最後のフィクサーと呼ばれてた松永を諸悪の根源と言い切って、目の仇《かたき》にしてたよな？」

「ええ、そうですね」

「松永が軽井沢の別荘に滞在中、組織は暗殺を企《くわだ》てたことがあるんじゃないのか」

「暗殺計画は五年前に練られたはずです。けれど、その当時は松永にSPが付いてましたんで……」

「襲撃するチャンスはなかった？」

「幹部たちから、そう聞きました」

「しかし、二年半ほど前から松永にはSPが付かなくなったはずだ」

「そうなんですか。そこまでは教えてもらっていませんでした」

「そう。『日本革命戦線』が六月十八日、軽井沢の別荘に滞在中の松永輝光を狙撃しかけたという情報を警察は摑んでるんだ。そのことについて、何か知ってるんじゃないのか？」

「わたしは、そのことは誰からも聞いていません」

未来が言って、仁科の顔を直視した。一瞬たりとも、視線は揺らがなかった。

人間は何か後ろめたさがあると、つい動揺の色が表に出てしまう。未来は嘘《うそ》をついてはいないと判断してもいいだろう。

「セクトは角材や鉄パイプだけではなく、物騒《ぶっそう》な物を隠し持ってるはずだ。火薬類のほかに銃器もアジトにあるんだろうな」

「女性メンバーは武器保管所に立ち入ることは禁じられているので、わたしはよくわかりません」

「警視庁《うち》の公安部の情報によると、『日本革命戦線』は裏社会から数十挺の拳銃を入手したそうじゃないか。中国製トカレフのノーリンコ54が多いみたいだが、コルト・パイソンというアメリカ製の大型リボルバーもあるらしいな」

仁科は鎌をかけた。

「確か松永殺害事件の凶器は、コルト・パイソンでしたね」

「そうだ。『日本革命戦線』がシンパの誰かに大型リボルバーを渡して、元老の松永を殺《や》らせたと疑った刑事が何人かいたんだよ。至近距離から狙えば、まず標的を打ち損うことはないだろうからな」

「組織は腐敗した社会を少しでもよくする目的で、破壊活動をしてきました。対立セクトとも争ってきたことは否定しません。ですけど、拳銃を使った殺人は前例がないと思います。今後もないでしょうね」

「なら、寺尾雄一たち五人の幹部が相談して、プロの殺し屋に松永輝光を抹殺させたのかもしれないな。きみらのセクトはシンパが少なくなったのに、闘争資金はたっぷりあるようじゃないか」

「そういうことも、末端のメンバーはよく知らないんですよ。本当にそうなんです」

「そうかもしれないな。話は違うが、アジトには秘密の地下トンネルがあるようだね。公安警察にいつも監視されてるんじゃ、そういう抜け道を作りたくもなるだろう。服役中の最高指導者と五人の幹部は秘密トンネルを使ってアジトを抜け出して、活動をしてたんじゃないのか？」

「確証はありませんけど、秘密の地下トンネルはありそうですね。地下一階に機械室があるんですけど、一介のシンパは入室を禁じられてるんですよ」

未来が答えた。

「地下の機械室には、最高指導者と五人の幹部しか入れないわけか」

「ええ、そうです。アジトのどこにも上層部の方たちがいないことが時々、あったんですよ。秘密のトンネルを抜けて、表に出てたんではないのかしら。そうなのかもしれません」

「アジトの真裏は、民家なのかな?」

「そうです。庭がとても広いんですよ。老夫婦だけで暮らしてるんですけど、どちらも耳が遠いみたいなんです。公安警察が拡声器《ラウドスピーカー》でがなり立てても、ご夫婦にはよく聴こえないんでしょう」

「裏の民家の庭の下に勝手にトンネルを掘って、幹部たちはそれを利用して裏道に出てるんだな。近くに別のアジトがありそうだね」

「そうなんでしょうか」

「そのアジトで裏仕事に励《はげ》んで、闘争資金を捻出《ねんしゅつ》してきたとも考えられるな」

「組織は義《ぎ》があれば、平気で法を破ってきました。非合法な手段で闘争資金を調達してた可能性はあると思います。具体的な裏仕事は見当がつきませんけど」

「驚くようなダーティー・ビジネスで荒稼ぎしてるんじゃないか。そうだとすれば、殺し屋の成功報酬が少しぐらい高くても、雇うことはできるだろう」

「ちょっといいですか。わたしたちは社会の歪《ひず》みを是正するために反体制運動の一環としてテロ行為を重ねてきましたけど、ただの犯罪者とは違います」

「やくざや半グレの連中と一緒にしないでくれってわけか」

　仁科は言った。

「ええ、単なる無法者の集団ではないという自負は、メンバーの誰もが持ってます。組織の運営は必ずしも民主的とは言えませんけど、いわゆる社会の屑《くず》とは違うと思います」

「きみらのプライドを傷つけてしまったか。新左翼と呼ばれてる過激派は、それぞれ社会をまともにしたいと願ってるんだろう。その志《こころざし》まで否定するつもりはないんだ。しかし、方法論に問題があるな」

「そうでしょうか。そうは思わないですね」

未来が絡《から》んだ。

偏《かたよ》ったイデオロギーを信奉《しんぽう》している人間は、総じて独善的だ。異《こと》なる思想は頑《かたく》なに受け入れようとしない。宗教にも同じことが言えるだろう。

「民主国家には法律がある。加えて倫理もあるから、一応、社会の秩序は保《たも》てるわけだ」

「お言葉を返すようですが、法に不備があったら、正すべきでしょう。国家を私物化してる政治家や官僚がいたら、そうした連中を根絶やしにする必要があると思います」

「そうだな」

「あなたには悪いですけど、権力に繋《つな》がっている司法機関は政権党の存在を無視できないのが現状です。権力側の圧力に抗し切れない場合もあるでしょう。そうした見せかけの民主社会をぶっ壊さなければ、まともな国家は構築できないと思います」

「そうかもしれない。しかし、革命で簡単に国を変えられると本気で考えてるとしたら、だいぶ幼稚だな」

「そうでしょうか」

「理想を掲《かか》げること自体は、別に悪いことじゃない。しかし、進歩派の学者、文化人、ジャーナリストは青臭すぎる。理想的な社会づくりを目標にしても、それを実現させることは難しいんだ」

「ええ、そうですね」

「理想主義に走る者の大半は、内なる階級意識や差別意識から目を背《そむ》けてる。どんな人間にも欲があるし、競争心もあるんだ。本音《ほんね》を晒《さら》すことは品がないことだから、建前《たてまえ》を口にするがね」

「わたしの父も、あなたと同じようなことを昔から言いつづけてきたわ。事業に成功して、そこそこの財を築きました。人間に利己的な面があることは認めますが、他者の幸せを考えないで富や名声を追い求めるだけでいいのでしょうか。そんな人生は豊かではないと思いますし、虚《むな》しいんではありませんか？」

「苦労を知らない良家の子女が言いそうなことだな。年収二百万にも満たないシングルマザーが子供を抱えて日々の暮らしに喘《あえ》いでるんだ。派遣の仕事で喰《く》い繋いでる二十代から四十代の独身者も多い」

「ええ、そうですね」

「ワーキングプア層は生き延びることで精一杯なんだよ。選挙権を使って社会を少しでもよくしたいという気持ちはあると思うが、日々の糧《かて》を得るだけで疲れ切ってしまうにちがいない」

「それでも、政治に参加しなければならないと思うんですよ。選挙ではなんの役にも立たないと感じたら、体を張って社会の腐敗をなくす努力をすべきでしょ？」

「そう考えることが独《ひと》り善《よ》がりなんだ。偏見だと眉《まゆ》をひそめられるだろうが、すべてのイデオロギーや宗教観は所詮《しょせん》、思い込みなんだよ。だから、他人に自分の主義主張を押しつけたりするのは思い上がりだし、ルール違反だな」

仁科はストレートに自分の考えを述《の》べた。

「そうでしょうか」

「きみは幹部のひとりに嵌《は》められたんだろうが、検事総長の妻を爆死させたことに結果的に加担してしまった。その後、ワンボックスカーで老女を撥ねた。捕まることを避けたくて、結局は逃げてしまった」

「………」

「そういう人間が社会を云々《うんぬん》する資格があるとは思えないな。きつい言い方をしたが、こっちが言ったことは基本的には間違ってないだろう」

「あなたのおっしゃる通りですね。わたし、いったん世田谷の親許に戻ってから、警察に出頭します」

「よく決心したな。人生をリセットして、生き直せよ」

「はい。両親に親不孝したことを詫《わ》びたら、すぐに自首します」

「きみの自宅は世田谷区用賀《ようが》二丁目にあるんだったかな」

「よくご存じですね」

「こっちが車で自宅まで送ってやろう」

「わたし、ここからタクシーで帰宅します」

　未来が遠慮した。

「きみが出頭するのを見届けたいんだ。公安調査庁の溝口が『日本革命戦線』にきみをSとして使ってたと密告したかもしれない。そうなら、きみの自宅の周《まわ》りにはセクトのメンバーたちが待ち受けてるとも考えられるじゃないか」

「あっ、そうですね」

「溝口はきみを自分のものにできなかった。その腹いせで、匿名《とくめい》で『日本革命戦線』に密告電話をかけないとも限らない」

「考えられないことではないかもしれませんね」

「タクシーで帰宅したら、きみはセクトの同志たちに拉致《らち》されて集団リンチを受ける恐れもある」

「リンチでわたしが殺されたら、検事総長夫人や車で撥ねてしまった高齢者女性に償《つぐな》いっづけることができなくなるわ。それは困ります。刑事さん、用賀の家まで送っていただけますか？」

「わかった。この部屋を出よう」

仁科は先に立ち上がった。未来もすぐに椅子から腰を上げた。

二人は九〇二号室を出て、エレベーターで地下駐車場に降りた。仁科はレクサスの助手席に未来を坐らせ、運転席に乗り込んだ。

ホテルの地下駐車場を出て、用賀に向かう。深夜とあって、道路は割に空《す》いていた。

目的地まで三十分もかからなかった。未来が両親と暮らしている豪邸は、あたりでも人目を惹《ひ》く。

気になる人影は見当たらなかった。

「溝口は、きみらのセクトに密告電話はかけなかったようだな。よかったじゃないか」

「ええ、そうですね。十分ぐらい待っててもらえますか。父母は驚いて泣きだすかもしれませんけど、できるだけ早く戻ってきます」

「有罪判決が下《くだ》ったら、ちょくちょく親とも会えなくなるんだ。おれは一時間でも二時間でも待ってるよ」

「ありがとうございます。それでは、ちょっと行ってきます」

未来は助手席から降りると、ブロンズカラーの大きな門扉《もんぴ》を抜けた。長いアプローチをたどる足取りは、しっかりとしている。すでに肚《はら》を括《くく》ったのだろう。

仁科は溜息をついて、背凭《せもた》れに上体を預けた。

4

日付が変わった。

未来が自宅に入ってから、三十数分が経過している。仁科は短くなった煙草《たばこ》をダッシュボードの灰皿に突っ込んだ。

未来の告白を聞いて、父母はさぞ驚いただろう。叱《しか》りつける前に、両親は涙ぐんだのではないか。そして、胸の裡《うち》で子育てに失敗したと自責の念にさいなまれたにちがいない。

未来は未来で、親不孝したことを繰り返し謝罪したはずだ。たとえ親子であっても、それぞれ考え方が違うわけだから、こうした結果になることは仕方がないだろう。とはいえ、双方が重い十字架を背負ってしまった。

「三人とも辛《つら》いだろうな」

仁科は声に出して呟き、未来を待ちつづけた。

さらに数十分が過ぎたが、未来は自宅から現われない。少し遅すぎる。両親に説得されて、未来は出頭しないことに決めたのだろうか。

仁科は静かにレクサスを降り、鮎川邸の門に足を向けた。

立ち止まったとき、玄関のドアが開けられた。姿を見せたのは五十七、八歳の紳士然とした男だった。目のあたりが未来に似ている。彼女の父親だろう。

男は肩に寝袋を担《かつ》いでいる。二つに折れ曲がっていた。寝袋の中に入れられているのは、未来と思われる。

身じろぎもしない。麻酔液を嗅《か》がされて、意識を失っているのか。あるいは、催眠導入剤で眠らされたのだろう。

家の中から五十代半《なか》ばの気品のある女性が飛び出してきた。仁科は門柱の陰に隠れた。

「あなた、考え直して！」

「何を言ってるんだっ。未来が出頭したら、我が家に前途《ぜんと》はないんだぞ。ひとり娘が大変なことをしてしまったんだから、世間の連中はとたんに冷ややかになるに決まってる」

「事業に多少の影響は出てくるでしょうけど、会社が倒産することはないでしょ？」

「甘い！　きみは楽観的すぎる。わたしは複数のビジネスでそれなりの成功を収めたが、社会的な信用を失うことになるんだぞ。グループ企業の売上は大幅にダウンして、数年後には経営権を失うだろう」

「そうなっても、持ち株を処分すれば……」

「生活には困らないだろうな。しかし、わたしは腑《ふ》抜《ぬ》けになるにちがいない。ビジネスが生き甲斐《がい》だからな」

「あなたは自分のことだけしか考えてないんですねっ。未来は、たったひとりの子供じゃありませんか」

「わたしをエゴイスト呼ばわりするなっ。未来のことを考えてるからこそ、出頭させたくないんだよ。娘が前科者になったら、もう人生は終わったも同然じゃないか。まともな仕事に就《つ》くことは難しくなるだろうし、結婚もできないと思う」

「その覚悟で未来は出頭する気になったんですよ。罪を償《つぐな》い終えたら、わたしたち親が未来を支《ささ》えつづけましょうよ。仮出所したら、娘に何か店でもやらせれば、自立できるんじゃない？」

「未来が輸入雑貨の店か、アクセサリーショップのオーナーで終わってもいいのか。わたしは、それでは厭《いや》なんだ」

「多くを望むのはよくないわ。娘は、未来はお金儲《もう》けには興味ないんですよ。あなたと違って、商才はありません」

「真っ当なビジネスで儲けることは卑《いや》しいことなのかっ」

　未来の父が大きく振り返って、妻を詰《なじ》った。

「わたし、そこまでは言ってませんよ。そんなことより、未来を別荘にしばらく閉じ込めて海外逃亡させるなんてことは無理でしょう」

「そんなことはないさ。物事には、たいがい裏があるんだ。まとまった金を積めば、無理は通るもんだよ」

「未来を密出国させたら、さらに罪が増えるんですよ。わたしは反対です。お父さん、未来を出頭させてください。お願いよ」

未来の母親が夫に走り寄って、片腕を摑んだ。

「放せ！　放すんだ」

「娘が一生、怯《おび》えて暮らすなんて惨《むご》いわ。未来の気持ちを最優先すべきでしょ？　そうすることがまともな親ですよ」

「偉そうなことを言うなっ。お母さんは家で待ってろ。わたしがすべてうまくやる」

「行かせません」

「いい加減にしろ！」

未来の父親が妻の手を振り払い、荒っぽく突き飛ばした。

妻はよろけて、ポーチに倒れ込んだ。小さく呻《うめ》く。肘《ひじ》を打ったらしい。

夫は寝袋を担いだまま広い庭を斜めに横切り、黒いベントレーの後部座席のドアを開けた。リア・シートに寝袋を置き、運転席に回り込む。

仁科は足音を殺しながら、レクサスの中に戻った。ベントレーを追う気になったのである。

鮎川家のセカンドハウスは、どこにあるのか。箱根《はこね》、富士五湖《ふじごこ》周辺、伊豆高原《いずこうげん》あたりに別荘を有しているのかもしれない。

待つほどもなく、鮎川邸のガレージのシャッターが自動的に巻き揚《あ》げられた。ベントレーが滑《すべ》り出てきたが、むろん仁科はまだレクサスのエンジンをかけなかった。

超高級外車の尾灯《びとう》が闇に呑《の》まれそうになった。仁科はライトを点《つ》け、レクサスを発進させた。

ベントレーは東京IC《とうきょうインターチエンジ》から、東名《とうめい》高速道路の下《くだ》り線に乗り入れた。

ハイウェイを走る車は、あまり多くなかった。仁科は充分に車間距離を取りながら、ベントレーを追尾しつづけた。

超高級外車は御殿場《ごてんば》ICで降り、国道一三八号線をたどりはじめた。道なりに進めば、やがて山中湖《やまなかこ》に達する。

ベントレーは須走《すばしり》を通過し、なおも直進した。籠坂峠《かごさかとうげ》を抜けると、じきに旭日丘《あさひがおか》交差点にぶつかった。山中湖の湖畔だ。ベントレーは左折し、湖岸道路を走った。左折したのは明神前《みようじんまえ》交差点の数百メートル手前だった。湖尻《こじり》に近い地域である。

仁科は車の速度を落とした。

ベントレーは林道を進み、大きな別荘の駐車場に滑り込んだ。近くには別荘が点在しているが、電灯の点いた建物はない。寒くなったから、セカンドハウスを利用する者は少ないのだろう。

仁科は林道の暗がりにレクサスを駐《と》め、そっと降りた。

別荘地の外気は冷たかった。足音を忍ばせて、鮎川家のセカンドハウスに接近する。ちょうど娘を入れた寝袋を担いだ鮎川が別荘のポーチに向かっているところだった。

アルペンロッジ風の造りだが、かなり大きな二階家だ。部屋数は十室ぐらいあるのではないか。鮎川が別荘の中に入った。

玄関灯は瞬《また》かなかったが、室内の照明は点けられた。仁科は頃合を計って、別荘を訪ねるつもりだった。素姓を明かして、未来の父親を説得する気になっていた。

仁科は鮎川家のセカンドハウスの敷地に無断で入り、広いサンデッキに近づいた。

大広間《サロン》と思われる部屋の高窓は明るい。雨戸は閉まっていたが、父と娘はサロンにいるのだろう。未来は寝袋から出され、長椅子に寝かされているのか。

仁科は玄関に回り込む気になって、庭木の間を歩きはじめた。

それから間もなく、鮎川家の別荘の前で車が停止する音がした。仁科は闇を透《す》かして見た。

灰色のエルグランドから三人の男が降り立った。

揃《そろ》って白いヘルメットを被り、タオルで口許を覆っている。身なりから察して、過激派のメンバーと思われる。

『日本革命戦線』の者たちなのか。そうだとしたら、公安調査庁の溝口が未来に相手にされなかったことに腹を立て、彼女がSだった事実を『日本革命戦線』に密告したのだろう。もちろん、自分の名は伏せたにちがいない。

『日本革命戦線』の幹部の命令で、三人は未来の自宅近くで待ち伏せしていたのではないか。しかし、未来はレクサスに同乗して帰宅した。

三人の男はいったん鮎川邸から離れ、レクサスを運転していた自分の動きを探《さぐ》っていたのではないか。そして、未来を自宅に送り届けたのは警察関係者かもしれないと感じ取ったのかもしれない。

未来が警察でセクトの動向を喋ったら、闘争に支障を来《きた》す。それだから、裏切り者の女闘士を引っさらってアジトに連れ帰る気なのだろう。

推測通りなら、エルグランドは東京から自分の車を尾行してきたようだ。仁科は後続の車をまったく気にもかけなかったことを恥じた。

刑事失格と思われても、弁解の余地はないだろう。何事も馴《な》れると、つい気が緩《ゆる》んでしまうようだ。仁科は自分に唾《つば》を飛ばしたいような気持ちだった。初歩的なミスである。恥ずかしくて仕方がない。

ヘルメットを被った男たちは別荘のポーチに駆け上がった。三人のうちのひとりがインターフォンを鳴らした。

スピーカーは沈黙したままだった。男が舌打ちして、ふたたびインターフォンを響かせる。しかし、なんの応答もない。

ほかの二人が交互に玄関のドアを乱暴にノックした。それでも、別荘の中から返事はなかった。

未来の父親は来訪者たちを怪しみ、じっと息を潜めているのだろう。三人のうちのひとりが苛立《いらだ》って、ドアを蹴りはじめた。

「こんな非常識な時間に訪ねてくるなんて、どうかしてるぞ。どこの誰だか知らないが、明日、出直してこい！」

ドアの向こうで、未来の父が怒鳴《どな》った。

「あんた、未来の父親の鮎川久志《ひさし》でしょ？」

「そうだが、先に名乗るのが礼儀だぞ」

「おっと、失礼しちゃったな。自分は桐山《きりやま》って者です。あんたの娘の同志ってことになるね」

「同志だって⁉　わたしの娘は妙な反体制運動なんかしてない。なんか勘違いしてるようだな」

「自分の娘が『日本革命戦線』の闘士だってことを知らないわけないでしょうが？」

「未来は過激派とはなんの関わりもない。すぐに帰らないと、警察を呼ぶぞ」

「そうしたら、あんたたちが困るでしょ？」

桐山と称した男が余裕ありげに言った。三十三、四歳だろうか。髪を肩まで伸ばし、どことなく不潔っぽい。

「どういう意味なんだ？」

「鮎川未来は、検事総長の妻を爆死させたんだよ。標的は検事総長だったんだが、夫人が爆発物の入った包装箱を先に開けちゃったんで、死ぬことになったわけです」

「わたしの娘を呼び捨てにするなっ。未来は人殺しをするような人間じゃない」

「あんたの娘は包装箱の中身が野良猫の生首だと組織の幹部に言われてたようだが、実は爆発物だったんだよね。でも、未来が届けた物で検事総長の妻は爆死した。その事実は変えようがない。それからね、未来は犯行現場から逃げたとき、車で老女を撥ねちゃったようなんですよ」

「そんな話、信じないぞ」

「未来が轢《ひ》き逃げしたことも、本当の話ですよ。本人はそのことをセクトの仲間には言わなかったが、今夜、そのことを教えてくれた密告者が出てきたんだよね。その人物の話だと、未来は公安調査庁の職員に犯行の一部始終を動画撮影されてしまったらしいんですよ。それで、公調のスパイにされたみたいなんだ」

「でたらめばかり言うと、赦《ゆる》さんぞ」

鮎川が気色《けしき》ばんだ。

「本当のことしか言ってない。それより、別荘の中にあんたの娘がいることはわかってるんだ。寝袋の中に未来を入れて、この別荘に運んだんでしょう？」

「別荘には、わたししかいない」

「そういう嘘は通用しませんよ。ベントレーの後部座席から、あんたが人の形をした寝袋を出して肩に担ぎ上げたのをわれわれは向かいの自然林の中から見てたんだ」

「えっ」

「絶句したね。やっぱり、そうだったか。未来を組織に引き渡してほしいな。アジトで未来が公安調査庁にセクトの秘密情報を本当に流してたかどうか、どうしても確認したいんですよ」

「娘はいないと言っただろうが！」

「われわれの言った通りにしないと、ドアをぶち破って押し入ることになりますよ。それでも、いいのかな」

「そんなことさせるもんかっ」

「仕方がないな」

桐山がベルトの下からスパナを引き抜き、ドアのノブをぶっ叩きはじめた。数秒後、ドアが内側から押し開けられた。

桐山たち三人がたじろぎながら、後ろに退《さ》がった。

仁科は横に移動して、視線を延ばした。鮎川久志は猟銃を水平に構え、桐山たち三人を睨《にら》み据《す》えていた。

ヘルメットを被った男たちは一斉《いっせい》にポーチから離れ、別荘の前の林道まで逃れた。

鮎川は勝ち誇ったような笑みを浮かべ、山荘の中に戻った。言うまでもなく、ドア・チエーンはすぐに掛けられた。

桐山が二人の仲間に目配《めくば》せした。どちらも、桐山よりも一つか二つ若そうだ。

時代遅れのメタルフレームの眼鏡《めがね》をかけたほうは、桐山に工藤《くどう》と呼ばれていた。もうひとりは浦上《うらがみ》という姓らしい。

工藤と浦上がエルグランドの中から、それぞれ火焔瓶《かえんびん》を持ち出した。桐山たち三人は、ふたたびポーチに駆け上がった。工藤と浦上が油を染《し》み込ませた布にライターで火を点け、玄関のドアに火焔瓶を投げつけた。

跳ね返った瓶が割れ、炎が大きく躍《おど》り上がった。ドアが焦《こ》げはじめると、玄関から消火器を抱えた鮎川が飛び出してきた。

次の瞬間、消火器のノズルから白い噴霧《ふんむ》が迸《ほとばし》った。炎はたちまち小さくなり、じきに鎮火した。

桐山がスパナで鮎川の首筋を強打した。

鮎川が消火器を抱えた恰好《かっこう》で、ポーチに片膝をついた。工藤がドライバーの先端を鮎川のこめかみに密着させた。

「娘はいないよ」

鮎川が言った。声が少し震えていた。

「別荘の中を検《しら》べさせてもらうぞ」

桐山が言うなり、先に建物の中に足を踏み入れた。工藤と浦上が鮎川を引き起こして、別荘の中に押し戻した。

仁科はポーチに誰もいなくなってから、鮎川家のセカンドハウスに近寄った。玄関のドアを細く開け、様子をうかがう。

広い玄関ホールに接して大広間《サロン》があった。サロンから、人の揉《も》み合う物音が伝わってくる。桐山たちが鮎川を押さえ込み、手足の自由を奪っている様子だ。

未来の声は聞こえない。まだ眠ったままなのだろう。

仁科は玄関に身を滑り込ませ、アンクルブーツを脱いだ。玄関マットを踏み、サロンに向かう。ドアは半開きだった。

結束バンドで両手を括《くく》られた鮎川は床に這わせられている。口は粘着テープで塞《ふさ》がれていた。

仁科は目で未来を探した。

予想した通りだった。長椅子に寝かされている。周《まわ》りのざわめきに眠りを破られた未来が半身を起こし、驚きの声をあげた。

「桐山さんたち三人が、なぜ父の別荘にいるんです？」

「その説明は後《あと》でしてやるよ。それより、おまえは公調の協力者《スパイ》らしいじゃないか。そういう密告電話が寺尾さんにかかってきたそうだ。それで、寺尾さんは鮎川をアジトに連れてこいと……」

「桐山さん、聞いてください。それから、工藤さんと浦上さんもわたしの話を信じてほしいんです」

「言い逃《のが》れする気だな。往生際《おうじょうぎわ》が悪いぞ」

桐山が嘲《あざけ》った。

「わたし、寺尾さんに騙《だま》されて爆発物入りの包装箱を検事総長の官舎に届けてしまったんです。中身は野良猫の生首と教えられてたんでね。ひどいことをするもんだと思いながらも、幹部の指示には従うほかなかったんです」

「それは、そうだろうな。幹部たちは自分らの手を汚したがらない。汚れ役を押しつけられるのは、いつもぺーぺーだ」

「わたし、寺尾さんにうまく利用されたと思いながら、とにかく犯行現場から早く逃げないと、セクトのみんなに迷惑をかけると……」

「それで、逃げる途中に年寄りの女性を車で撥ねてしまったのか」

「そうなんですよ。わたしの犯罪を公安調査庁調査一部第二課の溝口航に動画撮影されてしまったので、S《エス》にならざるを得なかったんです。仲間たちを裏切るつもりはこれっぽっちもなかったの。桐山さん、そのことだけはどうか信じて！」

「確かに五人の幹部は、おれたち下っ端に厭《いや》なことをよく押しつけるよな。寺尾さんだけじゃなく、辻さん、百瀬さん、立花さん、桑原さんも似たり寄ったりだ。な、工藤？」

「そうだね」

工藤が桐山に同調した。すぐに浦上も相槌《あいづち》を打つ。

「服役中の最高指導者も、狡《ずる》いところがあるわ」

「それは、おれも常々、感じてたよ。おれたちは幹部たちに上手に利用されてきただけなのかな」

桐山が未来の言葉を引き取った。

「わたしははっきりとそう感じたので、自分のやったことを警察に何もかも話す気になったの。父は出頭することに猛反対して、わたしを海外に逃がしたがってるんですよ。でも、わたしはちゃんと罪を償います。桐山さんたちも考え直したほうがいいんじゃないですか」

「おれたち三人は親兄弟と縁を切る形でセクトの闘争に関わってきたから、もう組織から抜けられないだろう」

「そんなことはないと思います。裏切り者という烙印《らくいん》を捺《お》されるでしょうけど、セクトを離れることはできますよ。少し勇気を出せばね」

「その通りだな」

仁科は未来の声に言葉を被せながら、サロンに入った。未来が目を丸くした。

「あっ、刑事さん……」

「鮎川、知り合いなのか⁉」

「ええ」

「何がどうなってるんだ」

桐山が工藤と浦上を等分《とうぶん》に見た。工藤と浦上は相前後して首を振った。

仁科は素姓を明かし、事の流れをかいつまんで話した。最初に口を開いたのは桐山だった。

「松永輝光の事件には、『日本革命戦線』は関与してませんよ。誰かが自分らに罪をなすりつけようとしたんじゃないのかな」

「アジトの地下の機械室は秘密トンネルに通じてて、幹部たちはそこから裏通りに出てるんじゃないのか。それで何かダーティーなことをやって、闘争資金を捻出してるんだろう?」

「そこまで調べ上げたのか」

「軍資金がたっぷりあるんだったら、松永を殺し屋に始末させることもできそうだな」

「パキスタン人の犯罪グループに貴金属や美術品をかっぱらわせて、闇ルートに流してることは事実です。シンパたちのカンパだけではとても闘争はつづけられませんのでね。その違法ビジネスを資金源にしてることは認めますが、松永の事件には絡んでませんよ」

「捜査本部の判断に誤りはなかったのか。それはそうと、おたくら三人も鮎川さんみたいにセクトに背を向ける勇気を出せよ」

仁科は桐山を説《と》いた。

桐山は即答しなかったが、そのうち決断しそうな顔つきだった。工藤と浦上も同じような表情だ。

「鮎川さんの縛《いまし》めを解《と》いてやれよ」

仁科は桐山に言って、近くのソファに坐った。鮎川久志の説得に時間はかかりそうだが、勝算はあるだろう。

第三章　闇の私兵組織

1

いつになくブラックコーヒーが苦い。

徒労感を覚えているからだろう。仁科は自宅マンションのリビングソファに腰かけ、ぼんやりとしていた。

山中湖にある鮎川家の別荘に別働隊の四人が二台の覆面パトカーに分乗して駆けつけたのは、午前七時過ぎだった。仁科は別働隊員たちに詳しい経過を語り、桐山、工藤、浦上の三人の身柄を引き渡した。

桐山たちは別働隊に厳しく取り調べられてから、本庁公安部公安第一課の手に委《ゆだ》ねられるはずだ。数日中に『日本革命戦線』は家宅捜索され、寺尾たち五人の幹部も検挙されるだろう。

仁科は別働隊の隊長に鮎川未来の扱いを自分に任せてほしいと頼んだ。寺尾に利用された未来の罪を少しでも軽くしてやりたかったのである。

警察官も人の子だ。法の番人ではあるが、時には被疑者に情《じょう》をかけることもある。隊長は仁科の頼みを聞き入れ、先に東京に戻っていった。

仁科は別働隊が到着するまで、鮎川久志の説得を試《こころ》みた。しかし、未来の父親は娘の犯罪に目をつぶってくれと繰り返すばかりだった。涙ぐみながら、床に幾度《いくど》も額《ひたい》を擦《こす》りつけた。

親の気持ちはわかるが、犯した罪は償《つぐな》わなければならない。仁科は裏取引には応じなかった。鮎川を根気よく説得しつづけた。

それでも、鮎川は娘を出頭させたがらなかった。焦《じ》れた未来は、仁科に両手を突き出した。手錠を掛けてくれという意味である。

鮎川はうろたえ、ついに説得に応じた。ためらいながらも、ひとり娘をベントレーの助手席に乗せた。仁科はベントレーを先導し、東京に戻った。

検事総長夫人爆殺事件が発生したのは、高輪署《たかなわ》管内だった。轢き逃げ事件も同じだ。

父と娘は抱き合い、ひとしきり泣いた。

仁科は貰《もら》い泣きしそうになったが、空を仰《あお》いで涙を堪《こら》えた。刑事に感傷は禁物だ。

未来は父親にしばしの別れを告げ、高輪署に出頭した。

その足取りに迷いは感じられなかった。鮎川はベントレーのステアリングを抱き込み、肩を震わせていた。それを見なかった振りをして、仁科はレクサスを走らせはじめた。自分の塒《ねぐら》に帰りついても、しばらく寝つけなかった。

ちょっとしたことで、人の道を踏み外す危うさは誰もが持っている。未来の過《あやま》ちは気の毒だったと言えよう。しかし、罪は罪だ。

仁科は川奈次長に捜査の経過報告をしてから、午後一時過ぎまで眠った。それから簡単なブランチを摂《と》り、居間に移ったのだ。間もなく午後三時になる。

仁科はセブンスターに火を点けた。

回り道をしてしまったが、捜査本部の調べに手落ちはなかったわけだ。そのことを確認できただけでも、再捜査には意義があった。

いったい松永は誰に葬《ほうむ》られたのか。

仁科は、幾度も読み返した捜査資料の内容を頭の中でなぞりはじめた。

射殺された民自党の元老は、大物右翼の狩谷善行と秘密民兵組織を結成した。その確証は得られていないが、状況証拠から事実と考えてもいいだろう。

松永と狩谷は若い時分から親交を重ねてきた。だが、五月ごろから狩谷は松永から遠のきはじめた。蜜月《みつげつ》関係が崩れたと見るべきだろう。

私設軍隊めいた秘密民兵組織の動かし方で意見の衝突がなかったとすれば、狩谷が勝手なことをやって松永を怒らせたと推測してもよさそうだ。

捜査本部の調べによると、松永たち二人は大企業からのカンパを軍資金にして秘密民兵組織を維持しているようだ。しかし、どのくらいのカンパが集まったのかは不明だった。私設軍隊の基地の所在地もわかっていない。

狩谷がカンパ金の一部を着服していた節《ふし》があるという噂は流れているようだが、その真偽は定かではない。

ただ、狩谷が松永と距離を置くようになっていたことは確かだろう。その理由がわかれば、再捜査も進むのではないか。

仁科は、狩谷が率《ひき》いている右翼団体『忠国青雲党《ちゅうこくせいうんとう》』の関係者に探《さぐ》りを入れてみることにした。煙草の火を消し、浴室に足を向ける。仁科は熱めのシャワーを浴び、頭髪と体を洗った。髭《ひげ》も剃って、寝室に移動する。

仁科は身繕《みづくろ》いをしてから、ウォークイン・クローゼットに入った。銃器類、手錠、特殊警棒は堅固な造りの保管庫に収めてある。

仁科は手早く武装し、部屋を出た。

エレベーターで地下駐車場に降り、レクサスに乗り込む。『忠国青雲党』の本部は、靖《やす》國《くに》神社の近くにある。六階建ての持ちビルだ。

一・二階が本部事務所で、三階から六階までは党員たちの寮になっている。

ボスの狩谷の自宅は渋谷区千駄《せんだ》ヶ谷《や》二丁目にあると捜査資料に記述されていた。戸建て住宅のようだ。

仁科はレクサスを走らせはじめた。

幹線道路は、やや渋滞気味だった。それでも、三十分弱で目的地に着いた。

仁科は車を『忠国青雲党』の本部事務所の数十メートル手前に駐《と》め、運転席から出た。黒いレザージャケットの襟《えり》を立て、右翼団体の本部まで大股で歩く。

仁科は本部事務所を訪れた。

六卓の事務机が二列に並べられ、左手に応接セットが据えられている。日章旗《にっしょうき》が飾られ、物故民族主義者たちの写真が壁面を埋めていた。

特攻服に身を包んだ二十二、三歳の丸刈りの男がスチール製デスクに向かい、宛名書きにいそしんでいた。ほかには誰もいなかった。

「どちらさまでしょう？」

丸刈りの男が椅子から立ち上がって、歩み寄ってきた。

「狩谷党首にお目にかかりたいんだ。おれも国粋主義者だから、高校生のころから党首を尊敬してきたんだよ」

「そうですか。それで、ご用件は？」

「狩谷党首が民自党の元老だった松永先生と結成された民兵組織の一員にしてほしくて訪

ねてきたんだよ」

「民兵組織ですか⁉」

「そっちは教えてもらってないようだな。私設軍隊のことは、党員歴十年以上の者しか知らないのかもしれないな。非合法な組織だからさ」

「狩谷党首は民兵組織なんかこしらえてないはずです。何か勘《かん》違いされてるんではありませんか」

「こっちが聞いた情報は間違いないよ。二カ月ほど前に射殺された松永先生の側近だった人から秘密民兵組織のことを聞いたんだからさ。おれ、習志野《ならしの》の陸上自衛隊第一空挺団《くうていだん》の特殊部隊に四年ほど所属してたんだ。銃器の扱いには馴《な》れてるし、白兵戦《はくへいせん》の心得もマスターしてる」

仁科は、とっさに思いついた嘘《うそ》を澱《よど》みなく喋《しゃべ》った。

「そうおっしゃられても、『忠国青雲党』は私設軍隊とは無縁ですので……」

「若い党員じゃ、話が通らないな。誰か幹部クラスに取り次《つ》いでくれないか」

「困ったな」

「そっちに迷惑はかけないから、上の人間を呼んできてくれ」

「わかりました」

特攻服の男が渋々ながらも、奥に足を向けた。

数分待つと、丸刈りの若者が五十歳前後の色の黒い男と一緒に戻ってきた。五十絡みの男はがっしりとした体形で、精悍《せいかん》な顔をしていた。

「おまえ、二十分ほどコーヒーでも飲んでこい」

色黒の男がそう言い、丸刈りの党員に千円札を手渡した。特攻服を着た男は紙幣をカーキ色のパンツのポケットに入れると、表に出ていった。

ほとんど同時に、いきなり目の前の男が右のストレートパンチを放った。仁科は造作《ぞうさ》なくパンチを躱《かわ》した。

「急になんなんですっ」

「怒らないでくれ。ちょっとテストをさせてもらったんだよ。自分は特攻隊長の木村《きむら》、木村肇《はじめ》だ」

「おれは佐藤和也《さとうかずや》です。あいにく名刺を切らしちゃってるんですよ」

「そうか。身の動きは敏捷《びんしょう》だったな。陸自《りくじ》の特殊部隊にいたって話は、はったりじゃなさそうだ」

「ブラフなんかじゃありませんよ」

「坐って話そうじゃないか」

木村と名乗った男が応接ソファを手で示し、先に腰を下ろした。仁科は相手と向かい合った。

「若い者に茶を淹《い》れさせようか」

「どうかお構いなく」

「そう。うちの大将をリスペクトしてるんだって？」

「ええ。民族派の人間も領土の件で、韓国や中国を堂々と非難することをためらってる感じでしょ？」

「島根《しまね》県の竹島を不法占領してる韓国や尖閣諸島の領有権を主張してる中国には誰も本音では怒ってるはずなんだが、両国と国交断絶になったら……」

「経済的な損失が小さくないんで、経済界に遠慮したような物の言い方をする民族派もいますよね？」

「そういう連中は腰抜けだし、考え方が狡《ずる》いよ」

「こっちも、そう思います」

「話が合うな。さて、本題に入ろうか。秘密民兵組織のことは誰から聞いたんだい？」

木村が穏《おだ》やかに問いかけてきた。その目は笑っていない。探《さぐ》るような眼差《まなざ》しだった。

「松永先生の公設秘書だった方から教えてもらったんですよ。差し障《さわ》りがあるんで、名前まで明かすわけにはいきませんがね」

「長いこと第一秘書を務めてた高石和典さんあたりじゃないのか。松永先生は高石さんに何でも話してたようだからな」

「コメントを控えさせてください」

仁科は冗談っぽく言った。

「まあ、いいさ。第一空挺団を辞めたのは、いつなんだい？」

「もう六年も前です。サラリーマンには向かないんで、フリーで用心棒をしばらくやってたんですよ」

「ほう！　依頼人はどんな方たちだったの？」

「ベンチャービジネスの起業家や飲食店経営者が多かったんですが、有名なアスリート、老興行師、不動産王、演歌歌手のボディーガードもやりました」

「報酬は悪くなかったんだろうな」

「月に四、五百万は稼げましたね。それとは別にベッドパートナーも提供してくれる雇い主もいたんで、それなりに楽しかったですよ」

「何が不満だったのかな？」

「なんか精神が腐っていくように思えて、耐えられなくなったんですよ。日本男児が銭金《ぜにかね》だけで生きてるようじゃ、みっともないでしょ？　この国のために体を張って何かをしなきゃ、生きてる価値がない」

「同感だね」

木村がにっこりと笑った。警戒心が緩《ゆる》んだのだろう。

「フリーのボディーガードを廃業してから、貯《たくわ》えで喰ってたんですよ。自分が本気で熱くなれる仕事を探してたんですが、これといった職業は見つかりませんでした。そんなときに、松永先生と狩谷先生が手を組んで私設軍隊を作ったという話を聞いたんで、こっちの血がにわかに騒ぎだしたんですよ。民兵組織のことを詳しく教えてくれませんか」

仁科は誘い水を撒《ま》いた。

「うちのボスと松永先生は憲法に縛られて自衛隊と海上保安庁は積極的に韓国や中国の暴挙に対抗できないわけだから、憂国《ゆうこく》の士たちが立ち上がらなければならないと、民間パトロール隊を竹島や尖閣諸島周辺に派兵させる気になったんだよ」

「そうですか」

「私設軍隊とか民兵組織と呼べるような規模じゃないんだが、元自衛官、元海上保安官、元麻薬取締官たちに竹島と尖閣諸島周辺で監視をさせてることは否定しないよ。漁民に化けさせて、侵略者たちの動きをチェックさせてるんだ」

「それだけでは、自衛隊や海上保安庁と変わらないでしょう？　民間パトロール隊に領海侵犯をした韓国人や中国人を捕虜に取らせて、裏外交の切札に使わなきゃ、敵国に打撃は与えられないと思うがな。両国が裏外交のテーブルにつかなかったら、かつてのＩＳみたいに公開処刑の映像をネットで流すと脅《おど》してやればいいんです」

「過激なことを言うね。そこまでやったら、局地的な戦争に発展しちゃうだろうが」

「敵国が先に仕掛けてきたら、兄貴分のアメリカが黙っちゃいませんよ。だから、こっちはぎりぎりまでの威嚇《いかく》を重ねるべきなんじゃないのかな。民間パトロール隊は、本当はもう敵国の人間を何人か生け捕りにしてるんでしょ？　木村さん、正直に答えてくださいよ」

「そこまで際《きわ》どいことはしてない。そうしたいとこだがな」

「捕虜を取らなきゃ、意味がないですよ。それじゃ、雇った連中に只飯《ただめし》を喰わせてやってるだけでしょ？」

「いずれは、敵の奴らを生け捕りにして切札にするようになると思うが……」

「なんか焦《じ》れったいな。聞いたところによると、大企業から多額のカンパを募《つの》って私設軍隊、いや、民間パトロール隊の軍資金にしてるそうですね」

「そうなんだが、軍資金はそれほど潤沢《じゅんたく》じゃないんだ。『忠国青雲党』がせっせと寄附を集めてるんだが、まだ目標額に達してない。松永先生は軍資金がかなり足りないようだったら、私財をなげうつとおっしゃってくれてたんだが、党首の狩谷は元老に甘えてばかりもいられないからといって……」

木村が言いさして、口を噤《つぐ》んだ。

「おとなしくしてたら、敵国に日本の領土を乗っ取られるかもしれないんです。松永先生や狩谷党首が目をかけてる暴力団からも大口のカンパを集めて、大口脱税者たちの隠し金を吐き出させるべきですよ。国税庁の幹部職員を抱き込めば、悪質な脱税をしてる法人や個人はたやすくわかるはずです」

「ずいぶん悪知恵が発達してるね。うちのボスは民間パトロール隊をもっと強化させてコンバットチームに育て上げ、ゲリラ戦術で韓国と中国の軍隊を震え上がらせるべきだと考えてる」

「そうすべきでしょうね。それには、莫大《ばくだい》な軍資金が必要だな。狩谷党首には軍資金を調達する目処《めど》があるんだろうか。もしも目処がついてないんだったら、おれ、企業恐喝《きょうかつ》でも何でもやりますよ。成金《なりきん》どもにハニートラップを仕掛けてもいいな」

「うちのボスは軍資金を少しでも増やそうと、いろいろ知恵を絞ってたんだよ。だけどな、松永先生は民間パトロール隊をコンバットチーム化することには反対してたんだ」

「どうしてなんです?」

「民間パトロール隊がミニ軍隊になったら、韓国はともかく、中国が日本やアメリカと交戦してもいいと意地を張るかもしれないと言ったらしいんだ。まさか核戦争までには発展しないだろうが、日本の領土の半分近くが焦土《しょうど》になったら、復興まで六、七十年はかかるにちがいないからと……」

「松永先生は、あくまで民間パトロール隊の本格軍備化には反対だったのか。九十歳を超えてたんで、昔みたいにタカ派の急先鋒《きゅうせんぽう》じゃなくなってたのか。なんだかがっかりだな」

「狩谷も、松永先生がいつの間にか気弱になってしまったことに失望してたよ。そんなことで、少し関係がぎくしゃくするようになったんだ」

「ああ、それでか。松永先生の元側近が五月ごろから狩谷党首は元老の邸宅にあまり顔を出さなくなったと言ってたんですよ」

「そう。民間パトロール隊の軍備化について二人の意見がぶつかったことは確かだが、どちらも愛国者なんだ。別に憎み合ったりはしてなかったよ」

「松永先生は二カ月ほど前に自宅の近くを散歩中に何者かに背後から頭部を撃たれて、亡くなられた。狩谷党首は、ショックを受けられたでしょうね」

「通夜《つや》のとき、松永先生の亡骸《なきがら》に取り縋《すが》って子供のように泣きじゃくってたよ。それで、竹島と尖閣諸島は命を賭《と》して絶対に守り抜くと誓ってたな」

「そうですか。民間パトロール隊の秘密基地は、九州のどこかにあるんでしょ？」

「うん、まあ。しかし、パトロール隊員集めなんかは東京でやってるんだ。ある場所で軍事訓練を受けさせてから、秘密基地に隊員たちを送り込んでるんだよ」

「おれにも何か手伝わせてほしいな。待遇なんかどうでもいいんです。一日三食と寝る場所の面倒を見てもらえるんだったら、それで充分です。射撃や白兵戦の訓練はいまさら受ける必要はないと思いますが、そちら側が不安なら、改めてトレーニングを受けてもいいですよ」

「そんなに熱心に売り込みをかけてくるパトロール隊員は、これまでひとりもいなかったよ。ＩＳ隊員並の待遇に惹《ひ》かれて、応募してくる者が圧倒的に多かったんだよ」

「そんな連中と一緒にされたくないな。おれは、この国を何よりも大切に思ってるんですよ。だから、他国に日本の領土を取られたくないんです」

仁科は民族主義者を演じつづけた。

「すぐにも戦力になってもらいたいが、こっちの一存でパトロール隊員を採用するわけにはいかないんだ。ボスが応募者と必ず面談してから、採否を決めさせてもらってるんだよ」

「そうなのか」

「あいにく党首は所用があって、名古屋《なごや》に出かけたんだ。明日の正午過ぎには東京に戻る予定になってるから、悪いけど、出直してくれないか」

木村の声には、同情が込められていた。

「そういうことでしたら、明日、また来ますよ」

「申し訳ない。きみを採用するよう狩谷に強く推《お》すつもりだ」

「そうしてもらえると、嬉しいな。よろしくお願いします」

仁科は頭を下げ、ソファから立ち上がった。

木村に見送られ、『忠国青雲党』の本部事務所を出る。危ない鎌のかけ方をしたが、特に怪しまれた様子はうかがえなかった。

仁科はひとまず安堵《あんど》して、レクサスに向かって歩きだした。

2

車を数十メートル、バックさせた。

仁科は特攻隊長の木村肇が党本部から出てきたら、尾行する気になっていた。木村の動きを探《さぐ》れば、民間パトロール隊や軍資金のこともわかるだろう。

そこまで考え、仁科は一抹の不安を覚えた。話し込んでいるうちに、木村は次第に無防備になったように映った。本当にそうだったのだろうか。

そう見せかけて、こちらを油断させたかったのかもしれない。突然、党本部事務所を訪れた者に警戒心を懐《いだ》くのは当然だろう。

さきほど仁科は、佐藤和也という偽名を使った。その名義の偽造運転免許証も携行していた。だが、〝佐藤和也〟なる人物が陸上自衛隊第一空挺団の特殊部隊にいた事実はない。

木村が調べたら、たちまち嘘《うそ》はわかってしまう。不審の念を持てば、自分の正体を突きとめる気になるだろう。

木村は移動中の尾行に気づかなかった振りをして、不審者をどこかに誘い込む気になったのではないか。そこには、荒っぽい党員たちが待ち受けていそうだ。

仁科は丸腰ではない。消音器を装着させたグロック32で威嚇《いかく》射撃はできる。党員たちに危害を加えられる心配はないだろう。

しかし、敵の罠《わな》にまんまと嵌《は》まってしまったら、秘密民兵組織のアジトと訓練所を知ることはできない。軍資金の捻出方法も暴《あば》くチャンスを逸《いっ》する。

ここは、元新聞記者のブラックジャーナリストの力を借りるべきだろう。仁科はレザージャケットの内ポケットから私物のスマートフォンを摑み出し、穂積に連絡を取った。

スリーコールで、電話は繫《つな》がった。

「ちょっと恐喝屋に協力してもらいたいんだが、忙しいか？」

仁科は訊《き》いた。

「時間の都合はつきますが、恐喝屋はないでしょ？　おれ、やくざじゃないんですから」

「やってることは、ヤー公とあまり変わらないじゃないか」

「まいったな。せめてブラックジャーナリストと言ってほしかったな。以前は、れっきとした新聞記者《ブンヤ》だったんですからね。ま、いいや。それで、何をやればいいんです？」

穂積が問いかけてきた。仁科は経過を語った。

「大胆なアプローチの仕方をしましたね。木村とかいう特攻隊長に訝《いぶか》られたら、党本部事務所に監禁されてたかもしれないのに」

「身に危険が迫ったら、迷うことなくグロック32をぶっ放すさ。こっちの発砲にはなんの制限もないんだ」

「そうでしょうが、なんか危なっかしいな。右翼の連中とヤー公を一緒にするのはまずいんだろうけど、複数の党員が拳銃《ハンドガン》を隠し持ってるかもしれないでしょ？　連中が一斉に撃ってきたら、先輩は蜂《はち》の巣にされる恐れもあったはずですよ」

「人を撃つのには度胸と覚悟がいるんだ。やたら引き金《トリガー》は絞れるもんじゃない」

「まさに大胆不敵だな。おれより、先輩のほうが捨て身で生きてる感じですね」

「話を脱線させないでくれ。おれの読みでは、木村は尾行者をどこかに誘い込もうとするだろう」

「ええ、考えられますね」

「おれは尾行にしくじった振りをするから、そっちは木村の行き先を突きとめてほしいんだ」

「了解です」

「木村は移動に車を使うだろうから、そっちは愛車のボルボV60で張り込み場所に来てくれないか」

「わかりました。遅くても四十分ほどで、九段《くだん》に行けると思います」

「そうか。おれの車を見つけたら、かなり後方で待機しててくれないか。多分、木村は若い党員におれのレクサスを追尾させるだろうからな」

「そうしそうですね」

「そうなら、おれは木村の手下をどこかに誘い込んで締め上げる。穂積は木村を見失わないようにして、行き先を突きとめてくれないか」

「先輩、木村肇の顔写真《ガンクビ》があったら、おれのスマホに送信してください」

「あいにく顔写真はないんだよ。でも、木村は眉《まゆ》が太くて、ぎょろ目なんだ。体格《ガタイ》がよくて、肌が浅黒い」

「それだけ特徴があるんだったら、すぐにわかるな。そっちに向かいます」

穂積の声が途切れた。

仁科はスマートフォンを所定のポケットに戻した。それから間もなく、川奈次長から電話がかかってきた。

「本庁《おたく》の公安一課が少し前に『日本革命戦線』のアジトに強行突入して、寺尾雄一たち五人の幹部を三つの罪名で逮捕した」

「予想より動きが速《はや》かったな。それで、寺尾は鮎川未来を騙して爆発物入りの包装箱を検事総長の官舎に届けさせたことを認めたんですか？」

「認めたそうだよ。爆殺事件では鮎川未来の罪はぐっと軽くなるだろうが、轢き逃げの犯罪《ヤマ》は……」

「重罪になるでしょうね。しかし、未来は生き直すチャンスを得たわけですから、甘んじて服役するでしょう」

「そうだろうね。仁科君、『忠国青雲党』に探《さぐ》りを入れてみたのかな」

「ええ」

仁科は質問に答えた。

「右翼の大物は、民間パトロール隊の軍備化を考えてたのか」

「そうみたいですね。殺害された松永輝光は、狩谷の方針には反対だったようです」

「意見の対立があったので、二人は気まずくなったんだろうな。仁科君、狩谷善行は松永の存在が疎《うと》ましくなったんじゃないだろうか。元老を亡き者にしてしまえば、私設軍隊を自由に暴れさせることができると考えて……」

「狩谷が誰かに松永を始末させた？」

「そう断言するのははばかられるが、狩谷に元老殺しの動機はありそうじゃないか。右翼の親玉が大企業から集めたカンパ金の一部をネコババしてたとしたら、さらに疑いは濃くなる」

「カンパで集まった金の一部を着服してたという裏付《ウラ》けはまだ取れてませんが、狩谷は民間パトロール隊を強化して私設軍隊にしたがってるんでしょう」

「しかし、そんな強硬手段を取ったら、韓国や中国と局地戦争にエスカレートする恐れもある。松永輝光はそう考えて、民間パトロール隊の軍備化には強く反対してたんだろうな」

「そうなのかもしれません。狩谷は元老には内緒で独自に軍資金をダーティー・ビジネスで工面《くめん》し、民間パトロール隊の軍備化を進めてたんでしょうか」

「独断で狩谷がそんなことをしてたと知ったら、松永輝光は激怒するにちがいない。狩谷は自分が消されるかもしれないという強迫観念に取り憑《つ》かれてしまったんで、先に第三者を使って最後のフィクサーを永久に眠らせたんだろうか」

「まるでリアリティーのない筋読《すじよ》みではないと思いますが、松永の息のかかった有力者は大勢いますでしょう?」

「そうだね」

「狩谷は、そうした権力者たちを敵に回すことができるかな。世間では大物右翼と見られてますが、松永よりも格は落ちます」

「超大物ではない狩谷が松永に牙を剝《む》くことはできないのではないか。きみは、そう言いたいんだな?」

川奈が確かめた。

「ええ。狩谷が民間パトロール隊を私設軍隊にしたがってたことは間違いないんでしょうが、目的は日本の領土を守るためではないのかもしれませんよ」

「どういうことなのかね」

「これは想像に過ぎないんですが、狩谷は日本固有の領土を死守するというスローガンを掲《かか》げて武装集団を束《たば》ね、暗黒社会を支配することを夢見てるんじゃないんですかね」

「神戸《こうべ》の最大勢力が分裂して、全国の主要暴力団がどちらの派に加勢するかで揺れてる時期だ。漁夫《ぎょふ》の利《り》を狙うチャンスかもしれないな」

「そう思います。殺害された松永は裏社会に睨《にら》みを利《き》かせてきましたが、そもそもアウトローではありません」

「政治家だったからね、東大《とうだい》出の」

「ええ。闇社会の顔役たちは絶大な権力を持つ松永と友好関係を保《たも》ってたほうがメリットがあると考えたんでしょうが、エリートと社会の食《は》み出し者とは相性はよくないはずですよ」

「そうだろうな」

「保守の論客たちは別ですが、右寄りの団体のメンバーの多くは優等生タイプではありませんでしょ？」

「体質的には、はぐれ者に近いんじゃないのかな」

「狩谷には、似たような気質があるんじゃないですか。そういう人間なら、アンダーグラウンドの世界を束ねやすいでしょ？」

「だろうね」

「狩谷善行は汚れた手段で『忠国青雲党』の党員たちに軍資金を調達させて、私設軍隊を育て上げ、全国の犯罪組織を支配下に置かせる気なのかもしれませんよ」

「なるほど、そういう推測もできるな。仁科君、松永輝光は狩谷の野望を覚ったんではないだろうか。それで狩谷は焦《あせ》って、誰かにコルト・パイソンで元老をシュートさせたのかもしれないぞ」

「そうなんでしょうか」

「いや、臆測《おくそく》で予断を持つのはよくないな。何かと大変だろうが、捜査を続行してくれないか。要請があれば、別働隊にすぐ動いてもらうよ」

「その節はよろしくお願いします」

仁科は、刑事用携帯電話《ポリスモード》を黒革のジャケットの内ポケットに収めた。それから、煙草に火を点ける。

仁科は紫煙をくゆらせはじめた。

二口《ふたくち》ほど喫《す》いつけたとき、『忠国青雲党』の本部事務所から、人が出てきた。木村肇だった。仁科はセブンスターを指に挟んだまま、急いで上体を横に倒した。助手席に片手を置いた状態で、じっとしていた。

木村は、仁科が近くにいるかどうか確認したかったのだろう。仁科は少しずつ上半身を起こした。木村の姿は掻《か》き消えていた。

特攻隊長にレクサスの車内にいるところを見られてしまったかもしれない。それなら、それで仕方ないだろう。仁科は開き直って、短くなった煙草の火を灰皿の中で消した。

『隠れ家』のママが私用のスマートフォンを震動させたのは十数分後だった。

「仁科ちゃん、極秘の捜査は順調に進んでるの？」

「取りかかったばかりだから、大きな進展はないんだ。それでも、過激派が松永殺害事件に関与してなかったことは確認できた」

「でも、軽井沢の別荘に滞在してる松永を暗殺しかけた奴はヘルメットを被って、口許も隠してたんでしょ？」

「そうなんだが、逃げた男は『日本革命戦線』の犯行に見せかけて……」

「過激派の闘士っぽい身なりをしてたわけ？」

「そう考えてもいいだろうね」

仁科は答えた。

「『忠国青雲党』も、捜査本部事件には関与してなかったの？」

「それは、まだ確認できてないんだ」

「狩谷善行は行動右翼のリーダーみたいに思われてるけど、利権を貪《むさぼ》ってるみたいよ。払い下げてもらった国有地を大手不動産会社に相場の実勢価格の五、六十パーセント増しで買い取らせて巨額の売却益を得てたんだって」

「悠子ママ、その情報源《ネタモト》は亡くなった粋《いき》な俠客《きょうかく》あたりなのかな」

「ええ、そうよ。松永輝光が裏で手を回してくれてたんで、狩谷は多くの国有地を払い下げてもらって利鞘《りざや》で大儲けできたにちがいないわ」

「儲けの一部は、元老の松永に流れてたと思われるね。口利き料《コミッション》は半端な額じゃなかったんだろうな」

「そうでしょうね。二人とも国家のために体を張ってるようなことを事あるたびに訴えてきたけど、結局のところは日本を喰いものにしてきたんじゃないの。憂国の士？　笑わせるなって言いたいわ」

「その通りだね」

「本当にこの国の行く末を案じてる俠気《おとこぎ》のある好漢はスタンドプレイなんかやらずに、黙って人の役に立つことをやるものよ。たとえば、わたしが死ぬほど惚《ほ》れた垂水努《たるみつとむ》みたいにね」

「悠子ママがそこまでのめり込んだ俠客《きょうかく》に一度会ってみたかったな」

「会ったら、いっぺんに魅《み》せられたわよ。漢《おとこ》の中で漢で、誰かが何かで困ってたら、必ず手助けしてたの。それもさりげなくね。面倒を見てあげた相手に恩着せがましいことなんか決して言わなかったわ」

「カッコいいね」

「根っからの博徒《ばくと》だったから、違法カジノは頑《かたく》なにやらなかったのよ。常盆《じょうぼん》のテラ銭だけでは組を維持していけないんで、金融業や解体請負《うけおい》、夜逃げビジネスなんかもシノギにしてたけどね。居酒屋やコイン駐車場なんかもやってた。だけど、弱い者を苦しめるようなことは決してしなかったわ」

「そんな親分なら、モテたんだろうな」

「男前だったし、腕っぷしも強かったの。相手が日本刀を振り回したり、ピストルをちらつかせても少しも怯《ひる》まなかったわ」

「昔の東映のやくざ映画の主人公みたいだったんだね、垂水さんは」

「スクリーンの高倉健《たかくらけん》よりも、いなせだったわ。そんなふうだから、水商売の女性だけじゃなく、素人《しろうと》さんにも言い寄られてたみたいね」

「でも、悠子ママをかけがえのない女性《ひと》と大事にしてたんだろうから、垂水さんは別の彼女なんか作らなかったんでしょ？」

「わたしのほかに愛人はいなかったと思うわ。でも、弾《はず》みで抱くことになった相手は何人かいたはず。わかるのよ、そういうことは」

「女性は勘がいいからね。悠子ママは垂水さんがほかの相手と遊んだとわかったら、ぶんむくれて口もきかなかったんだろうな」

「小娘じゃあるまいし、そんなことはしなかったわ。ジェラシーはあったけど、泣き喚《わめ》いたりしたら、相手に逃げ道がなくなっちゃうでしょう？」

「そうだね。それで、悠子ママはいつも通りに垂水さんに接してたのか」

「ええ、そうよ。でもね、なんとなく気配でわかるみたいなの。彼、ばつ悪げにわたしの機嫌を取るのよ。それで、浮気したことがバレバレになるんだけど、なんか怒る気になれなかったわ。男の人って年齢を重ねても、少年みたいな初々《ういうい》しさをどこかに留《とど》めてるじゃない？」

「そうみたいだね、おれにはそういう自覚はないけど」

「それが母性本能をくすぐるの。だから、つい浮気に目をつぶっちゃうのよね。それだけ魅力のある男性《ひと》を独り占めにするのは欲張りに思えたんで……」

悠子の声に恥じらいが滲《にじ》んだ。

「垂水努はヒーローだったんだね、悠子ママにとって」

「ええ、その通りね。でも、わたしのヒーローは七十七歳でこの世を去ってしまった。肝《かん》臓癌《ぞうがん》だったの。大酒飲みだったから、最期《さいご》は肝硬変だったのよ。せめて八十二、三までは生きててほしかったわ」

「他人《ひと》に好かれる者たちが先に亡くなる傾向があるみたいだが、特に短命だったわけでもないんだから……」

「こら、ぶつわよ。わたしは、ヒーローにもっともっと生きててほしかったの！」

「そうだよね。無神経なことを言ってしまったな。ごめん！」

「いいのよ、仁科ちゃん。話がすっかり横に逸《そ》れちゃったけど、松永輝光と狩谷善行は秘密民兵組織を使って日本の領土をなんとか守ろうとしてたんだったわよね？」

「そうみたいなんだが、どこまで本気だったのか。元老はかなり本気だったのかもしれないが、狩谷は単なるポーズだったとも疑えるな」

「払い下げてもらった国有地の転売ビジネスに励《はげ》んできた狩谷が、日本の領土を死守しようと本気で汗をかく気になるかしらね。なんか怪しくない？」

「怪しく思えるよね。根拠があるわけじゃないんだが、もしかすると、狩谷は民間パトロール隊を私設軍隊に育て上げて歪《ゆが》んだ野望を叶《かな》えたいと企《たくら》んでるのかもしれないな」

仁科はそう前置きして、推測したことを手短に話した。

「狩谷は利権右翼っぽいとこがあるから、仁科ちゃんが言ったように裏社会を支配したいと願ってるのかもしれないわよ。行動右翼の連中は恐いもの知らずだから、闇社会の首領《ドン》たちの命も平気で狙いそうだね」

「私設軍隊、行動右翼、新興やくざの連合グループなんかの力を借りれば、狩谷が暗黒社会を牛耳《ぎゅうじ》るようになるのは単なる夢物語じゃないだろう」

「仁科ちゃん、狩谷はそういう野望を胸に秘めてるのかもね。国有地の転売ビジネスで荒稼ぎした奴は、日本の領土よりもお金のほうが重いと考えてそうじゃない？」

「悠子ママ、裏のネットワークを使って……」

「みなまで言いなさんな。わかってるって。わたし、狩谷に関する情報をできるだけ多く集めるわよ」

「全面的に協力してもらえるのはありがたいが、本業に影響が出ないようにしてほしいな」

「そのへんの塩梅《あんばい》はわかってるわ。情報がある程度集まったら、仁科ちゃんに提供してあげる」

悠子が通話を切り上げた。仁科はスマートフォンを懐《ふところ》に戻した。時間を遣《や》り過ごす。

レクサスの五、六十メートル後方の路肩に見覚えのある茶色いボルボV60が寄せられたのは、十数分後だった。穂積の車だ。

仁科は上着の内ポケットからスマートフォンを取り出し、穂積に電話をかけた。これからの段取りを確認しておきたかったのだ。

3

全身の筋肉が強張《こわば》りはじめた。

同じ姿勢で張り込んでいるからだろう。仁科はレクサスの運転席に坐った状態で、両脚を交互に動かした。肩も上下させ、首を回す。

午後七時を過ぎていた。

だが、木村はいっこうに党本部から現われない。仁科はグローブボックスを開けた。中には非常食のラスクとビーフジャーキーが入っている。自分はさほど空腹感は覚えていないが、後方のボルボの中にいる穂積に非常食を与える気になったのだ。

ラスクの袋に手を伸ばしたとき、『忠国青雲党』から特攻隊長が姿を見せた。仁科は手を引っ込め、グローブボックスの蓋《ふた》を閉めた。

木村は数十メートル歩き、ビルとビルの間にある月極《つきぎめ》駐車場に入っていった。

仁科はスマートフォンを懐から取り出し、穂積に捜査対象者が動きはじめたことを教えた。それから、二十メートルほどレクサスを前進させる。穂積もマイカーを少し移動させた。

待つほどもなく月極駐車場から、白っぽいクラウンが走り出てきた。運転席には木村が坐っている。同乗者はいなかった。仁科はクラウンが遠ざかってから、レクサスを発進させた。ルームミラーとドアミラーに目をやる。気になる車は追ってこない。

穂積がボルボV60を走らせはじめた。

木村の車は近くの靖国通りに出ると、新宿方面に向かった。仁科は一定の車間距離を保《たも》ちながら、クラウンを追った。後ろからボルボが従《つ》いてくる。

やがて、木村の車は青梅《おうめ》街道に乗り入れた。

目的地は秘密民兵組織の基地なのか。それとも、木村は個人的な用事があって、武蔵野《むさしの》市方向に走っているのだろうか。

仁科はちょくちょくミラーを仰《あお》ぎながら、尾行しつづけた。

不審な車輛は目に留《と》まらなかった。四、五台後方から、ボルボが追ってくる。

木村の車は西東京《にしとうきょう》市、東久留米《ひがしくるめ》市を抜けて、東村山《ひがしむらやま》市の外れで右折した。少しずつ民家が疎《まば》らになって、次第に雑木林《ぞうきばやし》や畑が目につくようになった。

木村は尾行されていることを覚《さと》り、寂しい場所に自分を誘い込もうとしているのではないか。そう思えてきた。

仁科は用心しながら、レクサスを走らせた。穂積の車は、充分に車間を取っている。木村はボルボを気にしていないだろう。

クラウンは秋津《あきつ》町の裏通りにある町工場らしい敷地の中に入っていった。

倉庫のような造りの工場とプレハブの事務所のような小屋が並んでいた。敷地は二百坪ほどだろうか。仁科は町工場と思われる建物の前を抜け、レクサスを道端に停めた。手早くライトを消し、エンジンを切る。

仁科は静かに車を降りた。

ボルボV60がレクサスの後方に寄せられた。次の瞬間、ライトが消えた。エンジンの音も熄《や》んだ。

仁科はボルボに近づいた。

穂積が運転席から出て、先に口を開いた。

「木村は尾行に気づいてないようですね。党員にレクサスをマークさせてる気配はうかがえなかったからな」

「そうだったようだが、まだ油断できない」

「『忠国青雲党』の特攻隊長は通《かよ》い馴《な》れた感じで、工場みたいな建物の敷地に入っていきましたよね？」

「ああ」

「民兵組織の秘密基地なんでしょうか」

「いや、そうじゃないだろう。このエリアは市街地じゃないが、民家がまったく建ってないわけじゃない。このあたりに秘密民兵組織のアジトをこしらえたら、住民に不審がられるんじゃないか」

「そうでしょうね。アジトは、もっと人里離れた場所にあるんだろうな。となると、工場みたいな建物の中で覚醒剤の密造でもやってるんですかね」

「覚醒剤《シャブ》を密造するときは、きつい刺激臭があたりに漂うはずだよ」

「それなら、拳銃の密造でもやってるのかな」

「私設軍隊の軍資金を非合法ビジネスで調達してるとしても、銃器の密造は手間がかかるじゃないか。それに金属を加工する音が外に洩《も》れるだろう」

「あっ、そうか。密造銃をネットで闇販売しても、荒稼ぎは難しいだろうな」

「そう思うよ。いまは神戸の最大組織が分裂したんで、拳銃が一挺《ちょう》七、八十万で取引され、銃弾も一発一万円で売買されてるらしいが……」

「中国でライセンス生産されたトカレフのノーリンコ54が大量に日本の裏社会に流れ込みましたよね。一時期は、真正拳銃《しんせいけんじゅう》が一挺たったの八万円で取引されてた。フィリピンのセブ島で密造されたピストルの値は、もっと安かったみたいですね」

「そうした拳銃はどこかに隠されてるにちがいないから、そのうち売値は下がるだろう」

仁科は言った。

「そうでしょうね。拳銃の密造をやっても、それほど儲けられないか。狩谷は党員たちに偽札を大量に造らせて、釣り銭詐欺をさせてるのかな」

「釣り銭詐欺？」

「ええ。偽の一万円札で党員たちに数百円の買物をさせて、九千七、八百円を騙《だま》し取らせてるとは考えられませんかね？」

「そんなセコい詐欺はやらせてないだろう。しかし、木村が入った建物の中で何かダーテイー・ビジネスが行われてる疑いはあるな」

「先輩、二人で忍び込んでみましょう」

　穂積が提案した。

「そっちは外で見張っててくれ。おれが侵入するよ」

「出入口には防犯カメラは設置されてなかったから、二人で侵入しても大丈夫でしょ？」

「いや、それは危険だ。おれはグロック32を持ってるが、穂積は丸腰じゃないか」

「そうですが、誰かに見つかったら、急いで逃げますよ」

「いや、危険だな。おれがなかなか戻ってこなかったら、ボルボで先に逃げてくれ」

「そんなみっともないことはできませんよ」

「いいから、そうしてくれ。そっちは刑事じゃないんだ。捜査権がないんだから、大事をとるべきだよ」

「わかりました」

「行ってくる」

　仁科は町工場風の建物に接近した。中腰で奥に進む。

　プレハブ小屋は真っ暗だ。無人なのだろう。車寄せには、木村のクラウンのほかに白いアルファードが見える。

　プレハブ小屋と倉庫のような建造物の間に、化学薬品の空き袋と想《おも》われる物が無造作に重ねてあった。ここは、危険ドラッグの密造工場なのではないのか。

仁科はそう思いながら、工場の窓に近寄った。

まず目に入ったのは大きな作業台だった。台の上には、大量の植物片がまんべんなく敷きつめられている。作業台の周《まわ》りには、二十代に見える八人の男が立っていた。

作業台の近くには、業務用水槽タンクがあった。男たちは霧吹き器で精製水のような液体をハーブや茶葉《ちゃば》に吹きつけ、手で揉《も》み込んでいた。

作業台のそばには、十数台の大きな扇風機が並んでいる。それぞれが首を振っていた。植物片を乾燥させているにちがいない。

甘ったるい香りが換気孔から洩れている。

木村は少し離れた場所にいた。そのかたわらには、防塵《ぼうじん》マスクを着けたスキンヘッドの男が立っている。

三十代の半《なか》ばで、どこか崩れた感じだ。素《す》っ堅気《かたぎ》ではなさそうだった。

作業台の横では、乾燥した植物片を計量している若者がいた。

三人だった。彼らは三グラムずつ小さなポリ袋に詰め、商品名が記《しる》されたシールを機械的に貼っている。

それらのポリ袋は、次々に段ボール箱に収められた。俗に〝リーフ〟と呼ばれる危険ドラッグだろう。

盛り場の専門店では、〝リーフ〟は三グラム五千円前後で売られている。各種の危険ドラッグ密造業者は、千六百円から二千円程度で販売店に卸《おろ》しているようだ。加工業者の仕入れ原価は、せいぜい三百円だろう。利幅は大きいと言えるのではないか。

六、七年前から危険ドラッグを売っている店が次々に摘発されて、廃業に追い込まれた。その分、ネット販売が増えた。いまや主流だ。

危険ドラッグは〝リーフ〟だけではない。液状の〝リキッド〟や微粉末の〝パウダー〟の人気も高い。

覚醒剤の密造のほうが荒稼ぎできるが、リスクを伴う。捕まったら、重い刑を負わされる。

危険ドラッグの密造が発覚しても、あまり罰は重くない。しかも加工業者は、本名を明らかにしなくてもアドレスを取得できるフリーメールで外国から原材料や化学薬品を購入可能だ。

日本語で発注できる場合が多い。相手の指定口座に入金すると、すぐにポリ袋に入れられた粉末状の化学物質が国際スピード郵便《EMS》などで送られてくる。

危険ドラッグの原材料のおよそ七割が中国の化学薬品メーカーのものだ。違法薬物に指定された合成麻薬の一種である『α‐PVP』も、ごく最近まで簡単に輸入できた。

『忠国青雲党』の狩谷党首は、尖閣諸島の領有権を主張する中国を忌《い》み嫌っていたはずだ。にもかかわらず、危険ドラッグの原材料を中国から買っていると思われる。

そのことだけで、狩谷は利権右翼臭い。特攻隊長の木村が個人的に危険ドラッグの密造・販売を手がけているとは考えにくいだろう。

狩谷は松永輝光に勘づかれないようにしながら、危険ドラッグを売りまくって野望の軍資金づくりに励《はげ》んでいたのではないか。日本の領土を死守する目的ではなく、裏社会の新帝王になりたいのかもしれない。

仁科は危険ドラッグの加工工場に躍《おど》り込みたい衝動を抑《おさ》え、姿勢を低くして倉庫に似た建物から離れた。表に出て、暗がりにたたずんでいる穂積に歩み寄る。

「建物の中では何か危《ヤバ》いことが行われてたんでしょ？」

穂積が早口で問いかけてきた。

「狩谷は、危険ドラッグの密造と販売をやって稼いできたんだろう。覚醒剤をビジネスにしたほうが手っ取り早く稼げるはずだが、大きなリスクを背負わなきゃならないよな？」

「ええ、そうですね。暴力団と同じ裏ビジネスに手を染めたら、エセ右翼団体というレッテルを貼られるでしょう」

「そうだな。だから、荒稼ぎはできなくても危険ドラッグで儲ける気になったんだろう」

「先輩、危険ドラッグの原材料のほとんどは中国から仕入れられてるんです」

「そのことは知ってるよ。狩谷は毛嫌いしてる中国の化学薬品メーカーから各種の薬品を仕入れてるんだろう」

「ということは、ただの利権右翼だってことを自ら認めてるようなものじゃないですか」

「そうなるな。狩谷は化けの皮が剝《は》がれてもいいから、なんとしてでも野望を叶えたくなったんじゃないか」

「でも、もう八十四でしょ？　晩節《ばんせつ》を汚してでも、闇社会を支配したいと思います？　おれには理解できません」

「権力を欲しがる人間は、どんなに高齢になっても枯《か》れないんだろう。それどころか、若い時分よりも強く自分の望みを実現させたいと考えるんじゃないか」

仁科は言った。

「そうなんですかね。民間パトロール隊を強化したかったのは、韓国や中国の軍人を生け捕りにしたかったわけじゃなかったのか」

「断定はできないが、狩谷が日本の領土を命懸《が》けで守りたいというのは本心じゃなかったんじゃないか。殺された松永輝光は、竹島や尖閣諸島を他国に奪われてたまるかと憤《いきどお》ってたと思うがな」

「松永は伊達《だて》に長生きしたんじゃないでしょうから、自分の取り巻きたちの心の裏までちゃんと読み取ってたんじゃないんですか」

「多分、そうだったんだろう。松永は、民族主義者を自任してる狩谷が真の愛国者ではないと見抜いてたのかもしれないな」

「ならば、松永は狩谷と秘密民兵組織を結成する気にはなれないでしょ？」

「読みが浅いな。松永は若いころから稀代《きたい》の策士と呼ばれた人物だったんだ」

「ええ、そうですね。寝首を掻《か》くのがうまかったようだな。そうやって、陰の宰相《さいしょう》とか超大物フィクサーと呼ばれる立場になったんでしょう」

「ああ、そうなんだろうな」

「先輩、読めましたよ。松永はさんざん狩谷を使って利用価値がなくなったら、斬《き》り捨てる気だったんですね？」

「そうするつもりだったんだろうな。元老自身が元自衛官や元海上保安官をリクルートして民兵に仕立てたんじゃ、価値が下がる。だから、狩谷に民兵集めを任せたんだと思うよ。狩谷は元老に頼りにされてると感じて、張り切って民兵を揃えた」

「そうなんでしょう。それだけじゃなく、大企業からカンパをせっせと集めた。狩谷は番頭役を熱心に演じてたが、狸《たぬき》だから、ついでに自分の野望を実現する気になった」

「穂積、冴《さ》えてきたな。そんなふうに筋を読んでも、大きくは外してないんじゃないか。狩谷は大企業から集めたカンパ金の一部を着服し、自分の野望のために遣《つか》う気になったんだろう」

「それだけじゃ軍資金が心許《こころもと》ないんで、狩谷は特攻隊長の木村肇に危険ドラッグで手堅く収益《アガリ》を上げろと命じたんでしょうね」

「そのほか狩谷は、たとえば末端の党員たちに成金たちのスキャンダルを見つけさせ……」

「数千万円単位の口止め料を出させてるのかもしれませんね。富裕層の高齢者男性を美人局《つつもたせ》のカモにさせてるとも考えられるでしょ？」

「そういうこともさせてそうだな。狩谷はなりふり構わずに汚れた金を集めて、民間パトロール隊を私設軍隊に育て上げ、闇社会の首領たちを震え上がらせることを企《たくら》んでるんじゃないか」

「松永は、狩谷の邪悪な野望を見抜いて強く窘《たしな》めた。狩谷はまずいことになったと焦《あせ》り、殺し屋《プロ》に元老を片づけさせた。先輩、やっぱり松永をコルト・パイソンで射殺した実行犯には狩谷が関係していそうですね」

「そう推測したんだが、まだ証拠を摑《つか》んだわけじゃないんだ。もっと捜査を進めないと、狩谷を追及することはできないな」

「ええ、そうですね。木村と一緒にいたというスキンヘッドの男は危険ドラッグの密造と販売を任《まか》せられてるんでしょうけど、どこか荒《すさ》んだ印象を与えるという話でしたでしょう？」

「どこかの組に足《ゲソ》をつけてるのかもしれないな。そうじゃなかったら、破門された元組員なんだろう。半グレよりも、ヤー公っぽかったんだ」

「そうですか。危険ドラッグを作ったり、商品をポリ袋に詰めてた十一人の若い奴らはどんなふうに見えました？」

穂積が訊いた。

「全員、ごく普通の若者だったよ。ただ、一様《いちよう》に活気が感じられなかった。派遣の仕事で喰いつないでたり、アパートの貸賃料も払えなくなって新宿《しんじゆく》、池袋《いけぶくろ》、渋谷、上野《うえの》あたりのネットカフェに寝泊まりしてた連中かもしれないな」

「木村が若い党員たちにネットカフェ難民を集めさせたんじゃないんですかね、高い賃金で釣って」

「ああ、多分。連中はプレハブ小屋の簡易ベッドで寝起きして、危険ドラッグをせっせとこしらえ、短期間で稼ぐつもりなんだろう」

「先輩、木村が出てきたら、おれがクラウンを尾行しますよ。特攻隊長は秘密民兵組織のアジトに向かうかもしれないでしょ？」

「うん、考えられるな」

「そうじゃないことも予想できます。木村は自分の家にまっすぐ帰るのかもしれません。二人でクラウンを追尾したら、捜査は足踏み状態になります。それはもったいないですよ」

「そうだな。おれは、スキンヘッドの男を工場の外に誘《おび》き出すよ。それで、少し痛めつける。スキンヘッドの奴が秘密民兵組織のアジトや訓練所を知らなくても、何か収穫はあるだろうからさ」

「そうですね」

「そっちは、木村の車を尾《つ》けてくれないか。何かあったら、連絡してくれな」

仁科は穂積の肩を叩いて、レクサスに駆け寄った。

4

三十数分後だった。

木村の車が外に出てきた。少し間《ま》を取って、穂積がスウェーデン製の愛車を発進させた。

仁科は二台の車が闇に紛《まぎ》れてから、レクサスを降りた。

危険ドラッグ密造工場の敷地に忍び込み、倉庫を想《おも》わせる建物に近づく。仁科はさきほどと同じように、窓から内部を覗き込んだ。

頭をくるくるに剃《そ》り上げた男は防塵マスクを外し、腰に手を当てて作業を見守っていた。

「十時になったら、今夜の仕事は終わりだ。隣の寮で適当に寝《やす》んでくれ」

「関《せき》さん、あの話はどうなってるんです？」

作業をしている若者のひとりが、スキンヘッドの男に訊いた。

「あの話ってなんだよ？」

「おれたち、一日二万円のバイト代を貰ってることには満足してます。コンビニの弁当、おにぎり、調理パンには少し飽《あ》きちゃいましたけど、贅沢《ぜいたく》は言えません。いい賃金を貰ってるわけですからね」

「おまえ、何が言いてえんだ？」

「おれたち全員、二十代なんです。毎晩、膝小僧《ひざこぞう》を抱《かか》えて寝るのは冴《さ》えないですよ」

「簡易ベッドで寝られるだけでも、上等じゃねえか。このバイトにありつけなきゃ、おまえらはネットカフェに泊まってたんだからよ。金がなけりゃ、ホームレスみてえに路上で寝なきゃならなかったんだ。少しは感謝しろって、木村さんやおれにな」

「みんな、二人には感謝してますよ。でも、約束が果たされてないんですよね」

「バイト代は一週間ごとに現金でおまえらに手渡してるし、酒とつまみも定期的に差し入れてるじゃねえか。多田《ただ》、約束したことはちゃんとやってるぞ」

「週に一度は、デリヘル嬢を寮に呼んでくれるって約束だったでしょ！」

多田と呼ばれた男が不満を露《あらわ》にした。仲間の男たちが次々に無言でうなずく。

「ああ、そのことか。約束を忘れたわけじゃねえんだ。口の堅そうなデリヘル嬢を揃《そろ》えるのに手間取ってるんだよ。近いうちに数人分のデリヘル嬢を呼んでやるから、セックス・パーティーをやれや。女と姦《や》ってるとこを見せっこしたら、どいつも異常なほど興奮するだろうよ」

関が下卑《げび》た笑いを浮かべた。

「近いうちって、いつなんですか？」

「おまえ、しつこいな。おれを信用しろや。近いうちは、近いうちだよ」

「おれたち、もう待てないんです。金がないときは我慢するほかなかったけど、いまは懐《ふところ》が温かくなった。だから、みんなは女と遊びたいと思ってんですよ。自腹で遊ぶつもりですから、週に一度は外出させてくれませんか」

「それはできねえな。木村の旦那におまえらを絶対に外出させるなって言われてるんだ」

「おれたち、誰も逃げませんよ。こんな率のいいバイトはほかにはありませんから、ずっと働かせてもらいたいと思ってるんです」

「けど、危険ドラッグには薬事法に触《ふ》れる合成麻薬を混ぜてパック詰めしてるから、おまえらのうちの誰かがそのことを知り合いに喋《しゃべ》ったら、ここは摘発されちまうかもしれねえだろうが？　そうなったら、おれも木村さんも何らかの責任を取らされるだろう」

「おれら、このバイトのことは誰にも言いませんよ」

「そう言われても、おまえらに外出許可を出すわけにはいかねえんだ。木村の旦那はある右翼団体の幹部だから、党首に怒られるだけで済むかもしれねえ。けど、おれは義友会池端《はた》組で準幹部まで貫目《かんめ》を上げてねえから、下手《へた》打ったら破門になっちまうだろう。最悪の場合、組長《オヤジ》が全国の親分衆に絶縁状を回すかもしれねえ」

「そうなったら、どの組の盃《さかずき》も貰えなくなるんでしょ?」

多田が確かめた。

「そうだよ。絶縁状を回されたら、やくざとして生きられなくなる。おれは三十五なんだ。いまさら堅気にはなれねえよ。だから、おまえらを外出させるわけにはいかない。たまには女を抱きてえだろうが、もう少し待ってくれや。な?」

「みんな、絶対に逃げませんよ。なんなら、誓約書にサインしてもかまいません」

「駄目なもんは駄目だっ。これからコンビニで明日の喰いものを買い込んでくる。いつもよりも少し時間がかかるかもしれねえけど、おまえら、逃げるなよ」

「逃げませんって」

「消えやがったら、舎弟《しゃてい》どもとおまえらの居所を突きとめて、半殺しにするぜ。抵抗した野郎はぶっ殺す!」

関が凄《すご》み、作業台から離れた。コンビニエンスストアに買い出しに行く気なのだろう。

仁科は抜き足で歩き、じきに自分の車に戻った。

数分待つと、危険ドラッグ密造所から白いアルファードが走り出てきた。ステアリングを捌《さば》いているのはスキンヘッドの関だった。

仁科はアルファードの尾灯《テールランプ》が点のように小さくなってから、レクサスのシフトレバーをD《ドライブ》レンジに入れた。

関の車は市街地に向かっている。仁科はアルファードを追尾しつづけた。関の車が停まったのは、武蔵村山《むらやま》市内のコンビニエンスストアの駐車場だった。

仁科は少し間《ま》を置いてから、コンビニエンスストア近くの路肩にレクサスを寄せた。車を降りて、コンビニエンスストアに近づく。

関は店の籠《かご》を二つ持って、店内を巡っている。調理パンやおにぎりを次々に籠に入れ、清涼飲料水のペットボトルを選んでいく。缶コーヒーも買った。

スキンヘッドの男は商品で盛り上がった二つの籠を提《さ》げ、レジに向かった。ラークのカートンも加えて、支払いを済ませる。

店内で誰かと落ち合う様子はなかった。仁科は自然な足取りで、レクサスに戻った。運転席に乗り込み、アルファードが動きだすのを待つ。

いくらも経《た》たないうちに、懐でスマートフォンが震動した。

仁科はスマートフォンを取り出した。発信者は穂積だった。

「木村の車は羽村《はむら》市を抜けて、青梅駅の少し手前で秋川《あきがわ》街道に入りました。街道の先には、西多摩郡《にしたま》日《ひ》の出町《で》がありますね」

「さらに進むと、秋川渓谷《けいこく》があるんじゃなかったか」

「ええ、そうです。その奥には、檜原村《ひのはら》があるはずですよ。東京の秘境と呼ばれてる地域ですから、民兵組織のアジトや訓練所を設置しても、あまり人目にはつかないでしょうね」

「だろうな。木村は、秘密民兵組織のアジトに向かってるんだろう。穂積、しっかり尾行してくれ」

「わかりました。仁科さん、いや、先輩のほうはどうなりました？」

「スキンヘッドの男は、義友会池端組の関って名の組員だったよ」

仁科は経過を手短に伝えた。

「義友会は、首都圏で四番目に勢力を誇ってる組織だな。構成員は三千二、三百人で、確か池端組は中核団体ですよ」

「そのことは、おれも知ってる。池端組の組員数は六百人近かったと思うな。『忠国青雲党』の狩谷党首と池端組の組長とは以前から親交があったんだろう」

「だと思います。右翼崩れがヤー公になるケースは少なくないですからね。狩谷は池端組に助《す》けてもらいながら、闇社会の新しい支配者になる気でいるのかもしれないな」

「木村の目的地がわかったら、また連絡してくれないか。おれは関って組員をどこかで痛めつけて、手がかりを摑む」

「わかりました」

　穂積が先に電話を切った。

　仁科はスマートフォンをレザージャケットの内ポケットに仕舞《しま》った。そのすぐ後《あと》、コンビニエンスストアの駐車場からアルファードが滑り出てきた。

　仁科は、ふたたび関の車を追尾しはじめた。アルファードは米軍横田《よこた》基地を回り込み、福生《ふっさ》市の中心街に走った。昔は基地で働く軍人向けの飲食店やクラブが数多くあったが、いまはぐっと少なくなっている。

　それでも、街全体がどことなくエキゾチックだった。アルファードは国道十六号線近くのホテルの駐車場に入った。

　シティホテル風の造りだが、妖《あや》しい雰囲気に包まれている。ラブホテルめいた看板は掲《かか》げられていないが、情事に使う客が多いのではないか。

　仁科も車をホテルの駐車場に入れた。アルファードからは、だいぶ離れた場所だった。ライトを消し、エンジンも切る。

　アルファードを降りた関は、弾《はず》む足取りでホテルのロビーに入っていった。

　交際している女性と密会するのか。それとも、デリバリーヘルス嬢を部屋に呼ぶ気でいるのだろうか。仁科はセブンスターをくわえ、二十分ほど遣《や》り過ごした。車を降り、ホテルの表玄関をめざす。

ほどなく仁科は、エントランスロビーに足を踏み入れた。右手にフロントがある。五十代と思われるフロントマンが立っていた。

仁科はフロントに歩み寄った。

「いらっしゃいませ。ご予約のお客さまでしょうか？」

「いや、客じゃないんだ」

「とおっしゃいますと……」

フロントマンが探《さぐ》るような眼差《まなざ》しを向けてきた。仁科は短く警察手帳を見せた。相手の顔に緊張の色が差した。

「当ホテルは法律に触れるようなことはしておりません。宿泊客のご要望がございましても、デリヘル嬢やコールガールを呼んだりは……」

「わかってますよ。数十分前にスキンヘッドのやくざっぽい男が来たでしょ？」

「は、はい。お連れの女性がチェックインされてるかと訊かれました。すでにチェックインされていましたので、部屋番号をお教えいたしました」

「連れは何号室にいるんです？」

「六〇五号室です」

「チェックインした女性の名は？」

「宿泊者カードには、加賀美寿々《かがみすず》と記帳されましたが……」

「偽名《ぎめい》かもしれないな」

「ええ、そうですね」

「いくつぐらいの女性でした？」

「二十五、六歳でしょうか。派手な身なりをなさっていましたので、ＯＬさんではないでしょうね」

「頭髪を剃り上げてる男は、ある事件の被疑者なんですよ。相棒が逮捕状を持って来ることになってるんですが、ちょっと到着が遅れそうなんです」

「そうなんですか」

「スキンヘッドの男は捜査の手が迫ってることを察し、部屋で無理心中を図る恐れがあるんです。こちらはカードキーを使ってるのかな？」

「いいえ、旧型の鍵を使用しています」

フロントマンが恥じ入るように小声で答えた。

「そうなんですか。逮捕状が届く前に部屋で無理心中なんかされたら、ホテルは大迷惑ですよね？」

「そんなことになったら、たちまち客足が遠《と》のくでしょうから……」

「そうだろうね。マスターキーで部屋のロックを解いてくれれば、無理心中を未然に防ぐことはできそうだな。マスターキーでドアを開けてもらえませんか」

「お客さまのプライバシーを尊重しなければいけませんので、それはご勘弁《かんべん》願います」

「無理ですか。そうでしょうね。それでは、六〇五号室の前で室内の様子をうかがうことにします」

仁科はフロントに背を向け、エレベーター乗り場に急いだ。

カードキーはピッキング道具では解錠できない。ドアのロックを解くには、多少の時間がかかる。しかし、旧型の鍵ならば、たやすく解錠できる。

仁科はほくそ笑《え》んで、エレベーターの函《ケージ》に乗り込んだ。ケージが上昇しはじめた。あっという間に、六階に着いた。

仁科はエレベーターホールに移ると、防犯カメラの死角になる場所に入った。あたりを見回す。人影は見当たらない。

仁科は変装用の黒縁眼鏡《くろぶちめがね》をかけて、額《ひたい》いっぱいに前髪を垂らした。特別注文した肌色の布手袋を両手に嵌《は》め、六〇五号室に向かった。

仁科は防犯カメラに背を向けて、手早くピッキング道具でドアのロックを外した。

ドアを細く開け、部屋の中に侵入する。仁科はグロック32にサイレンサーを装着させた。

そのとき、奥からベッドマットの軋《きし》み音が聞こえた。女のなまめかしい呻《うめ》き声も耳に届いた。どうやら関は性行為に耽《ふけ》っているようだ。息遣《いきづか》いが荒い。

仁科はゆっくりと歩《ほ》を進めた。ダブルベッドの上で、裸の男女が一つに繋《つな》がっていた。関は両肩にパートナーの両脚《あし》を担《かつ》ぎ上げ、膝立ちで腰を動かしていた。背中の昇《のぼ》り竜《りゅう》の刺青《いれずみ》は、うっすらと汗ばんでいる。

「美咲《みさき》、いいのか？」

「うん。ね、もっと気持ちよくなってもいいでしょ？」

派手な顔立ちの女は言うなり、自分で敏感な突起を愛撫しはじめた。

「先にイッてもいいぞ」

「いやよ。隆次《りゅうじ》さんと一緒にエクスタシーを味わいたいわ」

「なら、そうしようや」

関が律動《りつどう》を速《はや》めた。六、七度浅く突き、一気に深く沈み込む。

結合が深まるたび、美咲は切なげな声をあげた。仁科は関の背に消音器の先端を押し当てた。

「不粋《ぶすい》な真似はしたくなかったんだが、時間が惜《お》しいんでな」

「てめえ、誰なんでえ⁉　おれの背中に銃口を突きつけてるんじゃねえのか？」

「サイレンサーの先だよ。おとなしくしてないと、撃つぞ」

「あんた、何者なのよ」

美咲が乳房を隠しながら、仁科に顔を向けてきた。

「事情があって、名を明かすわけにはいかないんだよ。きみに危害を加えるつもりはない。少しの間、静かにしててくれないか」

「筋を嚙《か》んでるようには見えないけど、隆次さんに何か恨みがあるの？」

「いや、ちょっと訊きたいことがあるだけだ」

仁科は美咲に言って、関隆次の左腕を摑んだ。そのまま引き寄せる。

関はダブルベッドから転《ころ》げ落ち、喉の奥で呻いた。ペニスは、まだ硬度を保っている。

美咲が半《なか》ば落ちかけている寝具を手繰《たぐ》り上げ、熟《う》れた裸身を覆《おお》った。恥毛は小さく刈り揃《そろ》えられていた。

「あたしたちを撃たないで！」

美咲が哀願し、夜具で顔まで隠した。体を震わせているようだ。寝具が小さく揺れている。

「知らねえ顔だな」

関が床から白いバスローブを摑み上げ、下腹部を隠した。

「そっちは義友会池端組の関隆次だな？」

仁科は確かめた。

「ああ、そうだ。てめえは同業じゃねえな。刑事《デカ》でもなさそうだな。サイレンサーを持ってる警官《マッポ》なんかいるわけねえからな」

「おれは恐喝屋だよ。そっちは秋津町にある倉庫みたいな建物でネットカフェ難民たちに危険ドラッグをパック詰めさせてるな。〝リーフ〟や〝リキッド〟に合成麻薬の一種を混ぜて、主にネットで密売してるんだろ?」

「あやつけんじゃねえ。おれはそんなことはしてないっ」

「上体を起こせ!」

「なんだってんだよっ」

関が顔をしかめて、半身を起こした。

仁科は無言で関の口許を蹴った。関が後ろに倒れ込み、すぐに横向きになった。むせながら、口から血塗《ちまみ》れの前歯を吐きだした。一本ではない。二本だった。

「隆次さんに荒っぽいことをしないで。手持ちのお金をそっくり渡すから、部屋から出ていってちょうだい」

美咲が寝具を首まで下げ、涙声で訴えた。

「きみは黙ってろ」

「でも……」

「余計な口出しをするんじゃないっ」

仁科は一喝《いっかつ》した。美咲が竦《すく》み上がり、また夜具の下に潜《もぐ》り込んだ。

「狂犬みてえな奴だな。おれたち男稼業を張ってる者だって、そこまで凶暴じゃねえぞ」

関が血反吐《ちへど》を床に散らしながら、怯《おび》えた目で呟《つぶや》いた。

「こっちの質問にすぐ答えないと、今度は片方の太腿《ふともも》に銃弾を撃ち込む」

「威《おど》しだろ?」

「おれの言葉をすんなり聞けないんだったら、シュートするぞ。奥歯をきつく喰いしばってろ」

「わ、わかったよ。おたくの言った通りだよ。けど、危険ドラッグのビジネスは池端組のシノギじゃねえんだ」

「『忠国青雲党』の狩谷党首に頼まれて協力してるだけなのか?」

「そうなんだ。池端組《うち》の組長《オヤジ》の九鬼《くき》譲《ゆずる》は二十代のころ、狩谷さんの鞄《かばん》持ちをしてたんだよ。血の気《け》が多いんで、渡世人の世界に移ったんだ。でも、恩は忘れてねえんだろうな。だから、狩谷さんに協力してるんだよ」

「危険ドラッグの密造と販売を仕切ってるのは、狩谷んとこの木村肇なんだな?」

「そうだよ。おれはバイトをしてる十一人の管理と商品のネット販売を任されてる」

「月の収益《アガリ》はどのくらいになるんだ?」

仁科は畳み込んだ。

「売上は八千万ちょっとだけど、純利益は六千万前後だな」

「その純利益は、そっくり『忠国青雲党』に入ってるのか？」

「いや、儲けの一割を池端組《うち》がいただいてる。組長《オヤジ》は金なんか貰う気はなかったと言ってたが、狩谷さんがそういうわけにはいかないと協力金を……」

「そうか。二カ月前に射殺された松永輝光が狩谷と組んで、秘密民兵組織みたいな私設軍隊を結成したことは知ってるな？」

「ああ、それは知ってらあ。元自衛官や元海上保安官たちに竹島と尖閣諸島周辺のパトロールをさせてるって話だよな？」

「知ってるのは、それだけじゃないはずだ。狩谷は領土問題で韓国と中国の横暴ぶりにひどく腹を立ててた。両国の軍人を生け捕りにして、捕虜たちを裏外交の切札にする気なんだろうが。すでに何人かの兵士を生け捕りにして、どこかに監禁してるんじゃないのか」

「えっ、そうなのかよ⁉　そんな話、木村さんから聞いたことねえな」

関が言った。仁科は関の顔を直視した。空とぼけているようには見えなかった。

「狩谷さんがそこまでやる気でいても、元老が猛反対したんじゃねえのか。松永輝光は韓国や中国のやり方は赦《ゆる》せねえと思ってても、全面戦争に発展することは避けたいと考えてたのかもしれねえな」

「両国との対抗策を巡って松永と狩谷が言い争って、気まずくなったという情報もあるんだよ。その件に関して、木村から何か聞いたことは？」

「ねえな、一度も」

「そうか。池端組の組長は義友会を関東一の組織にしたいと願ってるんじゃないのか?」

「そうなったら、いいなとは思ってるだろうな。けど、関東御三家の縄張《シマ》りに喰い込むのは容易なことじゃねえ。勢力を拡大しようとしたら、御三家を敵に回すことになるだろうよ」

「下手したら、義友会はぶっ潰されるかもしれないか」

「そうなるだろうな、おそらく」

「名古屋《なごや》、大阪《おおさか》、京都《きょうと》、神戸、広島《ひろしま》、福岡《ふくおか》の主要組織に加勢してもらっても、義友会が関東全域を制覇《せいは》するなんてことは夢のまた夢か」

「そう思うよ。関東御三家も、それぞれ全国の主《おも》だった組織とは友好関係にあるからな。義友会《うち》が首都圏を仕切ることは無理だよ」

「そうかな。ところで、民兵組織のアジトは、檜原村のどこかにあるんだな?」

「えっ、そうなのか!? おれは、そこまで知らねえ」

「本当だなっ」

「ああ。でも、木村さんが日の出町で用事を済ませてから、杉並《すぎなみ》の家《ヤサ》に帰ると言ってたから、秘密民兵組織のアジトは日の出町か檜原村あたりの山中にあるのかもしれねえな。秋川街道の奥は山深いから、そういうアジトがあっても見つけられる心配はないだろうからさ」

「そうだな」

「あんた、いったい何を嗅《か》ぎ回ってるんでえ?」

関が問いかけてきた。

「そういうことを詮索《せんさく》すると、秋津町の危険ドラッグ密造工場は手入れを受けることになるぜ」

「そうか、わかったぞ。あんた、麻薬取締官《マトリ》だな。当たりだろ? 最近は危険ドラッグも取り締まりの対象になってるからな」

「サイレンサー付きの拳銃を持ち歩いてる麻薬Gメンなんか日本にはいないよ」

「それもそうだな。なんか正体がわからなくなってきたよ。やくざ者よりも肚《はら》が据《す》わってることはわかるがな」

「木村におれのことを喋ったら、こいつで撃ち殺すぞ」

仁科はダブルベッドから離れた。六〇五号室を出る前にグロック32から消音器を外し、どちらも所定の場所に戻した。

仁科は部屋を出ると、すぐに布手袋をしたままで両手をチノクロスパンツのポケットに突っ込んだ。エレベーターホールの死角に入ってから、手袋と黒縁眼鏡を外す。

仁科は何事もなかったような顔で一階に降り、フロントに歩《ほ》を運んだ。

「六〇五号室のお客さまの様子はどうでした？」

フロントマンが小声で訊いた。

「ドアに耳を近づけてみたんですが、男が連れを道連れにして心中する気はないようです」

「それをうかがって、ひと安心しました」

「相棒が逮捕状を持ってきたら、マスターキーで六〇五号室のドアを開けてくださいね」

「そのときは、協力させていただきます」

「駐車場で待機することにします。では、後《あと》で！」

仁科はフロントマンに一礼し、ホテルを出た。

レクサスに歩み寄り、運転席に入る。それから間もなく、穂積から電話がかかってきた。

「秘密民兵組織のアジトは、檜原村の山の奥にありましたよ。木村の車は城塞《じょうさい》っぽい建物の中に消えました」

「そっちに行くから、正確な位置を教えてくれ。おれが到着するまで、ボルボの中でじっとしてろよ。下手に動くと、民兵に取っ捕まるかもしれないからな」

仁科はスマートフォンを握り直し、耳に神経を集めた。

第四章　新たな疑惑

1

前方の信号が赤に変わった。

秋川街道に入って間もなくだった。仁科はレクサスの速度を落とし、ブレーキペダルを徐々に踏み込んだ。

車が停まったとき、懐《ふところ》で私物のスマートフォンが打ち震えた。交通ルールに反するが、仁科はスマートフォンを摑《つか》み出した。

ディスプレイを見る。発信者は『隠れ家』のママだった。スピーカーフォンにする。

「仁科ちゃん、狩谷善行は春先から主要右翼団体に、竹島や尖閣諸島を狙《ねら》ってる他国を蹴《け》散《ち》らして、さらに北方領土も力ずくで奪い返そうと呼びかけてたらしいわよ」

「その呼びかけに応じた団体は？」

「三団体だけみたいだけど、どこも割に大きな組織よ」

「悠子ママ、その三団体名を教えてくれないか」

仁科は言った。

悠子が質問に即答する。いずれも、世間に知られた右翼団体だった。そのうちの一団体は、世間で行動右翼団体と認識されて数々のテロ行為を繰り返していた。

「おれの筋読みは外《はず》れたようだな。狩谷が暗黒社会を支配したいという野望を叶《かな》えようと画策してるのではないかと推測したんだが……」

「わたしが集めた情報から、それを裏付けるような事実はなかったわね。狩谷は日本の弱腰外交に焦《じ》れて、韓国、中国、ロシアを挑発する気になったんじゃない？　闇社会の新帝王になるなんてことは考えてないと思うわよ」

「そうなのかもしれないが、ちょっと腑《ふ》に落ちないことがあるんだ」

「何に引っかかってるの？」

「狩谷は義友会池端組に協力してもらって、危険ドラッグの密造とネット販売で稼《かせ》いでるようなんだ。民間パトロール隊を私設軍隊にするための資金にしてるみたいなんだが、その原材料の植物片や化学薬品は中国から仕入れてるにちがいない。中国を目の仇《かたき》にしてる右翼の爺《じい》さんがそんなことをするかな」

「大企業からのカンパ金だけでは軍資金が足りないとなれば、儲《もう》かりそうな裏ビジネスはなんでもやるでしょ？　中国に対する憎しみは強くても、大陸から安い原材料が手に入るならと算盤《そろばん》を弾《はじ》いて割り切るんじゃないのかな。狩谷には利権右翼っぽいとこがあるわけだからさ」

「そうなんだが……」

仁科は信号が青になっているのに気づいて、急いでレクサスを走らせはじめた。幸い後続車はなかった。

「狩谷は企業からのカンパ金の一部を抜いて、民間パトロール隊を軍備化するための資金に充《あ》ててたんじゃない？　さらに幾つかのダーティー・ビジネスで荒稼ぎして、力のある私設軍隊に育て上げる気なんじゃないかしら。もちろん、松永には内緒で狩谷は動いてたんだと思うわ」

「そうだろうね。しかし、松永は狩谷が独断で私設軍隊づくりをしてることに気づいた。それで、元老は強く狩谷を叱《しか》りつけた」

「だから、二人の関係はまずくなったんじゃない？　狩谷は松永が生きてたら、自分のやりたいことはできないと判断したんで、民兵のひとりにコルト・パイソンで……」

「松永の頭を撃《ハジ》かせたんだろうか」

「そうなんじゃないのかな。それはそうと、秘密民兵組織のアジトに関する手がかりはまだ得られてないのよ」

「それは、穂積が突きとめてくれたんだ」

「あら、穂積君もやるじゃないの」

悠子が感心した口ぶりで言った。仁科は経過を話した。

「それじゃ、特攻隊長の木村が訪ねた城塞《じょうさい》みたいな建物に雇《やと》われた民兵たちがいて、竹島や尖閣諸島近くの秘密基地に送り込んでるのね」

「うん、そうなんだろう。これはおれの想像なんだが、狩谷は民兵たちを使って韓国や中国の軍人を捕虜に取り、裏外交の切札に使うつもりではないんだと思うな」

「何人かの軍人を生け捕りにしたって、韓国や中国は動じやしないんじゃない？」

「多分ね。民兵たちに竹島や尖閣諸島周辺の監視をさせてるのはデモンストレーションで、狩谷は元自衛官や元海上保安官に韓国と中国の在日大使を拉致《らち》させて裏外交の切札にする気なんじゃないだろうか」

「そんなことをしたら、韓国も中国も態度を硬化させて戦争を仕掛けてきそうね」

「そうはしないと思うよ。たとえ局地戦争であっても、損失はでかいから」

「ということは、大使たちは母国に見殺しにされちゃうわけ？」

「為政者《いせいしゃ》たちは、個人よりも国の威信《いしん》や安全を重んじるからね。在日大使を最終的には見殺しにするだろうな」

「そういうことは、狩谷にも想像がつくんじゃない？」

「だろうね。もしかしたら、狩谷は民兵たちに竹島と尖閣諸島を爆破させようと考えてるのかもしれないな」

「ま、まさか⁉　そんなことをしたら、日本は韓国や中国に負けたという見方をされちゃうでしょ？」

悠子が言った。

「そう感じる者もいるだろうな。しかし、見方を変えれば、韓国は竹島を不当に占領できなくなるわけだよ。中国も永久に尖閣諸島を手に入れられなくなる」

「あっ、そうね。でも、島を爆破した人間が日本人と知れたら、右寄りの連中は民兵を雇った狩谷善行を血祭りに……」

「そうなるだろうね。狩谷は日本人ではない者が竹島と尖閣諸島をそっくり爆破して、海上から消し去ったと見せかけようと考えてるんじゃないのかな」

「それ、当たりかもしれない。竹島や尖閣諸島が消滅しちゃえば、日本人は屈辱感がなくなるはずだから」

「そうだね」

「仁科ちゃん、さすがだわ。アジトにいる連中は武装してるんだろうから、無理しないほうがいいわよ。手に負えないと感じたら、すぐ別働隊の支援を要請してね。仁科ちゃんと穂積君に万が一のことがあったら、わたし、家族を喪《うしな》ったような悲しみに包まれるだろうと思う」

「無茶はしないよ」

仁科は通話を切り上げ、運転に専念した。

やがて、檜原村に入った。民家の数は少なく、森林が目立つ。仁科は穂積に教えられたルートをたどり、林道の奥に進んだ。

しばらく行くと、急に視界が展《ひら》けた。

林道の右手に西洋の城を連想させる砦《とりで》があった。敷地はとてつもなく広そうだ。林道に面した正面は、長い丸太で組まれた塀《へい》が連《つら》なっている。

仁科は、レクサスを城塞めいた建物の四十メートルほど手前の枝道《えだみち》に突っ込んだ。

そっと運転席から出て、林道に引き返す。あたりは漆黒《しっこく》の闇だった。樹木が影絵のように見える。

仁科は目を凝《こ》らした。

だが、穂積のボルボV60は見当たらない。敵の手に落ちてしまったのか。不安が募《つの》る。

仁科は一歩ずつ前進した。十メートルあまり行くと、暗がりから人影がぬっと現われた。とっさに仁科はグロック32の銃把《グリップ》を握ったが、近寄ってきたのは穂積だった。

「びっくりさせるなよ」

「すみません！　声を出さないほうがいいと思ったんです」

「木村の車は、城塞みたいな建物の中に入っていったんだな?」

「そうです。それから、ついさっき狩谷を乗せたワンボックスカーが敷地の中に吸い込まれました」

「狩谷に間違いないのか?」

仁科は確かめた。

「ええ、当の本人でした。狩谷の顔は知ってますんで、間違いありません」

「そうか」

「秘密民兵組織のアジトだろうが、ちゃんと確認しないとな」

「抜かりはありませんよ。もう確認済みです。正面は防犯カメラだらけなんで、隣接してる雑木林《ぞうきばやし》の中に入って敷地の中を覗《のぞ》いたんですよ」

「おれが到着するまで、車の中でじっとしてろと電話で言ったじゃないか」

「そうなんですが、以前は新聞社の社会部にいた人間です。記者魂《だましい》が頭をもたげてきて、自然に体が動いてた。それに、狩谷から多額の口止め料をせしめるチャンスだと思ったんですよ」

「内部はどうなってるんだ?」

「林道から見える建物は三階建てで、地下室もあるようです。会議室が一階にあって、二・三階には十六ほどの個室があるみたいですね。金で雇われた民兵たちは、個室で寝起きしてるんでしょう。一階には食堂、浴室、トイレ、調理場もあるようですよ。女性はいないみたいだから、民兵たちが交替で炊事《すいじ》を担当してるんでしょうね」

「そうなんだろう。建物は一棟だけなのか？」

「奥に物置小屋と燃料貯蔵小屋があって、その近くに地下壕《ごう》があります。戦闘服姿の男たちがハッチを開閉していましたから、地下に武器保管室や射撃訓練場があるんでしょう。五十年配の男が軍事訓練の教官を務めてるようで、民兵たちに何か号令をかけてたな」

「民兵の数はどのくらいだと推定できそうなのかな？」

「このアジトにいるのは二十人前後でしょうね。先発隊は島根《しまね》か山口《やまぐち》の海沿いにある秘密基地から漁船で竹島周辺に出かけ、韓国側の動きを偵察してるんでしょう」

「尖閣諸島周辺の島にも秘密基地があって、民兵たちはパトロールをしてるにちがいない。しかし、それは単なるデモンストレーションなんだろう」

「どういうことなんです？」

穂積が早口で訊いた。

「民兵たちは韓国や中国の軍人を挑発してるかもしれないが、相手を捕虜にして裏外交の切札にする気はないんじゃないか」

「真の狙いは、別にあるんではないかってことですね？」

「そう。もしかしたら、狩谷は民兵たちに竹島と尖閣諸島を爆破させて海に沈めようと企《たくら》んでるのかもしれないぞ。穂積、どう思う？」

「国際政治学者がニュース番組で、いっそ竹島と尖閣諸島を爆破してしまえば、領土を巡る紛争はなくなるだろうと際《きわ》どい冗談を口にしてました。視聴者たちの大半はジョークと受け取ったはずだけど、そうしてしまえば、日本は領土問題で屈辱感を覚えなくても済むわけか」

「正体不明の人間が竹島や尖閣諸島を海に沈めたってことにすれば、領土を巡る国同士の紛争はなくなるだろう。日本は韓国や中国に侮《あなど》られてるというマイナスイメージを拭《ぬぐ》えるわけだ」

「ええ、そうですね。そう考えると、先輩の筋の読み方はリアリティーがあるな。松永は、狩谷が民間パトロール隊を私設軍隊にしたがってることを察知し、あれこれ意見したんじゃないんですか。狩谷はそのことをうっとうしく感じたんで、誰かに元老を葬《ほうむ》らせたんじゃないのかな」

「おれもそういう疑いはあると思ってきたんだが、果たして推測した通りなのかどうか」

「狩谷は、松永殺害にはタッチしていないと思える根拠があるんですか？」

「いや、根拠も確信もあるわけじゃないんだ。ただ、八十過ぎの古狸《ふるだぬき》が松永に説教されたぐらいで、殺意を懐《いだ》くだろうか」

仁科は、ずっと疑問に感じていたことを口にした。

「言われてみれば、狩谷はそんなやわな男ではないでしょうね。強《したた》かに生きてきた右翼の親玉は仮に民間パトロール隊を私設軍隊に育てたいと密《ひそ》かに準備してきたことを松永に非難されたとしても、忠告に従ったりしないいんじゃないですか」

「だろうな」

「狩谷が松永の追及を上手に躱《かわ》してたら、何も急いで元老を始末させなくてもいいわけですよね」

「そうだな。捜査本部は狩谷にいったん疑惑の目を向けたんだが、結局、シロと断定した。その判断は正しかったのか。そうだったら、おれは二度も回り道をしたことになるんだな。殺人犯捜査係として、まだ未熟なのかもしれない」

「先輩、まだわかりませんよ。狩谷が何かで松永と気まずくなったことは間違いなさそうですから。殺人動機がなかったわけじゃありません」

「そうなんだがな」

「アジトの中を覗いたほうがいいでしょ？」

穂積が言って、林道の向こう側の雑木林に足を踏み入れた。

仁科はすぐに穂積の後を追った。雑木林の中は暗かった。常緑樹の枝と枝が重なって、歩きづらい。しかし、次第《しだい》に目は暗さに馴染《なじ》んだ。

仁科は先頭に立ち、建物に沿《そ》う形で奥に進んだ。丸太を組んだ囲い塀《へい》が長く延びているが、まるで隙間《すきま》がないわけではなかった。

仁科は上着のアウトポケットから暗視望遠鏡《ノクト・スコープ》を摑《つか》み出し、足を止めた。丸太と丸太の間から、敷地内をうかがう。

左側に三階建ての城塞めいた建物があり、右側に物置小屋などが見える。地下壕に通じるハッチは樹木に囲まれ、ほとんど目立たない。誘蛾灯《ゆうがとう》が点《つ》いていなければ、目に留まらなかっただろう。

ノクト・スコープはドイツ製で、高性能だった。夜間にもかかわらず、真昼のように物がくっきりと見える。

仁科はレンズの倍率を最大にした。

動く人影は見えない。地下壕のハッチも開けられる気配は感じられなかった。

ノクト・スコープを目から離しかけたとき、左側の建物から誰かが現われた。

人影は二つだった。仁科はノクト・スコープに目を当てた。

なんと狩谷善行と木村肇だった。二人は肩を並べて庭のほぼ真ん中まで進み、そこで立ち止まった。向かい合う恰好《かっこう》でたたずんだ。

風に乗って、二人の会話がかすかに耳に運ばれてきた。

「狩谷先生、計画に変更はありませんね？」

木村の声だ。

「ああ、予定通りに遂行《すいこう》してくれ。明日の午後十時に竹島の上空にダミーの無人小型飛行機《ドローン》を十機飛ばすんだ」

「韓国の警備兵たちがドローンを撃ち落としてる間に、小型ミサイルを撃ち込んで軍事施設を破壊するんですね？」

「そう。それから、大型ドローンから核爆弾を落として、竹島を海に沈める」

「そして、尖閣諸島は三カ月後に吹き飛ばす。そういう計画でしたね？」

「ああ、そうだ。松永先生はわたしの計画は戦争を招くと反対されたが、日本が弱腰外交を改めない限り、竹島と尖閣諸島を取り戻すことはできない。それならば、いっそ領土問題の争いの因《もと》になる島々を海に沈めてしまえば、他国からなめられることはなくなる。木村、そうだよな？」

「はい、おっしゃる通りです。日本の領土を失うことは残念ですが、韓国と中国に虚仮《こけ》にされつづけられたくはありませんからね」

「そうだよ。あの世で松永先生は困った顔をされてるだろうが、いつかわたしの愛国心はわかってくださるだろう」

「自分も、そう思います」

「松永先生の忠告を無視して、民間パトロール隊の連中を私設軍隊の兵士のように動かしてきたが、日本人の誇りを保つためにはこういう選択しかなかったんだ」

「そうですね」

「このわたしを一部のマスコミは〝利権右翼〟とからかったが、大和民族《やまと》を守り抜くために少しばかり行儀《ぎょうぎ》の悪いことをしただけだ。わたしは金の亡者なんかじゃないぞ」

「わかっていますよ。松永先生と少し考え方が違うだけで、お二方《ふたかた》は紛《まぎ》れもなく真の愛国者です。それなのに、警察は一時期、党首が松永先生の死に関与してるのではないかと疑ったりしました。無礼ですっ」

「木村、もういいじゃないか。松永先生とは意見がぶつかり合ったりしたが、どちらもこの国のことを何よりも大事にしてた。だから、先生はわたしの焦《あせ》りもわかっていたはずだよ」

「そうでしょうとも。作戦を遂行《すいこう》しましたら、自分が中心になって松永先生を殺《あや》めた犯人を必ず見つけ出して……」

「木村、それは警察の仕事だよ」

「ええ、ですが……」

「月を眺《なが》めたかったんだが、今夜は無理のようだな。木村、戻ろうか」

狩谷が体を反転させ、建物に足を向けた。木村が黙って狩谷に従う。

仁科はノクト・スコープを下げ、穂積に顔を向けた。

「狩谷と木村の遣《や》り取《と》りは、あらかた聞こえたよな？」

「ええ。狩谷は、松永の事件には関与してないようですね」

「こっちも、そう感じたよ。だが、竹島を核爆弾で海に沈めたら、山陰地方は放射能で汚染されてしまう。車に戻ったら、川奈警視監に連絡して狩谷たちの計画を阻止《そし》してもらわなきゃな」

「ええ、そうしてください」

穂積が応じた。いつになく緊張した面持《おもも》ちだった。それほど狩谷たちの犯罪計画は恐ろしいことだ。

「行くぞ」

仁科は下生《したば》えと落ち葉を踏み鳴らしながら、急ぎ足で林道に向かった。

2

最悪な事態は避けられそうだ。

前夜のうちに檜原村にいた狩谷、木村、二十一人の民兵は本庁の公安部に緊急逮捕された。別働隊も公安部の捜査員と行動を共にした。

仁科は自宅マンションの居間で、川奈次長からの電話を待っていた。

警察庁の要請で、島根県警は益田《ますだ》港近くにある民兵組織の秘密基地を小一《こ》時間前に捜索したはずだ。アジトで待機中の民兵たちは、いっこうに竹島爆破命令が下《くだ》されないことを訝《いぶか》しく思っているにちがいない。

仁科の刑事用携帯電話《ポリスモード》が鳴ったのは正午数分前だった。発信者は川奈だった。

「秘密基地には機関銃、ロケット砲、小型核ミサイル、ドローンなどが残されてたが、十六人いるはずの民兵は消えてたんだ」

「雇い主からの指示がないことで、民兵どもは逃走を図《はか》ったようですね」

「そういう報告だったよ。全員、数キロ離れた山の中に身を潜《ひそ》めてたそうだ。十六人とも検挙された」

「よかった」

「リーダー格の元自衛官は観念して、狩谷に竹島を海に沈めてくれと言われてたことを吐いたそうだ」

「尖閣諸島周辺にも、民兵組織の秘密アジトがあるんでしょ？」

仁科は訊いた。

「沖縄《おきなわ》の波照間《はてるま》島の漁港から少し離れた所に秘密基地があって、漁民を装《よそお》った民兵十八人が尖閣諸島周辺のパトロールをしてたそうだよ。狩谷は、その連中に三カ月後に尖閣の島々を爆破させる気だったらしい」

「十八人の身柄《ガラ》は沖縄県警が確保済みなんですね？」

「そう。これで、狩谷のとんでもない犯罪計画を潰《つぶ》すことはできたんだが……」

「道草を喰《く》う結果になってしまいました」

「そうだな。狩谷や木村が苦し紛れに嘘《うそ》をついてる様子はないようだから、松永輝光殺しではシロだろう」

「それは間違いないでしょう」

「仁科君、被害者の姪《めい》の池内香澄にもう一度会ってみては、どうだろうか」

「彼女は、めったに母方の伯父とは会ってなかったと言ってました。何度会っても、有力な手がかりは得られないでしょう」

「そうか、そうだろうね。長いこと松永の公設秘書を務めていた高石和典が何か故人の秘密を隠してるような様子はなかったのかな?」

「そういう気配はうかがえませんでした」

「そう。困ったな」

「松永輝光に十二年前から囲われてた江森瑠衣に会ってみます。被害者はだいぶ前に男性機能を失ってたようですから、愛人は性的には満たされてなかったんではありませんかね」

「江森瑠衣は三十七歳だったかな、現在」

「そうです」

「女盛りなんだから、パトロンの目を盗んで浮気をしてたとしてもおかしくはないだろう」

「ええ。愛人の浮気を知って、松永が嫉妬に苦しめられたとは考えられませんか？」

「性的能力を失っても、自分の愛人が別の男に抱かれていると知ったら、怒り狂うんじゃないのかな。ジェラシーもあるだろうが、虚仮《こけ》にされたことに……」

「愛人を赦《ゆる》せない気持ちになるかもしれませんね」

「松永は瑠衣に対する愛情が憎しみに変わって、発作的に愛人の首を両手で絞《し》めようとしたことがあるんだろうか」

川奈が呟《つぶや》くように言った。

「そういうことがあったとしたら、瑠衣はいつか自分はパトロンに殺されるかもしれないという疑心暗鬼を掻《か》き立てられることになりそうですね」

「ああ、そうなるだろうな。それから、江森瑠衣の浮気相手も同じような気持ちになると思う。瑠衣のパトロンは、隠然《いんぜん》たる力を持ってる超大物フィクサーだったんだ。瑠衣を寝《ね》盗《と》ったことを知られたら、自分も抹殺されると怯《おび》えるんじゃないのか」

「ええ、平然とはしてられないでしょうね」

「瑠衣は先手を打つ気になったのかもしれないぞ。パトロンか殺し屋に始末される前に……」

「松永輝光を殺してしまおうと考えた。そうだとしても、女が自分でパトロンを手にかけるだけの度胸と覚悟はないでしょう」

「それで、浮気相手に汚れ役を引き受けてもらったんだろうか。いや、その男が何者かわからないが、直《じか》に自分の手を汚したとは思えないな。犯罪のプロに松永輝光を永久に眠らせてもらったんじゃないのか」

「とにかく、江森瑠衣に接触してみます」

仁科は通話を切り上げた。リビングソファから立ち上がり、ダイニングキッチンに移る。

まだ朝食を摂《と》っていなかった。仁科は冷凍海老《えび》ピラフを炒《いた》め、それを掻き込んだ。

私物のスマートフォンに着信があったのは、ちょうど身仕度を終えたときだった。電話をかけてきたのは穂積だ。

「予想外の展開になっちゃいましたね。捜査本部事件の首謀者は、ほぼ狩谷だと睨《にら》んでたんですけど」

「そっちがせっかく檜原村のアジトを突きとめてくれたのに、狩谷善行は真犯人《ホンボシ》じゃなかった。がっかりさせてしまったな」

「気にしないでください。それより、竹島と尖閣諸島周辺をパトロールしてた奴らはどうなったんです？」

「全員、捕まったそうだよ」

仁科は、川奈次長から聞いた話を手短に伝えた。

「竹島が核爆弾で吹っ飛ばされる心配はなくなったんですね。でも、狩谷の計画に賛同した三つの右翼団体の動きが気になるな。そいつらが隙を衝《つ》いて、竹島や尖閣諸島を爆破するかもしれないでしょう？」

「島根県警と沖縄県警は自衛隊、海上保安庁と連絡を密《みつ》に取って警戒を強化するはずだから、そういう心配はないよ」

「そうか、そうでしょうね。実は、かつての同僚記者から役に立ちそうな情報を得たんです」

「どんな手がかりなんだ？」

「射殺された松永輝光は、探偵社に愛人の素行調査をさせてたらしいです。江森瑠衣が松永に見つからないようにして、誰か男と密会してたかどうかまでは聞き出せませんでしたけどね」

「松永が愛人の素行を調べさせたのは、どこの探偵社なんだろうか」

「残念ながら、それも教えてもらえなかったんですよ。元同僚たちには、フリージャーナリストめいたことをやってると言ってありますので、警戒されちゃったんでしょうね」

「多分、そうなんだろう」

「松永は愛人が浮気してそうな気配があったんで、探偵社を使ったにちがいありません。江森瑠衣が浮気相手と共謀して、パトロンを亡き者にしたと推測できないこともないでしょ？」

「そうだな」

「おれ、捜査本部の刑事を装って都内にある探偵社に片っ端から電話をかけてみますよ。どこも個人情報を簡単には教えてくれないでしょうが、粘れば、依頼人のことをこっそり教えてくれるかもしれませんので」

「探偵社は何百とある。そんなに多く電話をかけつづけたら、声帯が潰れるぞ。こっちが瑠衣を少しマークしてみるから、そっちは休養しててくれ」

「先輩が江森瑠衣の動きを探るなら、無駄《ロス》の多いことはやめといたほうがいいかな」

「体を休めててくれ。また、穂積に助《ス》けてもらいたいことができたら、電話するよ」

「そうしたほうがいいですかね」

「そっちは待機しててくれ。それから、悠子ママに捜査の経過を穂積から伝えてもらえないか」

「わかりました」

穂積が通話を切り上げた。仁科は私物のスマートフォンを上着の内ポケットに入れてから、ウォークイン・クローゼットに足を向けた。

拳銃、サイレンサー、手錠、特殊警棒を装着し、そのまま部屋を出る。仁科は地下駐車場に降り、レクサスに乗り込んだ。すぐに車を発進させる。

千代田《ちよだ》区二番町《にばんちょう》にある『グランドホライゾン』を探し当てたのは、およそ二十五分後だった。見るから高級そうな分譲マンションだ。

仁科は裏通りにレクサスを駐《と》め、『グランドホライゾン』の表玄関に回った。

洒落《しゃれ》たアプローチを進み、集合インターフォンの前で足を止める。仁科はテンキーに右手を伸ばし、部屋番号を押した。

ややあって、スピーカーから女性のしっとりとした声が響いてきた。

「江森でございます。どなたさまでしょう？」

「絵画ブローカーの山際《やまぎわ》と申します。九月に亡くなられた松永輝光先生からユトリロの十号の油彩画をお預かりしているんですよ」

仁科は偽名を使い、作り話をした。

「あの有名なユトリロの油絵ですか⁉」

「ええ。画商たちにとっては、垂涎《すいぜん》の的《まと》と言える名画ですね」

「高値がついてるんでしょ？」

「はい、それはね。お預かりしている油彩画については、先生の遺産を管理してる弁護士も知らないんですよ」

「そうなんですか」

「松永先生は、このユトリロの名画を死後、あなたに渡してほしいとわたしに託《たく》されたのです」

「松永のパパにはとてもよくしてもらったのに、そんな名画までわたしに遺《のこ》してくれてたなんて、涙が出そうだわ」

「油彩画の引き渡しに関しまして、一つだけ条件があるんですよ」

「どんな条件なんです？」

「インターフォン越しでは、ちょっと説明しにくいですね。十分ほどお宅にお邪魔させていただけないでしょうか」

「ええ、かまいません。いまオートロックを解除しますので、十二階に上がってらっしゃって」

瑠衣が弾《はず》んだ声で言った。思いがけない遺品が手に入ると信じ込んで、浮かれた気分になったのだろう。

仁科はほくそ笑《え》み、高級マンションのエントランスロビーに入った。清潔感が漂《ただよ》っている。左手には豪華なソファセットが置かれていた。

大きな観葉植物の鉢がところどころに配されているが、管理人室は見当たらない。高級マンションにはまず管理人が常駐している。『グランドホライゾン』は〝愛人マンション〟

なのだろうか。あるいは、管理人室は目につかない場所にあるのか。

仁科はそんなことを考えながら、三基あるエレベーターの左端の函《ケージ》に乗り込んだ。ケージが上昇しはじめた。

じきに十二階に達した。仁科は一二〇一号室のドア・チャイムを鳴らした。

待つほどもなくドアが開けられ、江森瑠衣が姿を見せた。色っぽかった。

仁科は数種類の偽《にせ》名刺を使い分けていた。改めて名乗り、〝山際淳也《じゅんや》〟と印刷された偽名刺を瑠衣に差し出す。アドレスはもちろん、電話番号もでたらめだった。

「どうぞお入りになって」

瑠衣が愛想よく言って、仁科を自宅に招き入れた。

間取りは2ＬＤＫのようだが、各室が広かった。通されたのは居間だった。なぜか飾り棚とリビングボードの中は空っぽだ。

「近々ここを売って、もっと小さな分譲マンションに引っ越すつもりなの。それで、少しずつ荷造りをはじめてるんですよ。どうぞお掛けになって」

瑠衣は深々としたソファに仁科を坐《すわ》らせると、ダイニングキッチンに足を向けた。コーヒーを淹《い》れてくれるようだ。

「松永先生が通われた部屋を早くも売却なさるんですか」

仁科は皮肉を込めて言った。

「山際さん、いじめないで。パパとの思い出がある自宅を売りたくはなかったのよ。でも、もうお手当をいただけなくなったわけです。どこかに狭い中古マンションを購入して、売却益で自立していかなければならないの」

「そうなんでしょうが、せめて喪《も》が明けるまでは……」

「できることなら、そうしたかったわ。だけど、もう頼れる相手はいないんです。何かスモールビジネスをやって、自活していかないとね」

「ちょっと意地の悪い言い方をしてしまったかな」

「こんなことを言っても信じてもらえないでしょうけど、わたし、お金だけで松永のパパと繋《つな》がっていたわけじゃないの。年齢に開きはありましたけど、ひとりの男性として恋愛感情もあったんですよ。パパは大変な有力者だったけど、わたしの前では無防備に素《す》を見せてくれてたの。とっても人間臭《くさ》くて、愛すべき存在でした。もちろん、頼れる方だったわ」

瑠衣がそう言いながら、洋盆《トレイ》を両手で浮かせた。トレイには、二つのコーヒーカップが載《の》っている。

「あっ、お構いなく。すぐに失礼しますので……」

仁科は恐縮した。

瑠衣が摺《す》り足でやってきて、大理石《だいりせき》のテーブルに二つのコーヒーカップを置いた。それから、彼女は仁科の前のソファに浅く腰かけた。

「ブルーマウンテンですけど、お口に合うかしら？」

「そんな高いコーヒーは、めったに飲んだことありません」

「ご冗談ばっかり！　絵画のブローカーさんは高収入を得てるんでしょ？　羨《うらや》ましいわ」

「名画の贋作《がんさく》を摑まされたりして、大損することもあるんですよ。均《なら》したら、サラリーマンよりも少し稼ぎが多いぐらいかな」

「そんなことはないでしょ？　それはそうと、ユトリロの油彩画を貰《もら》うには一つだけ条件があるとおっしゃってましたよね。その条件というのは？」

「その前に確認させてほしいことがあるんですよ」

「なんでしょう？」

「あなたは十二年前から松永先生の世話になってきたわけですが、ちゃんと愛し合えたのは皆無《かいむ》だったんでしょ？　露骨《ろこつ》な質問ですが、大事なことですので、真面目に答えていただきたいんです」

「なんだか恥ずかしいわ」

「もう先生は八十を超えてらっしゃったのだから、バイアグラを使ってもエレクトすることはなかったんでしょう？」

「ええ、そうですね。でも、パパは口唇《こうしん》と指でわたしをとても悦《よろこ》ばせてくれました。あら、やだ！　こんなあけすけなことまで喋ってしまったわ」

「それだけで、充分に満足できたのでしょうか。やはり、物足りなさはあったんじゃないかな」

仁科は言った。

「パパは仕上げに……」

「先生が性具を使われてたとしても、本当に充《み》たされることは少なかったでしょう?」

「わたし、それほどの好き者じゃありません。性的には淡泊《たんぱく》なほうなんです。それより、問題の条件とやらを教えてくださいな」

瑠衣が促《うなが》した。

「松永先生はあなたが過去に一度でも浮気をしていたら、ユトリロの油彩画は渡さないでほしいとおっしゃったんですよ」

「わたし、パパを裏切るようなことはしていません」

「先生はあなたが浮気をしているかもしれないと疑われて、ある探偵社に素行調査を依頼したんだそうです」

仁科は平然と嘘をついた。

「その話、本当なの?」

「ええ。探偵社の調査員は、あなたが男性と密会してるところを目撃したらしいんですが、肝心《かんじん》の動画撮影に失敗したみたいなんですよ。おまけに尾行も巻《ま》かれてしまったんで、浮気相手の正体も突きとめられなかったという話でしたね」

「そんな間抜けな探偵がいるわけないわ。あなた、作り話をしてユトリロの油彩画を自分の物にしたいんじゃありません？」

「失礼なことをおっしゃる。そこまで言うんでしたら、こっちもはっきり申し上げましょう。江森さん、あなたは松永先生の世話を受けながらも、こっそり浮気相手と定期的に会ってましたね。実はね、わたし、元刑事の調査員を使って江森さんを尾行させてたんですよ」

「えっ、いつなの⁉ 彼と会ってたときの写真を撮《と》られちゃったのかしら？」

瑠衣が狼狽《ろうばい》し、視線を泳がせた。

「先生は生きてらっしゃるうちに、あなたが浮気していた事実を知ってたんですよ」

「それなのに、どうしてパパには告げ口しなかったわけ？ ユトリロの油彩画を自分の物にしたかったんなら、パパにわたしの浮気のことを話すわよね」

「あなたが不利になるようなことを松永先生に言わなかったのは、恩を売っておきたかったからです」

「どういうことなの？ 言ってる意味がわからないわ」

「元老の愛人を一度抱きたいと思ってたわけですよ。ユトリロの油絵は、あなたに後日渡しましょう。その代わり、あなたを自由にさせてもらいたいんですよ。すぐにでも、寝室に案内してほしいな」

「そ、そんな⁉」

「松永先生が使ったベッドで、あなたを玩具《おもちゃ》にしてみたいんだ。ユトリロの絵は、五千万円前後で売れるでしょう。悪い取引ではないと思いますよ」

「わかったわ。けど、いまは生理中なのよ。数日後には終わるでしょうから、それまで待ってちょうだい」

「うまく逃げたな」

「嘘じゃないの」

「きょうはコーヒーを飲んだら、引き揚《あ》げるよ」

仁科はコーヒーカップを持ち上げた。

3

鎌はかけてみるものだ。

仁科はそう思いながら、口の端《はし》を歪《ゆが》めた。レクサスの運転席に坐っていた。江森瑠衣の自宅マンションを辞去したばかりだった。

瑠衣は誘導に引っかかり、浮気相手がいたことを認めた。愛人生活を送りながら、どこの誰と密会していたのか。

仁科は瑠衣に張りついて、彼女の浮気相手を突きとめる気になったのである。瑠衣は、仁科が餌《えさ》にした架空の話を信じた様子だった。

といって、彼女が本気で女の武器を使う気になったとは思えない。価値のある名画を手に入れるまで、仁科に色目を使う気でいるだけなのだろう。

その浅知恵はすぐに見抜けた。

仁科は久しく柔肌に接していなかったが、本気で瑠衣を抱く気になったわけではない。

彼女が浮気相手に怪しげな〝絵画ブローカー〟のことを話して、どう対処すべきか相談するかもしれないと推測したのだ。

パトロンが死亡したことで、瑠衣は堂々と浮気相手と会うことができるようになった。張り込んで瑠衣をマークしていれば、必ず松永から愛人を寝盗った男と接触するにちがいない。

仁科は変装用の黒縁眼鏡をかけてから、レクサスを『グランドホライゾン』の地下駐車場の出入口の近くまで移動させた。

捜査対象者がマイカーで外出するかどうかわからない。それ以前に瑠衣が車を所有しているかどうかは未確認だった。都心でマンション暮らしをしている人たちは案外、マイカーを持っていないという話をどこかで聞いたことがある。交通網が張り巡らされているから、必需品ではないのだろう。

瑠衣が自分の車を持っていなかったとしても、どこかに出かける可能性はある。仁科は無駄になることを覚悟しながら、張り込みつづけた。

高級分譲マンションの地下駐車場から真紅のアルファロメオが走り出てきたのは、午後六時過ぎだった。

仁科はイタリア車の運転席に目をやった。ステアリングを握っている女性は、間違いなく江森瑠衣だった。

仁科はアルファロメオが遠のいてから、尾行を開始した。

瑠衣は十五、六分車を走らせ、乃木坂《のぎざか》にある高層マンションの前に停まった。分譲中の新築マンションで、大手不動産会社の社員たちが表玄関の前に横一列に立っている。

六人とも、三、四十代の男性社員だ。購入希望者の内覧に応じているのだろう。

瑠衣はアルファロメオを降りると、高層マンションのエントランスロビーに足を踏み入れた。そのまま奥のエレベーター乗り場に向かった。購入した部屋に行き、家具や調度品の置き場所を決めるつもりなのかもしれない。

仁科はレクサスの運転席を出て、不動産会社の社員たちに歩み寄った。四十二、三歳の男が愛想《あいそ》笑いを浮かべて、問いかけてきた。

「いらっしゃいませ。内覧をご希望されている方ですね。まだ素晴らしいお部屋がたくさんございます。ご希望の間取りは？」

「客じゃないんですよ」

仁科は言って、警察手帳を短く呈示した。見せたのは表紙だけだった。

「警視庁の方でしたか」

「少し前に訪れたのは、マンション購入者の江森瑠衣さんですね？」

「はい、一六〇一号室を買われた江森さんです。２ＬＤＫですが、角部屋ですので……」

「人気があるんだろうな」

「ええ」

「販売価格は一億数千万円なんでしょ？」

「もう少し……」

「一億五千万以上なのか」

「はい。眺望《ちょうぼう》がいいですし、専有面積も広いんですよ」

「ローンなしで、購入したのかな？」

「そうですね。二番町の分譲マンションを売却され、不動産の買い換《か》えですので、即金で購入されるケースがほとんどですね。売却益に大きな所得税が課せられますでしょ？　ですから、みなさん、節税目的で不動産の買い換えをなさっています」

「そうなんですか。所有権登記は購入者だけの名義になってるんですね？」

「ええ、そうです。ですが、二人で住まわれるようなことをおっしゃられていました」

「江森さんは独身のはずだがな」

「そのようですが、どなたかと一緒に暮らす予定なんでしょうね。詮索《せんさく》するわけにはいきませんので、詳しいことは存じませんけど」

相手が困惑顔になった。

「部屋の内覧は江森さんだけで……」

「ご内覧されたときは、知り合いの男性とご一緒でした。四十七、八歳の紳士然とした方でしたが、お名刺はいただけませんでしたね」

「彼氏なんだろうな」

「そうなのでしょうか」

「賢い受け答えだな」

「あのう、江森さんが何か犯罪に関わっている疑いでもあるのでしょうか？」

「いや、そうじゃないんですよ。彼女の知人の男性が殺人事件に関与してるかもしれないんです」

「そ、そうなんですか⁉」

「江森さんのマンション購入代金は犯罪絡《がら》みじゃないはずですから、あなたの会社に迷惑はかからないでしょう」

「それを聞いて安心しました」

「内偵のことは、江森さんには内分に願いますね」

仁科は相手に頼んで、レクサスの中に戻った。

瑠衣と一緒に一六〇一号室を内覧した四十代後半の男は、浮気相手と思われる。超大物だった松永輝光の愛人を寝盗った男は、よほど肚《はら》が据《す》わっているのだろう。徒者《ただもの》ではなさそうだ。

捨て身で生きているインテリやくざか、元検事の遣《や》り手の弁護士なのか。それとも、警察官僚上がりの有力な国会議員なのだろうか。そうした者たちなら、元老の愛人にちょっかいを出す度胸があるかもしれない。

分譲中の高層マンションから江森瑠衣が現われたのは、午後六時四十分ごろだった。

瑠衣はイタリア車に乗り込むと、ただちに発進させた。仁科は少し間《ま》を置いてから、レクサスを走らせはじめた。

アルファロメオは近くの外苑東《がいえんひがし》通りに出ると、六本木《ろっぽんぎ》交差点方面に向かった。行き先に見当はつかなかった。仁科は慎重にイタリア車を尾行しつづけた。

瑠衣の車は六本木交差点を突っ切って、さらに直進した。飯倉片町《いいぐらかたまち》交差点を左折し、数十メートル先にある上海《シャンハイ》料理店の専用駐車場に入った。誰かと待ち合わせをしているのではないか。

仁科は、店の手前のガードレールにレクサスを寄せた。手早くライトを消す。エンジンは切らなかった。陽《ひ》が落ちてから、少し寒くなっていた。

車を降りた瑠衣は小走りで、上海料理店の出入口まで駆けた。仁科は店に入るわけにはいかなかった。店内が広いとしても、瑠衣とは面識がある。顔を見られたくない。

仁科は十分ほど経《た》ってから、車を離れた。上海料理店の出入口は、二重扉になっていた。二つ目の扉越しに店内を覗く。

ホールには十五、六の円卓が据《す》えられているが、瑠衣の姿は見当たらなかった。ホールの右側に七つの個室席《コンパートメント》が並んでいる。どうやら瑠衣は、個室席のどこかに入ったらしい。

黒服姿の支配人と思《おぼ》しい初老の男が奥のドアを開けた。

「おひとりさまですか。相席でよろしければ、すぐにご案内できますが……」

「申し訳ない。客じゃないんですよ。警視庁の者なんですが、ちょっと捜査に協力していただけますか」

仁科は警察手帳を懐から摑み出し、ちらりと表紙だけを見せた。

「当店は真っ当な商売をしておりますので、何も疚《やま》しいことはしておりません」

「十分ほど前、三十七、八歳の色気のある女性がひとりで店に入ったでしょ？」

「は、はい」

「彼女は個室席に入ったと思うんだが、予約客だったのかな?」

「いいえ、予約をされたのは唐沢《からさわ》敦《あつし》さまです。さきほどの女性は、唐沢さまの予約した個室席に入られました。お二人は、月に二、三回は当店をご利用くださっています」

「それは、いつごろからなんです?」

「五年ほど前からですね。お二人とも、北京《ペキン》料理や四川《しせん》料理よりも上海料理のほうが口に合われるとおっしゃって、当店をひいきにしてくださっているのです」

「予約したのは野呂《のろ》という人物かもしれないと思ってたんだが……」

「いいえ、唐沢さまに間違いございません。唐沢さまは羽振りのいい公認会計士で、近くの麻布台《あざぶだい》三丁目にオフィスを構えてらっしゃるんです」

「なら、野呂は偽名だったのか。てっきり本名だと思っていたが……」

「唐沢さまが野呂という名を騙《かた》っていたとすれば、何か後ろ暗いことをしていたのですかね。どうなのでしょう?」

相手が探《さぐ》りを入れてきた。

「ある殺人事件に関与してるかもしれないんです」

「警察の方は何か誤解されているのではありませんか。唐沢さまは一流企業二十数社と顧問契約をされて、十数人のスタッフを使われているのです。品川《しながわ》区上大崎《かみおおさき》の邸宅に住まわれて、クルーザーやセスナ機も所有されていると聞いております」

「そうですか」

「そのような社会的成功者が犯罪に手を染めるとは、とても思えませんね」

「社会的地位の高い職業に就《つ》いてた者が凶悪な事件を引き起こしたのは一例や二例ではありません。どんなに偉《えら》くなっても、所詮、人間は感情の動物です。理性のブレーキが利《き》かなくなって、愚《おろ》かなことをやってしまうこともあるでしょう」

「しかし、唐沢さまに限っては……」

「そういう思い込みは危険ですね。学者、医者、弁護士が感情に負けて人殺しに及んだケースもあります」

「そうでしょうが、唐沢さまは犯罪者めいたことは絶対にやっていませんよ。そう言い切っても、いいでしょう」

「それはそれとして、連れの女性の名もご存じですか？」

「ええ、存じ上げています。民自党の元老だった松永輝光さんの私設秘書をやられていた江森瑠衣さんでしょう」

「私設秘書ね」

「そうではないんですか。ご本人がそうおっしゃられていましたが……」

「そうですか」

仁科は、あえて余計なことは言わなかった。瑠衣は単に松永輝光の愛人だったと教えても、あまり意味はないだろう。

美人秘書に手をつける国会議員は珍しくない。瑠衣が松永の私設秘書と偽《いつわ》っても、経歴詐称《さしょう》と騒ぐほどのことではないだろう。

「唐沢さまは、どんな殺人事件に関わっているかもしれないと疑われているのでしょう?」

「松永輝光殺害事件に関与してる疑いがゼロではないんですよ」

「そ、そんな!? そんなことはとても考えられません」

支配人と思われる男が声を裏返らせた。

「言うつもりはなかったんですが、喋ってしまいましょう。江森瑠衣は十二年ほど前から、松永輝光の愛人だったんですよ」

「し、信じられません」

「パトロンが九月六日に撃《う》ち殺されるまで、彼女は囲われてたんです」

「ということは、唐沢さまは最後のフィクサーと呼ばれていた超大物の彼女を……」

「口説《くど》いたんでしょうね。逆に瑠衣のほうが言い寄ったとしても、二人は男女の関係になったんでしょうから、唐沢敦はかなり神経が図太《ずぶと》いですよ。表面は穏やかに見えても、かなり強《したた》かなんでしょう」

「あくまでジェントルに振る舞ってらっしゃるので、刑事さんにそう言われても……」

「そうでしょうね」

「ただ一点だけ、気になることがあります。唐沢さまの言動は紳士的なんですが、たまに品格を失うようなことを口走ったりするんですよ」

「もう少し具体的に言ってもらえますか」

「はい。唐沢さまは自分を大きく見せたいのか、各界で活躍されてる名士《セレブ》の方たちの多くと親交があるんだと自慢するときがあるんです。そうした方たちに一目《いちもく》置かれる存在なんだと匂わせたこともありました」

「大物ぶりたい人間は、だいたい小物です。自分を大きく見せて、相手を威圧《いあつ》したいんでしょう。それは自信のない証拠ですよ」

「本物の大物や偉い方は驚くほど謙虚《けんきょ》だといいますよね。それだから、多くの人たちに慕《した》われてるんでしょう」

「ええ、そうなんだと思います。唐沢敦は真の成功者ではないんじゃないかな。小物と見抜かれたくなくて、大物ぶってるんではないのか。そんな気がしますね」

「そうなのでしょうか」

「唐沢は金回りがいいようだが、飲食代の支払いはどうなんです？」

仁科は訊《き》いた。

「お支払いはカードで済まされていますが、意外にお金にシビアな面があるんですよ。同席されていた江森さまが化粧室に立たれたときのことなのですが、コース料理が一品抜けたことを咎《とが》め立て、ドリンク代とテーブルチャージしか払わないとご立腹されました」

「本当にその分しか払わなかったの?」

「ええ、そうです。店側に落ち度があったわけですので、文句は言えないのですがね。意外な側面を見せられて、戸惑《とまど》いました」

「セコいことを言いますね。たっぷり稼いでるんだから、ちゃんとコース料理の分を払えばいいと思うがな。根はケチなんでしょう」

「お客さまの悪口は言ってはいけないのですが、金銭に対する執着心《しゅうちゃくしん》は強い方だと感じました」

「成金《なりきん》によく見られるタイプだな。金に不自由はしてないくせに、根がケチだから、すぐに損得を考えてしまうんでしょう」

「そうなのかもしれませんね」

「唐沢は、はったりだけで生きてきたんじゃないだろうか。見栄《みえ》を張って十人以上の従業員を使っているようだが、公認会計士として本当に高収入を得てるんだろうか」

「わたし、唐沢公認会計士事務所のホームページを覗いてみたことがあるのですが、東証プライム上場企業の顧問公認会計士を務《つと》めていると明記されていました」

「会社名は列記されてました？」

「いいえ、企業名は記《しる》されてませんでしたね」

「それなら、商売上のはったり《ブラフ》なのかもしれませんよ」

「ですが、上大崎の邸宅に住んでらっしゃることは事実です。わたし、一度、自分の車で酔った唐沢さまをお宅に送り届けたことがあるんですよ。まさに豪邸でした。クルーザーや自家用機の写真も見せていただきました。実物を拝ませてもらったことはないんですがね」

「クルーザーやセスナ機を所有してるのは、知人なのかもしれませんよ」

「そうだとしても、たくさんスタッフを雇《やと》っています。人件費だって、相当な額になるでしょう。それなりに、稼いではいると思いますよ」

「大企業の顧問公認会計士をやってるというのはブラフで、主なクライアントは中小企業が多いとすれば、それほど金銭的な余裕はない気がするな」

「そうなんでしょうか。唐沢さまはロールスロイスに乗っています。当店にはオフィスから歩いて来られることが多いのですが、得意先には超高級外車で回られているようですよ」

「本業の稼ぎが実はそれほど多くないとしたら、唐沢敦は何か違法ビジネスで荒稼ぎしてるのかもしれないな」

「刑事さん、唐沢さまが松永という超大物の殺人事件に絡んでいるとしたら、江森瑠衣さんとの関係を知られてしまったので……」

「そう疑えなくもないんで、事件を洗い直すことになったんですよ」

「唐沢さまは瑠衣さんを奪ったことで松永輝光を怒らせたんで、そのうち殺されるという強迫観念にさいなまれて……」

「犯罪のプロに江森瑠衣のパトロンを始末してもらった疑惑はあるでしょうね」

「しかし、そこまで大胆なことはやれないと思いますよ」

「ただ、超大物の愛人を寝盗ったことを松永が水に流してくれるはずないでしょう？」

「ええ、そう思います。唐沢さまは先に殺されたくなくて、誰かに江森さんのパトロンを片づけてもらったんですかね。凶器は確かコルト・パイソンでしたから、実行犯は殺し屋なのかもしれません」

「あなたは支配人さんなんでしょう？」

「ええ、久保《くぼ》といいます。わたしが刑事さんに喋ったことは、唐沢さまには黙っててくださいね」

「そのへんは心得てますよ。個室席の二人には、こっちのことは言わないでほしいんです」

「わかっています」

支配人の久保が大きくうなずいた。仁科は片手を挙《あ》げ、上海料理店を出た。

レクサスの運転席に入り、ノートパソコンを開く。仁科は唐沢公認会計士事務所を検索した。

ホームページに載《の》っている唐沢敦の顔写真は、決して悪い印象は与えない。やや垂れ目で、優しげに見える。ぎらついた感じはない。

久保が言ったように、唐沢が顧問を務めているという大企業の社名は一社も掲《かか》げられていなかった。自動車メーカー、建設会社、物流会社とぼかした書き方をしている。

商売上のはったりと受け取ってもいいのではないか。社員数は三十七名となっている。

久保の話より明らかに社員の数が多い。唐沢は自分を大きく見せたいタイプなのだろう。

仁科はノートパソコンを閉じ、端末を使ってA号照会した。

唐沢には前科歴はなかった。しかし、本業で充分に収入を得ているとは思えない。ダーティー・ビジネスで荒稼ぎして、見栄を張りつづけてきたのではないだろうか。

仁科は上着の内ポケットから私物のスマートフォンを取り出し、『隠れ家』のオーナーママに電話をかけた。ツーコールで、電話は繋がった。

「口開けのお客さんがいそうだね？」

「ううん、お客さんはまだ誰も見えてないわ」

「それなら、裏のネットワークで公認会計士の唐沢敦という男のことを調べてほしいんだ」

「何者なの？」

「松永輝光の愛人と五年ぐらい前から親密な関係にある男なんだよ」

「やっぱり、江森瑠衣はパトロンの目を盗んで浮気してたのね」

「それは間違いないんだ。唐沢は虚栄心《きょえいしん》が強いようだが、本業で大きな利益を上げてるとは思えないんだよ。そのくせ、金回りはよさそうなんだ」

「仁科ちゃん、見栄っ張りの男はたいがい何か悪事を働いてるわよ」

悠子が断定口調で言った。

「ママも、そう思うか」

「思う、思う。唐沢という奴は汚れたお金で自分を大きく見せてるんでしょうね」

「おれも、そう直感したんだよ」

「そいつ、松永輝光の愛人に手を出したんだから、いい度胸してるじゃないの」

「でも、根は気が小さいんだろうな」

「仁科ちゃんは、その唐沢が誰かに松永輝光を殺させたと睨《にら》んだのね？」

「疑わしいと思ってる。だから、交友関係を調べてみる気になったんだよ」

「そう。なるべく早く情報を集めてあげる」

「いつも悪いね。よろしく！」

仁科は電話を切って、背凭《せもた》れに上体を預けた。

4

ふと他人の視線を感じた。

悠子ママと電話で喋ってから、およそ十分後だった。仁科はさりげなく車の外を見回した。

すると、上海料理店の専用駐車場の暗がりに男が立っていた。年恰好《としかっこう》は判然としなかった。不審者が急に車と車の間に入り込み、焦った様子で中腰になった。仁科に見られていることに気づいて、慌《あわ》てて身を隠したのだろう。

江森瑠衣の自宅マンションから怪しい男に尾《つ》けられていたのか。

仁科は記憶を蘇《よみがえ》らせた。『グランドホライゾン』の付近には、妙な男はいなかった。乃木坂の分譲中の高層マンションのあたりにも、怪しい者はいなかったはずだ。

瑠衣が正体不明の男を電話で上海料理店に呼び寄せ、自分と唐沢の動きを探る者がいるかどうか確かめさせているのかもしれない。

そうだったとしたら、瑠衣たち二人は松永射殺事件に絡んでいる疑いが濃くなる。共謀して、超大物を第三者に始末させたのだろうか。

隠れた男が姿勢を低くしたまま、上海料理店の専用駐車場から出た。

どうやら逃げる気になったらしい。馬面《うまづら》で、細身だった。五十歳前後だろうか。

仁科はレクサスの運転席から出た。

そのとき、不審な男が脇道に走り入った。仁科はすぐさま男を追った。脇道に駆け込むと、不審者の姿は掻《か》き消えていた。

まだ遠くには逃げていないにちがいない。

仁科は身を屈《かが》め、路上駐車中のセダンやワンボックスカーの間を覗き込んだ。馬面の男はワンボックスカーの真裏で息を殺していた。

「おい、出てこい！」

仁科は声を張った。

なんの応答もなかった。仁科はショルダーホルスターからグロック32を引き抜き、手早く消音器《サイレンサー》を装着させた。

安全装置を外し、ワンボックスカーの向こうのビルの外壁に銃弾を撃《う》ち込む。跳弾《ちょうだん》がワンボックスカーの屋根《ルーフ》で撥《は》ね、仁科の足許に弾頭が落ちた。

「わざと的《まと》を外したんだよ。言われた通りにしないと、あんたの体に九ミリ弾を撃ち込むぞ」

仁科は言いながら、路面に転がった弾頭と薬莢《やっきょう》を回収した。どちらも、上着のアウトポケットに突っ込む。

たなびく硝煙を手で払ったとき、顔の長い五十年配の男がワンボックスカーの脇から出てきた。両手を高く掲《かか》げている。

「もう撃たないでくれーっ」

「江森瑠衣に頼まれて、上海料理店の専用駐車場で張り込んでたんだなっ」

「………」

「急に日本語を忘れてしまったか。一発ぶち込めば、思い出しそうだな」

「やめろ！　撃たないでくれよ。わたしは、四谷《よつや》にある『帝都《ていと》リサーチ』という探偵社の調査員だよ。堀《ほり》、堀清則《きよのり》というんだ」

「運転免許証と社員証を出せ！」

仁科は命じた。

堀と名乗った男は逆《さか》らわなかった。仁科は、差し出された運転免許証と社員証を受け取った。堀清則本人で、満五十一歳だった。

「依頼人の江森瑠衣は以前からの知り合いなのか？」

「五年ほど前に民自党の御意見番だった松永輝光から会社が愛人の素行調査を頼まれて、わたしが調査を担当させられたんだよ」

「瑠衣はパトロンに隠れて、公認会計士の唐沢敦と浮気をしてた。そうだな？」

「そうなんだが……」

「調査対象者は調査員の張り込みと尾行を覚《さと》って、そっちを買収したようだな」

「わたしは三十代の半《なか》ばまで、東京地検特捜部で検察事務官をやってたんだ。『帝都リサーチ』の社長にヘッドハンティングされて、転職したんだよ。その当時は高給だったんだが、その後はほとんど昇給してない」

「安く扱《こ》き使われるのがばからしくなったんで、瑠衣の浮気の事実を揉《も》み消し、まとまった金を貰ったわけだ」

「そ、そうだよ」

「いくら貰った？」

「江森さんには、百万で浮気の事実はなかったと調査報告書に記述してほしいと頼まれたんだが……」

「もう少し色をつけてくれと言ったんだな。で、いくらせしめたんだ？」

「二百万貰って、嘘の報告書を書いたわけだ。松永輝光は納得できなかったようで、別の探偵社に愛人の浮気調査を依頼したんだよ」

「松永自身が瑠衣の素行調査を依頼したわけじゃないんだろう？」

「公設第一秘書の高石という男が依頼にきたんだ」

「そうか。江森瑠衣に二百万円の揉み消し料を貰っただけじゃないんだろうが。え？」

「どういう意味なのかな」

「色っぽい女だから、抱いてみたいと思ったんじゃないのかっ。正直に答えないと、引き金を絞ることになるぞ」

「わ、わかったよ。セックスさせてもらったよ、一度だけだったけどね。いわゆる床上手《とこじょうず》なんで、あと四、五回は抱きたかったんだが……」

「その要求は突っ撥《ぱ》ねられたんだな？」

仁科は確かめた。

「そうなんだよ。何度も体を求めるようだったら、浮気のことでつけ込まれて犯されたと勤務先の社長に訴えると開き直られたから、わたしは諦《あきら》めたんだ。でも、江森さんはその後も小遣《こづか》いを稼がせてくれたよ」

「小遣いを稼がせてくれた？」

「そう。彼女はパトロンが浮気の再調査を依頼した探偵社を突きとめて担当調査員に鼻薬を効かせてくれたら、五十万の謝礼を払ってくれると言ったんだ。そういう臨時収入はありがたいんで、再依頼先を調べて担当者を百万で買収してやったんだよ」

「そんなことで、江森瑠衣とは腐《くさ》れ縁《えん》で繋《つな》がってたのか」

「うん、まあ。江森さんはパトロンが死んだら、浮気相手の唐沢敦と結婚したがってたんだよ。唐沢は奥さんとはうまくいってなかったんで、離婚してもいいと思っていたようなんだ」

「でも、奥さんが頑《がん》として別れ話に応じようとしなかったんだな？」

「そうらしい。それだから、江森さんはわたしに〝別れさせ屋〟を唐沢夫人に接近させて、二人がホテルに入るように工作してくれって言ってきたんだよ」

「パトロンが死んだら、江森瑠衣は本気で唐沢の後妻になりたいと考えてたんだろうな」

「それは間違いないね。だけど、わたしが用意した元ホストの〝別れさせ屋〟は唐沢夫人を誘惑できなかったんだ」

「そうなのか。瑠衣から、パトロンを始末してくれる実行犯を見つけてもらいたいと頼まれたことは？」

「そんなことはないよ」

堀は言下《げんか》に否定した。

「あんたは、松永の愛人を寝盗った唐沢のことも調べたはずだ。唐沢は公認会計士事務所を構えて十何人かの社員を雇ってるが、それなりの売上があるのか？」

「それほど儲かってはないみたいだけど、いつも金回りはいいようだな」

「何か違法ビジネスで荒稼ぎしてるんじゃないのか」

「ああ、おそらくね。唐沢は総会屋崩れや経済マフィアと人目のつかない場所で会ってたんだ。これは単なる勘《かん》なんだが、唐沢は自分が顧問を務めてる中小企業の不正会計の証拠

を
アウトローたちに渡して恐喝《きょうかつ》をやらせてるのかもしれないな。創業家はたいがいリッチだから、好きなだけ強請《ゆす》れるんじゃないの?」

「だろうな。そういうダーティー・ビジネスで、唐沢は贅沢《ぜいたく》な暮らしをしてたのか」

「唐沢敦は群馬《ぐんま》県出身なんだが、極貧《ごくひん》の母子家庭で育ったんだ。母親も三つ違いの妹も病弱だったんで、物心ついたころから生活保護を受けてた。支給額だけでは足りないんで、唐沢は小学生のころから新聞配達をしてたんだよ」

「そう」

「唐沢は働きながら、定時制高校、大学の二部を卒業して、公認会計士の資格を取ったんだ。頭は悪くなかったんだろうね。貧乏《びんぼう》だったんで、他人に軽く見られてきたみたいだな。それで、金を追い求めるようになったんだろうね」

「よくあるパターンだが、貧乏暮らしから早く抜け出したいという気持ちはわかる」

仁科は言った。

「わたしも唐沢の生い立ちは気の毒に思うが、悪事でリッチになっても虚《むな》しいじゃないか」

「瑠衣の浮気を揉み消してやって、二百万をせしめた人間が偉そうなことを言えるのかっ」

「そう言われると……」

堀が、ばつ悪げに笑った。

「唐沢が企業恐喝をやらせてる総会屋崩れと経済やくざのことを教えてくれ」

「総会屋崩れの植松武文《うえまつたけふみ》は別件で逮捕されて、服役中だよ。四十五歳だったかな」

「経済やくざのほうは？」

「西條均《さいじょうひとし》という名で、ＪＲ神田《かんだ》駅の近くに事務所を構えてる。『西條経済研究所』なんて大層《たいそう》な看板を掲《かか》げてるが、要するに手形パクリ屋だね。四十一、二歳だよ。スキンヘッドの強面《こわもて》だから、前科がありそうだね」

「だろうな。ところで、江森瑠衣は唐沢と浮気してることをパトロンの松永に覚《さと》られたと不安がってなかったか」

「そういう様子はうかがえなかったよ。松永輝光は二社の嘘の調査報告書に目を通して、愛人は浮気なんかしてないと確信を深めたんじゃないのかな」

「超大物だった故人は、そんなに素直じゃないだろうが？」

「こっそり三軒目の探偵社に愛人の素行調査を依頼してたのかな。うん、そういうことも考えられるね。そして、江森さんと唐沢敦との仲を知ったとしたら、パトロンは黙っちゃいなかっただろうな。プライドを傷つけられたわけだからさ」

「瑠衣と唐沢に殺し屋の影が迫ったと仮定しようか」

「どこか遠くに二人で逃げるか、誰かに松永輝光を永久に眠らせてくれと依頼しそうだね」

「どちらかが殺し屋を雇ったのではないかと感じたことは?」

「唐沢のほうはわからないが、江森さんにそうした様子はなかったよ」

「そうか。ところで、瑠衣は自分に怪しい人間が接近するかもしれないから、そこの上海料理店の駐車場で不審な人物のチェックをしてくれないかと言ったんだな?」

「そう。絵画ブローカーと称する男がなんの前ぶれもなく自宅マンションを訪ねてきたんだが、怪しい点があるんで……」

「そいつの正体を突きとめてくれって頼まれたわけか」

「そうなんだよ。ひょっとしたら、警察関係者ではないかと疑ってるようだったな」

堀が言った。

「そんなふうに疑ってたのは、江森瑠衣は何か危《ヤバ》いことをやったんだろうか」

「江森さんは早く唐沢の二度目の妻になりたくて、誰かに高齢のパトロンを亡き者にしてもらったのかもしれないね。それとも、唐沢とつるんで松永輝光を第三者に殺《や》ってもらったのかな。それはそうと、おたくは何者なの?」

「おれのことは詮索《せんさく》しないほうがいいな」

「わ、わかったよ。だから、もう拳銃は引っ込めてくれないか」

「いいだろう」

仁科はグロック32にセーフティー・ロックを掛け、消音装置を外した。拳銃をホルスターに戻し、サイレンサーをベルトの下に挟み込む。

「江森さんには、気になる怪しい人影は見かけなかったと報告しておくよ。さっき上着のポケットに入れた運転免許証と身分証を返してくれないか」

「数日、預かる」

「なんで⁉」

「あんたの言ったことの裏《ウラ》付けを取る必要があるからな」

「警察用語を使ったから、やっぱり刑事っぽいな」

「オーストリア製の拳銃とサイレンサーを持ち歩いてる刑事なんて、日本のどこにもいないはずだ」

「そうか、そうだろうね」

「車で来たのか？」

「いや、そうじゃないよ」

「なら、自然な足取りで遠ざかれ」

「わかったよ。免許証と身分証は後日、必ず自宅に簡易書留で送ってほしいな」

堀が言って、脇道の奥に向かって歩きだした。

仁科は体をターンさせ、表通りに引き返した。レクサスの運転席に坐って、端末を操作して西條均の犯歴を照会する。レスポンスタイムは、たったの二分弱だった。

西條は二十代のときは傷害罪、三十代の半ばに脅迫罪で有罪判決を受けていた。どの暴力団にも属していなかったが、当然、闇社会とは繋《つな》がっているのだろう。

仁科は、西條の顔写真と個人情報をポリスモードに送信してもらった。西條は内神田《うちかんだ》三丁目の雑居ビルに事務所を構えている。

仁科は私物のスマートフォンを使って、西條のオフィスに電話をかけた。ツーコールで、通話可能状態になった。

「はい、『西條経済研究所』です」

「おたくが西條さんかい?」

「そうだが、誰なんだっ」

「自己紹介は省《はぶ》かせてもらうが、あんたと同業だよ。会社整理や手形のパクリで手堅く稼いでりゃいいのに、公認会計士の唐沢敦のマッチ・ポンプに手を貸したりして、いまに手錠《ワッパ》打たれることになるぜ」

「唐沢さんのことは知ってるが、おれたちは組んで危い仕事《ヤバゴト》はしてないぞ」

「空とぼけるなって。こっちはお見通しなんだ。唐沢はだいぶ前から顧問先の中小企業の不正会計の証拠をそっちに渡して、会社を強請《ゆす》ってる。企業恐喝で、もう数十億円は稼いだんだろうな」

「おれはマッチ・ポンプの片棒なんて担《かつ》いでねえ」

「白々《しらじら》しいな。こっちは企業恐喝の立件材料を握ってるんだ。あんたたちを警察《サツ》に売ることもできるんだぜ」

「おい、なめんなよ。おれのバックには関東の最大組織が控えてるんだ」

「こっちは堅気《ネス》じゃない。その程度の凄み方じゃ、ビビらないよ。唐沢は金にセコい野郎だから、そっちの取り分はせいぜい三割だろう。いや、二割しか貰えないかもしれないな。唐沢は、とにかく金銭欲が強い」

「そんなことまで知ってるのか。以前、唐沢の裏仕事を手伝ったことがあるようだな」

「ああ、企業恐喝じゃなかったがな。おれはかなり危《ヤバ》い橋を渡ったんだが、唐沢の奴はほんの少ししか分け前をくれなかった」

「そうなんだ。西條さんよ、唐沢さんから離れたわけか」

「そうなんだ。西條さんよ、おれと組めば、取り分は折半にしてやる」

「半分くれるってか⁉」

西條の声は上擦《うわず》っていた。

「ああ、約束するよ。おれは新手の投資詐欺を思いついたんだ。詳しくは教えられないが、楽に百億の金は集まるだろう。そっちの取り分は、ざっと五十億だ。しかも、逮捕《パク》られる心配は限りなくゼロに近い」

「そんなおいしい仕事があるわけねえ。電話、切るぞ」

「待てよ。いつまでも唐沢とつるんでると、総会屋崩れの植松みたいに臭《くさ》い飯を喰うことになるぞ」

「植松は別件で有罪になったんだ。唐沢さんの裏仕事を手伝って検挙《アゲ》られたんじゃない」

「ああ、そうだったな。しかし、そっちも手が後ろに回るかもしれないぜ。唐沢は自分が警察に目をつけられたと感じたら、すぐ共犯者に罪を被せて逃げてきたからな」

「狡《ずる》いとこがあるのは認めるよ。唐沢さんは金しか信じてないみたいで、仲間は利用するもんだと考えてるような節《ふし》がある」

「唐沢とくっついてても、この先はいいことなんかないよ。あいつが、最後のフィクサーと呼ばれた松永輝光の愛人を寝盗ったことは知ってるだろ？　江森瑠衣のことだよ」

「その彼女には会ったことねえけど、唐沢さんから聞いたことがあらあ。セクシーな美女らしいじゃねえか」

「どうも松永は愛人《レコ》が五年ぐらい前から唐沢とデキてたことを知って、二人に何か仕返しする気だったようだな」

仁科は、もっともらしく言った。

「超大物を虚仮《こけ》にしたんだから、二人は殺されても仕方なかったんじゃねえか」

「そうだな。唐沢は殺《や》られる前に、先に瑠衣のパトロンを誰かに始末させたかもしれないぞ」

「ええっ⁉」

「おれは、唐沢が流れ者に松永輝光を殺《や》らせたんじゃないかと思ってるんだ。警察に任意同行を求められて厳《きび》しく追及されたら、唐沢はそっちが実行犯だと言いそうだな」

「冗談じゃねえ。おれは、その事件にはタッチしてないんだ。いろいろ協力してきたおれに濡衣《ぬれぎぬ》を着せるなんて、とんでもない話じゃねえか」

「そうだが、唐沢はそういう奴なんだよ。あいつに見切りをつけて、おれの相棒になったほうがいいぜ」

「一度、会ってもいいよ。おたくの名前は？」

「中村一郎《なかむらいちろう》っていうんだ」

「いかにも偽名っぽいな。明日の午後にでも、神田にある事務所に来てくれや」

西條が言った。

「二時ごろ、そっちのオフィスに行くよ。それはそうと、唐沢は企業恐喝のほかに何かダーティーな裏仕事をやってるようなんだが、そのことに勘づいてんだろう？」

「いや、おれは知らねえよ」

「そうかい。唐沢が別の裏ビジネスでしこたま儲けてるんで、あいつを脅迫して貯《た》め込んだ大金をおれたちがそっくりいただこう」

「おたく、悪党《ワル》だな。いい度胸してるぜ。とにかく、明日会おうや」

「そうしよう」

仁科は電話を切って、小さく笑った。それなりの収穫はあった。

第五章　秘められた殺意

1

通話を切り上げて間もなくだった。

仁科の懐《ふところ》でスマートフォンが打ち震えた。発信者は、『隠れ家』のオーナーママだった。

「いま、電話で喋ってても平気？　都合が悪いんだったら、すぐ切るわ」

「悠子ママ、大丈夫だよ」

「そう。唐沢は二年近く前まで、中国残留孤児二世たちが結成した『レッドドラゴン』に中国東北系マフィアのボスとのパイプを繋《つな》げてもらって、大陸で密造された新合成麻薬MDMA〝揺頭《ヤオトウ》〟の錠剤を密輸し、ネットで売らせてたらしいのよ」

「麻薬密売を裏ビジネスにしてたのか、公認会計士は」

「そうみたいね。一時はだいぶ儲《もう》けたみたいだけど、タイ製の〝ヤーバ〟やオランダ製のMDMAよりも〝揺頭《ヤオトウ》〟は不純物が多く混入されてるんで、だんだん売れなくなったようなの」

「それで、別のダーティー・ビジネスをやるようになったんだな？」

仁科は先回りして、そう言った。

「そうらしいの。仁科ちゃん、日本海沖に中国の中型トロール漁船が大挙して現われ、黒《くろ》鮪《まぐろ》、鰤《ぶり》、鮃《ひらめ》を根こそぎ獲《と》ってることを知ってた？」

「詳しくは知らないが、そういう報道があったことは記憶してるよ」

「そうなら、話が早いわ。唐沢敦は『レッドドラゴン』を仕切ってる残留孤児二世の李健《りけん》に動いてもらって、洋上で中国漁船から高級魚だけを現金で買い付けさせてるそうなの。主に買ってるのは黒鮪だって」

「高く売れるからだろう」

「ええ、そうでしょうね。二十キロ以下の本鮪なら、二、三万円で買えるそうよ。中国に持ち帰って市場に卸《おろ》しても、一、二万にしかならないんだって。それで、日本側に売りたがってるらしいの。五十キロ、六十キロの黒鮪も六、七万で手に入るみたいよ」

「安く仕入れた黒鮪を日本の漁港で競《せ》りに掛ければ、百万とか二百万の値がつくんだろうな」

「唐沢は洋上取引で買い付けた高級魚をネット直販してるそうよ。大間《おおま》漁港や境《さかい》漁港で水揚《みずあ》げされたと偽《いつわ》って、回転寿司や居酒屋をチェーン運営してる会社に売ってるという話だったわね」

「買い手は正規の流通ルートではないと知りつつ、仕入れ値を安く抑《おさ》えたいんで競《きそ》い合って買ってるんだろうな」

「ええ、そうなんだと思うわ。高級魚のネット直販で大きな利益を上げてるんで、唐沢は見栄《みえ》を張れるんじゃない？」

「と思うよ」

「大きな裏収入があれば、唐沢は楽に殺し屋を雇《やと》えるでしょう。『レッドドラゴン』のメンバーを使って、松永輝光を片づけさせたんじゃないの？」

「そうなんだろうか」

「暴走族上がりの日本人の半グレ集団の凶暴ぶりがマスコミでひところ報じられてたけど、『レッドドラゴン』など中国残留孤児の子や三世の孫たちも荒っぽいことをやってるみたいよ。日本のやくざだけじゃなくて、こっちで暗躍してるチャイニーズ・マフィアでも制圧できないらしいわ。少し成功報酬がよければ、松永を射殺するメンバーは何人もいるんじゃないかしら？」

「それ、考えられるね。ただ、唐沢に瑠衣のパトロンを殺させるだけの度胸があるだろうか」

「度胸がなくても、そうしなきゃ、自分が抹殺《まっさつ》されるかもしれないわけでしょ？　松永の愛人と五年も前から親密な関係をつづけてたんだから」

「そうなんだが、瑠衣を寝盗《ねと》ってから五年も経《た》ってる。案外、唐沢は松永には瑠衣とデキたことを覚《さと》られてないと楽観してたのかもしれないぜ」

「そう思った根拠は？」

悠子が問いかけてきた。仁科は、『帝都リサーチ』の堀清則から聞いた話を手短に喋《しゃべ》った。

「その堀って調査員が瑠衣に頼まれて、他社の探偵に嘘の調査報告書を作成させたんなら、松永輝光は愛人が浮気してないと思ってたのかな。でも、性的に現役でなくなった男性は異常なぐらいに嫉妬《しっと》深くなるようだから、公設第一秘書に指示して、さらに数社の探偵社に愛人の素行を調べさせたとも考えられるんじゃない？」

「そうだとしたら、捜査本部事件の被害者は愛人の背信を知ることになるだろうな。そして、何らかの仕返しをしそうだな」

「瑠衣と唐沢の二人にきついお仕置きをする気になるんじゃないの？　唐沢はその気配を感じ取って、先に愛人のパトロンを……」

「そう筋を読むこともできるんだよな」

「瑠衣は、浮気相手の唐沢が誰かにパトロンを葬《ほうむ》らせたことを知ってそうね。仁科ちゃん、瑠衣を問い詰めてみたら？」

悠子がそう言い、電話を切った。

仁科はスマートフォンを懐に戻した。数十秒後、今度は穂積から電話がかかってきた。

「先輩、その後の経過はどうなっています？」

「少し進展はあったんだが、まだ有力な手がかりは摑めてないんだ」

仁科は捜査の流れを伝えた。

「江森瑠衣が自称絵画ブローカーの正体を『帝都リサーチ』の堀って調査員に突きとめさせたかった理由はなんなんですかね。その謎が解《と》ければ、瑠衣と唐沢の二人が射殺事件に関与してるかどうかはわかるんじゃないのかな」

「そのことをずっと考えてきたんだよ。瑠衣は、絵画ブローカーになりすましたおれが松永から本当にユトリロの油彩画を預かってるのか確かめたかっただけなんだろうか。十号の油絵は高額で売れるからな」

「そうでしょうね」

「おれにちょっと色目を使ったのは、自分に浮気相手なんかいないと信じ込ませて……」

「架空のユトリロの油彩画をどうしても手に入れたかったんでしょうか」

「そうも思えるんだが、パトロンが殺されたのは二カ月も前だ。いまごろになって、故人からユトリロの油彩画を預かってる人間がアポなしで二番町の自宅マンションを訪れたことを怪しむんじゃないのか」

「ええ、訝《いぶか》しく感じるでしょうね」

「それだから、絵画ブローカーと称した自分が張りつくかもしれないと予想したので、元検察事務官の堀という調査員を上海料理店の駐車場に先回りさせたとも推測できるんだよな」

「堀って男の運転免許証と身分証は、先輩が預かったという話でしたよね？」

「そう。だから、堀が瑠衣におれのことを注進することはないだろう」

「でしょうね。瑠衣が先輩のことを偽の絵画ブローカーと看破《かんぱ》してたとしたら、警察関係者かもしれないと警戒したんだと思います」

「ということは、彼女はパトロン殺しの事件で自分が捜査本部に疑われていると思って、すごく不安になったんだろうな」

「ええ、多分ね。瑠衣が第三者にパトロンの殺害を依頼した可能性は低いでしょう。ただ、唐沢敦が松永の事件に深く関わってることを知ってたんで、突然の来訪者が何者か気になって仕方なかったんじゃないのかな」

「そうなんだろうか。おれが捜査関係者と見抜いてたら、色目を使って抱き込むような素振りは見せないと思うよ」

「そうか、そうでしょうね。どっちか判断がつかなくなってきたな。先輩、瑠衣たち二人は飯を喰ったら、ホテルにしけ込むんじゃありませんか？」

「そうするかもしれないな。あるいは、二番町の瑠衣の自宅マンションで抱き合うのか」

「二人が情事に耽《ふけ》ってるときにホテルか分譲マンションの部屋に押し入って、唐沢を締め上げれば……」

「成り行きで、そうすることになるかもしれないな」

「先輩、おれに何か手伝わせてくれませんか。これから内神田に行って、西條という経済やくざに儲け話をちらつかせ、ちょっと探りを入れてみますよ」

「明日の午後二時ごろ、おれは西條の事務所を訪ねるつもりだったんだ」

「少しでも早く西條って男に探りを入れてみたほうがいいんじゃないかな。唐沢の裏ビジネスに手を貸してるって話だったから、松永の事件に公認会計士が絡んでるかどうかぐらいは知ってそうでしょ？」

穂積が言った。

「相手は素《す》っ堅気《かたぎ》じゃないんだ。そっちが単身で探りを入れに行くのは危険すぎるな」

「さりげなく探りを入れるだけですよ。際《きわ》どい揺さぶり方をする気はありませんから、危《ヤバ》いことにはならないでしょう。恐喝材料を幾つかちらつかせれば、西條は警戒心を緩《ゆる》めるはずです」

「険悪な空気が漂《ただよ》いはじめたら、ひとまず退散しろよ」

「わかっています。西條がもうオフィスにいなかったら、『レッドドラゴン』のメンバーに接触を試《こころ》みますよ。ボスの李《り》にいきなり会わせてはもらえませんでしょうからね」

「『レッドドラゴン』の本拠地は、墨田《すみだ》区内にあったんじゃなかったっけ？」

「本部事務所は錦糸町《きんしちょう》駅の近くにあって、上野《うえの》と新宿にも拠点があるはずです」

「精《くわ》しいな」

「新聞社にいたころ、中国残留孤児三世が引き起こした傷害事件の加害者が捕まる前に単独インタビューしたことがあるんですよ。日中の血が流れてる二世や三世にとっては、どちらの国も決して居心地《いごこち》がよくないそうです」

「だろうな」

「偏見と差別に苦しめられたら、横道に逸《そ》れても仕方ないんじゃないんですか。日本も安住の地ではないと思い知らされたら、自暴自棄《じぼうじき》にもなるでしょう」

「生き辛《づら》いことは間違いないだろうが、真っ当な二、三世もいるはずだ。前途に明るい材料がないからって、捨《す》て鉢《ばち》になるようじゃ駄目だよ。甘えてるな、世の中や自分にさ」

「先輩の言ったことは正しいと思います。しかし、就職や結婚で挫折《ざせつ》したら、グレたくもなるだろうな」

「投《な》げ遣《や》りになる気持ちはわかるが、そう簡単に自分の人生を放り出すのは甘えと言うしかないな。そもそも楽な人生なんて、ありっこない。なんの実りがなくても、自力で生き抜く。それが人間の務《つと》めじゃないか。気恥ずかしくなるような正論だが、そういう気構えは大切だと思うよ」

「その通りなんですが……」

「甘えて生きてると、人間はどんどん狡《ずる》くなっちまう。楽《らく》して金品を手に入れたくなって、他人《ひと》を利用したり、騙《だま》すようにもなる。そこまで精神が堕落《だらく》したら、生きる価値もないんじゃないのか」

「手厳《てきび》しいな、先輩は」

「自戒《じかい》を込めて言ってるんだよ。思い通りに物事が進まないと、自分の努力不足を棚に上げて、つい他人《ひと》のせいにしがちだろう？」

仁科は言った。

「そうですね」

「どんな人間も愚かで、弱いんだ。さまざまな欲を棄《す》てきれなくて、時に他人の気持ちを傷つけてしまう。その程度の過《あやま》ちはお互いに水に流せる事柄なんじゃないのか」

「完全無欠な人間はいませんからね。おれも、それぐらいのことは許容範囲だと考えています」

「ただ、色欲、金銭欲、怨恨《えんこん》などを満たすために凶行に及んだ者は猛省《もうせい》して、罪を償《つぐな》うべきだ」

「なんだか耳が痛いな」

「穂積の強請《ゆすり》や恐喝は、れっきとした犯罪だ。しかし、そっちは私利私欲だけで、悪人どもから口止め料をせしめてるわけじゃないんだろう」

「おれは楽して稼いで贅沢《ぜいたく》したくて、ブラックジャーナリストになったんです。自分の犯罪を正当化する気はありません」

「そっちは根がシャイだから、せいぜい悪党ぶってるんだろうが、本質的には善人だよ」

「先輩、やめてくださいよ。おれは志《こころざし》を持たない単なる犯罪者のひとりです」

「照れるなって。穂積がただの恐喝屋なら、とうに捕まえてるよ。そっちとは反対に、紳士然とした善人が裏で他人《ひと》を悲しませたりしてるよな。おれも穂積と同じで、偽善者は軽蔑《けいべつ》してる。利己的な動機で複数の人命を奪った奴には、人権なんか与えたくないとさえ思ってるんだ」

「現職刑事がそんなことを口走ってもいいのかな。冗談と聞き流しておきます」

「いや、本気でそう考えてるんだ。警察官失格かもしれないな。どんな命も大切にしたいよ。しかし、社会や他者に多大な迷惑をかける奴は生きる価値もないね」

「おれ自身は、死刑は廃止してもいいと思ってるんですよ。冤罪《えんざい》で死刑が確定した者が何人かいましたからね。無実なのに、絞首刑にされるのはあまりにも理不尽《りふじん》でしょう？」

「その点は、まったく異論がない。しかし、死刑囚の中には延命目的で再審請求を繰り返す者がいるじゃないか」

「ええ、そうですね。何人もの人間を殺しておいて犯した罪を悔《く》いることもなく、自分の延命を最優先するのは見苦しいな。潔《いさぎよ》く散るべきでしょう」

「同感だな。そういう死刑囚は最低だが、うまく逃げ回ってる殺人者はもっと性質《たち》が悪い。拘置所《こうちしょ》や刑務所に入ることを回避して、まともな市民のような顔をし、のうのうと生きてる。そいつらが社会的な成功を収めていたとしても、人間の屑《くず》だな。できることなら、そういう連中をひとり残らず密《ひそ》かに処刑してやりたいね。法治国家で、そんなことはできっこないけどな」

「ええ。前から気になってたんですが、この際《さい》、訊くか。ちょっと失礼な質問になりますけど……」

穂積が改まった口調になった。

「訊かれたことには、ちゃんと答えるよ」

「そうですか。これまでに先輩は特命捜査で、狡猾《こうかつ》な極悪人を何人か逮捕しましたよね？」

「そうだな」

「悠子ママとおれは捜査に協力してきたんですが、なぜか逮捕者たちのことがマスコミで報じられたことがありませんでした」

「ああ、そのことか。二人がおかしいと感じたのは無理ない。そっちも知ってる通り、凶悪事件の首謀者として捕まったのは社会のいわゆる〝勝ち組〟ばかりだった」

仁科は内心の狼狽《ろうばい》を隠して、努《つと》めて冷静に答えた。

「この国の権力者たちと血縁があったり、親交が深かったんで、逮捕者たちのことは意図《いと》的《てき》に伏せられたんですか？」

「そうなんだよ。警察と検察は圧力に抗しきれなかったわけだが、極秘の法廷が開かれて全員が極刑を下《くだ》されたんだ。そのうち死刑が執行されるはずだが、そのことも報道機関には発表されないだろう」

「そんなことが可能なのか。国家権力は恐ろしいな。しかし、救いようのない悪人たちをちゃんと制裁してるんなら、それでよしとするか。民主主義のルールには反してますがね」

「そうだな」

「話が途切れましたが、『レッドドラゴン』の荒くれ者たちも個人的には並の人間なんですよ。警戒心がなくなれば、唐沢のことを喋ってくれるメンバーがいるかもしれません。西條がオフィスにいなかったら、『レッドドラゴン』の本部に回ります」

穂積が通話を終わらせた。

仁科はスマートフォンを耳から離し、額《ひたい》の冷や汗を手の甲で拭《ぬぐ》った。特命捜査で追い詰めた主犯たちを闇に葬った事実は、二人の協力者にも打ち明けていなかった。〝処刑〟のことを他言することは禁じられていた。当然だろう。

仁科は長く息を吐いて、スマートフォンを上着の内ポケットに突っ込んだ。

そのすぐ後《あと》、上海料理店から江森瑠衣が出てきた。表情が険《けわ》しい。唐沢と何かで言い争った末、先に個室席から飛び出してきたようだ。瑠衣は飲食しながら、唐沢に妻と早く離婚してほしいと訴えたのだろうか。唐沢はためらいを見せ、即答を避けたのかもしれない。

瑠衣は唐沢の煮え切らない態度に腹を立てて、衝動的に席を立ったのではないだろうか。

痴情《ちじょう》の縺《もつ》れがあったようだが、瑠衣は本気で憤《いきどお》っているように見える。自分のアルファロメオに向かったとき、店内から唐沢が走り出てきた。

仁科は急いで、レクサスのパワーウィンドーのシールドを下げた。

「瑠衣、冷静になってくれないか。そのうち必ず妻とは別れる。本当だよ。きみとやり直したいと考えてるんだ」

「同じことを二年前から言ってるじゃないのっ」

瑠衣が立ち止まって、苛立《いらだ》たしげに言い返した。唐沢が大股《おおまた》で瑠衣に近づく。

「そう言うが、パトロンが瑠衣を離してくれなかったんじゃないか」

「本気でわたしとリセットする気があるんだったら、駆け落ちしようと持ちかけたときに真剣に考えてくれたはずよ」

「オフィスの社員たちに黙って二人で駆け落ちするわけにはいかないじゃないか。小娘みたいなことを言うなよ」

「要するに、あなたはわたしのことを後妻に迎えたくないんでしょ？　だから、あれこれ口実を並べて離婚に踏み切れなかったんだわ」

「もう妻には未練はない。子供たちには済まないと思うが、瑠衣と再出発しようと決意したことに偽《いつわ》りはないんだ。それだけは信じてくれないか」

「もう信じられないわ。松永のパパは二カ月前に亡くなったんだから、なんの障害もなくなったわけでしょうが！　それなのに、けじめをつけようとしない。あなたは誠意がなさすぎるわよ」

「店に戻ってくれないか。そのことでじっくりと話し合おう」

「終わりにしましょうよ、わたしたち」

「本気で言ってるのか⁉」

「もちろんよ。あなたには尽くしてきたつもりだから、二億円の手切れ金をいただきたいわ」

「二億円とは欲が深いな」

「お金をくれなかったら、あなたは破滅するでしょうね」

「わたしを威《おど》してるのか⁉」

「そう受け取ってもいいわ。他人に知られたくないことがあるでしょ？　その秘密を暴《あば》いてもいいの？　とにかく、なるべく早く手切れ金を現金で用意しといてちょうだい」

「なんて女なんだっ。長く愛人生活をしてきた女は、やっぱりゲスだな」

「なんとでも言いなさい！」

瑠衣は言い捨て、イタリア車に駆け寄った。唐沢が舌打ちし、踵《きびす》を返した。

どちらを追うべきか。迷うところだ。

仁科は静かにウィンドシールドを上げた。

2

真紅のイタリア車が動きだした。

迷いが消えた。仁科は、瑠衣の車を追尾《ついび》することに決めた。上海料理店の専用駐車場から、アルファロメオが走り出てきた。

仁科は少し間《ま》を取り、レクサスを静かに発進させた。

瑠衣はアルコール類は飲まなかったようだ。しっかりと車を運転している。瑠衣は本気で唐沢と別れる気になったのだろう。手切れ金の額まで明示したことが、そのことを物語っているのではないか。

いま瑠衣は、唐沢に幻滅して憎悪の炎を燃やしているのだろう。ならば、唐沢の秘密を明かしてくれるかもしれない。

仁科は、それを期待した。

アルファロメオは飯倉片町交差点を右に折れ、六本木交差点方面に向かった。二番町の自宅マンションに帰るつもりなのか。

仁科はイタリア車を追った。瑠衣の車は六本木交差点を左折し、西麻布《にしあざぶ》方向に走っている。まっすぐ帰宅する気になれなくて、どこかに行くようだ。

仁科は細心の注意を払いながら、アルファロメオを追いつづけた。

イタリア車は西麻布交差点を右折し、外苑西《がいえんにし》通りに入った。青山《あおやま》霊園の横を抜け、南青山三丁目交差点の手前の脇道に入った。

仁科は車を低速で進めた。

アルファロメオは白い飲食店ビルの駐車場に吸い込まれた。仁科はレクサスを路肩《ろかた》に寄せた。飲食店ビルの三十メートルほど手前だった。ライトを消し、エンジンも切る。

瑠衣は車を降りると、馴《な》れた足取りで飲食店ビルの地階に通じる階段を下《くだ》った。

昇降口の近くにジャズクラブの軒灯《けんとう》が点《つ》いている。地階には、その店だけしかないようだ。

仁科は十四、五分過ぎてから、レクサスの運転席を離れた。飲食店ビルに足を向け、地下一階に下《くだ》る。

ジャズクラブ『クール』は、エレベーターホールの右手にあった。逆U字形の扉は真っ黒で、金文字で店名があしらわれている。店構えは高級クラブ風だ。

仁科は店内に足を踏み入れた。

薄暗かった。テーブル席が十卓ほどあり、奥のステージの脇にカウンターが延びている。いい雰囲気だ。

三十歳前後の黒いドレスの女性歌手が情感を込めて、ビリー・ホリデイのナンバーを歌っている。

バックバンドは、ピアノ、ドラムス、ウッドベース、アルトサックスの編成だ。ジャズプレイヤーたちは五、六十代に見える。テーブル席は、ほぼ客で埋まっていた。カップルが圧倒的に多い。大人向けの店だった。

仁科は店内を見回した。

瑠衣はカウンターの左端のスツールに腰かけていた。その反対側には一組のカップルが坐っている。ステージ寄りだ。

仁科はテーブル席の間を縫《ぬ》って、飴色《あめいろ》に輝くカウンターに歩み寄った。瑠衣の前には、カクテルグラスが置かれている。マンハッタンだろうか。

仁科は黙って瑠衣の右隣のスツールに腰を落とした。瑠衣が反射的に振り向いた。

「あっ、あなたは……」

「絵画ブローカーの山際です。あなたのような魅力的な女性なら、パトロン以外の男性とつき合っても不思議じゃない。そう思ってたんですよ」

「わたしのことを尾《つ》けてたのね」

「ええ、まあ。上海料理店の個室席で、五年も親密な関係にあった唐沢敦さんと口論して先に店を飛び出されましたよね？」

仁科はそこまで言って、上体を反《そ》らせた。バーテンダーがオーダーを取りにきたからだ。

仁科はノンアルコールのビールを注文した。ついでに、ミックスナッツも頼んだ。バーテンダーが下がる。

「パパがあなたに預けたというユトリロの油彩画は、もういらないわ。裏取引は、なしってことにしてちょうだい」

「唐沢さんが、すんなり二億円の手切れ金を払ってくれると楽観してるようですね」

「なぜ、そんなことまで知ってるの⁉」

「あなたたち二人は、上海料理店の専用駐車場で大声で言い争ってたでしょう。会話が耳に入ったんですよ」

「あなた、何者なの？　山際と名乗ったけど、どうせ偽名なんでしょ！　松永のパパからユトリロの油絵を預かってるという話も怪しいものね」

「こっちの素姓《すじょう》が気になったんで、『帝都リサーチ』の堀という調査員を使ったわけか」

「急にくだけた喋り方になったわね」

瑠衣が顔をしかめた。

「もう絵画ブローカーを演じる必要がなくなったからな。それに、おれはそっちと唐沢の弱みを知ってる」

「弱みって何よっ」

「バーテンダーがこっちに来るぜ」

仁科は小声で言って、セブンスターに火を点けた。バーテンダーが飲みものとミックスナッツを運んできた。

いつしかステージのナンバーは、『サマータイム』に変わっていた。バーテンダーが軽く頭を下げ、すぐに遠のいた。

「よかったら、オードブルを喰ってくれ」

「結構ですっ」

「『帝都リサーチ』にそっちの素行調査を頼んだのは、松永輝光の公設第一秘書を務めていた高石氏だったが、言うまでもなく元老の指示があったからだ。そっちは唐沢と浮気してることを調査報告書に書かれたくなかったんで、堀清則を買収した。揉み消し料を与えただけじゃなく、体も提供したようだな」

「そ、そんなこと……」

「強くは否定できないか。おれが堀をこの店に呼び出したら、グーの音《ね》も出なくなるものな」

「………」

「松永は『帝都リサーチ』の調査に納得できなかったんで、別の探偵社に改めて愛人の素行を調べさせた。そのことを察知して、そっちは堀に新たな探偵社を突きとめさせ、担当調査員を抱き込ませた。そのおかげで、そっちの浮気はパトロンに知られずに済んだ。だが、松永は愛人が浮気してると疑いつづけてたんだろう。パトロンに唐沢とのことがバレてしまったら、二人ともこの世から消されるかもしれないという恐怖と不安を取り除けなかったはずだ」

「何が言いたいの?」

瑠衣が挑《いど》むような目を向けてきた。仁科は短くなった煙草の火を消して、アルコール抜きのドリンクを喉に流し込んだ。

「せっかちだな。そっちと唐沢が強迫観念にさいなまれた末に、先に松永輝光を殺す気になる可能性はある」

「わたしは、パパの事件にはタッチしてないわ」

「唐沢に松永を殺害しないかと話を持ちかけられたことは？」

「ないわ、そんなことは」

「唐沢のほうはどうかな？　そっちの浮気相手は虚栄心が強くて、自分を大きく見せたいタイプだ。しかし、本業ではたいして儲かっていない。それで、唐沢は総会屋くずれや経済やくざに顧問先の不正会計の証拠を渡して、多額の口止め料を脅し取らせてた。要するに、グルだったわけだ」

「彼はそんなことをしてたの⁉　わたしは、まるで知らなかったわ」

「そんなわけないだろうが！　唐沢は中国残留孤児の二世や三世で構成されてる『レッドドラゴン』の口利《くちき》きで、中国から〝揺頭《ヤオトウ》〟という合成麻薬を密輸して売ってた。それから、中国漁船から高級魚を洋上で安く仕入れ、ネット直販で荒稼ぎ中だよな」

「えっ、そうなの⁉」

「空とぼけるなって。なかなかの女優だな。松永がそっちの浮気相手を誰かに殺させなくても、破滅に追い込むことはできるだろう。松永がその気になれば、唐沢がダーティー・ビジネスに励《はげ》んでることを調べ上げるのはたやすいはずだ。非合法の裏仕事を警察にリークすれば、唐沢は一巻の終わりだろう」

「………」

「それを回避するには、松永輝光を始末するほかない。といって、唐沢が自分の手を汚すとは思えないな。唐沢は誰かにそっちのパトロンを射殺させたんじゃないのか。どうなんだ？」

「彼は開き直って生きてたから、違法ビジネスで荒稼ぎしてたのかもしれないわね。だけど、誰かに松永のパパを撃ち殺させてなんかないと思うわ。わたしと密会してることをパパに気づかれないようにしてたけど、別におどおどしてはいなかった。バレたら、バレたときのことだと半《なか》ば開き直ってたんじゃないかしらね」

「そっちは、どうだったんだ？　唐沢とのことがパトロンに知られたら、松永が刺客《しかく》を向けるかもしれないと考えてたんじゃないのか。え？」

「そこまではされないと思ってたわ。折檻《せっかん》は覚悟しなければならないとは考えてたけどね」

「そっちの言い方だと、二人とも松永輝光の事件には関与してないことになるな」

「別に言い逃れしたわけじゃないわ。わたしはもちろん、唐沢敦もパパの事件には絡んでないわよ」

「その言葉を鵜呑《うの》みにはできないな」

「疑い深いのね」

瑠衣が呆《あき》れた顔で言い、カクテルグラスを傾けた。

「カクテル、お代わりしてもいいよ。その代わり、もう少し質問に答えてもらう」

「いい加減にしてほしいな」

「そっちは本気で唐沢と別れる気なのか？」

「ええ、別れるわ。いろいろ言い訳したけど、彼、離婚する気はないのよ。そう感じ取れたから、別れ話をわたしから切り出したの」

「手切れ金を二億円も要求したが、全額貰えるとは思ってないんだろう？」

「ええ、吹っかけたのよ。でも、一億円は貰いたいわね。松永のパパは月々のお手当はたっぷりくれたけど、ぱっぱと遣《つか》っちゃったの。だから、預金は一千万くらいしかないのよ」

「二番町のマンションを売却したんで、乃木坂の物件を買い換えても、数千万円は手許《てもと》に残ってるんじゃないのか」

「残ったのは八百万円弱よ、ちょっと値の張る外国製の家具や調度品を購入しちゃったから」

「一億ぐらいないと、将来が不安だってことか」

「ええ、そうね」

「そんな多額な手切れ金をすんなり払ってもらえると思うか？」

「払ってもらうわよ。わたしね、彼の子供を二度も中絶させられたの。妊娠するたびに、唐沢が離婚してくれることを願ってたわ。だけど、その期待は虚《むな》しかった」

「唐沢に惚《ほ》れてたんだな」

「ええ、そうだったんでしょうね。松永のパパは老人だったから、介護をしてるって感じだったのよ。パトロンにかわいがられてるとは思えたけど、女として愛してもらってる実感はなかったの」

「性的に欲求不満だったから、唐沢との情事にのめり込んだわけか」

「そういう面もあったわね。彼、上手なのよ。それにパワーもあったんで、離れられなくなっちゃったの。精神的にも、だんだん惹《ひ》かれたわ。だから、彼の二度目の妻になりたいと思うようになったのよ」

「しかし、唐沢はなかなか離婚しようとしない。そっちはもう待てないと思ったんで、別れる決心をしたのか」

「そう。何がなんでも二億円の手切れ金は貰うわ。さっきは彼の違法ビジネスのことは知らなかったと言ったけど……」

「実は知ってたんだな？」

　仁科は苦く笑った。

「そうなの。彼の弱みを知ってるんだから、二億ぐらいは出すでしょう」

「その考えは甘いんじゃないか。脅迫めいたことを言ったら、唐沢はそっちを殺すかもしれない」

「五年以上も深い仲だったのよ、わたしたちは」

「唐沢は金に執着するタイプなんだろう？」

「そうね」

「そんな男が去っていく女に二億円の手切れ金を払う気にはならないだろうな。際限《さいげん》なく無心される心配もあるから、いっそ永久に口を塞《ふさ》いでやろうと考えるんじゃないか」

「えっ、そんなことになったら……」

「おれが恐喝代理人になってやってもいい」

「あなた、警察の人なんでしょ？　偽の絵画ブローカーになって、わたしがパパの事件に絡んでるかどうか確認しにきたんじゃないかと考えてたんだけど」

「おれは恐喝屋だよ。犯罪に関わってる奴らを見つけ出して、口止め料をせびってるんだ」

「そうだったの」

「おれが唐沢の違法ビジネスのことを切札にすれば、そっちに二億円の手切れ金を払う気になるだろう」

「二億円の何十パーセントかをあなたに謝礼として払えばいいのね？」

「そっちから、金を貰う気はない。唐沢から二、三千万毟《むし》り取るよ」

「それじゃ、悪いわ。せめて体でお礼ぐらいはさせて」

「据《す》え膳《ぜん》を喰わなかったら、相手の女性が傷つく。後日、そっちを喰わせてもらうか。それはそうと、唐沢はまだ麻布台の事務所にいるのかい？」

「ふだんは午後十一時ごろまでオフィスで仕事してるから、多分、今夜も居残ってるんじゃないのかな」

「それじゃ、唐沢に電話をして、つい感情的になったことを謝《あやま》るんだ。それから、絶対に別れたくないって泣く真似をしてくれ」

「彼を油断させて、あなたが脅迫するという段取りなのね？」

「察しが早いな。すぐ唐沢に電話をしてくれ」

「生演奏中だから、化粧室から彼に電話をするわ」

「いや、この席から電話するんだ」

「わたしのこと、信用してないのね。もう彼とよりを戻す気なんかないんだから、あなたに言われた通りにするわよ」

「ここから、電話しろと言ったはずだ」

「わかったわ」

瑠衣が頬《ほお》を膨《ふく》らませ、カウンターの隅に置いた自分のバッグを摑《つか》み上げた。バッグからスマートフォンを取り出し、ディスプレイをタップする。

仁科はグラスを傾けた。

電話が繫《つな》がった。

「瑠衣です。さっきは取り乱してしまって、ごめんなさい。わたし、どうかしてたわ。口走ったことは本心じゃなかったの」

「…………」

「別れたくないのよ。そう、敦さんが離婚なんかしなくても、離れたくないわ。うるさいでしょ？　いま、『クール』にいるのよ。軽はずみな言動を悔やみながら、苦いカクテルを飲んでたの」

「…………」

「赦《ゆる》してくれるのね。ありがとう」

瑠衣が片方の耳を掌《てのひら》で塞《ふさ》ぎながら、大声で礼を言った。ステージでは、『ムーンリバー』が歌われている。

仁科はスツールごと振り向いた。

テーブル席の客たちの鋭い視線が、瑠衣の背中に突き刺さっている。仁科は拝む真似をして、正面に向き直った。

「まだスタッフが何人か残業してるのね。あなたもノルマをこなしてないの？」

「………」

「この店に無理して来なくてもいいわよ。わたしが、あなたの事務所に行く。あと数十分で、スタッフは帰るだろうって？　そう。それなら、わたしは四十五、六分後に敦さんのオフィスに着くようにするわ。焦《あせ》らないで、きょうのノルマを片づけて。それじゃ、後《あと》で会いましょう」

　通話が終わった。瑠衣がスマートフォンをバッグに戻し、バーテンダーにカクテルのお代わりをした。

「唐沢は怪しんでなかったか？」

「ええ。とっさに泣く真似はできなかったけど、しおらしい喋り方をしてたんで、仲直りの申し入れを受け入れてくれたわ」

「どんな感じだった？」

「ちょっと嬉しそうだったわね。彼のほうは少しわたしに未練があるようだったけど、こちらの決意は変わらないわ」

「そうか」

「まだ時間があるわね。二、三杯飲んでから、彼の事務所に行きましょう」

「そうするか。そっちと唐沢が言い争いはじめたら、おれは公認会計士事務所に突入する。それで、恐喝代理人として凄《すご》んで二億円の手切れ金を払うという念書を取ってやるよ」

「よろしくね」

「ああ」

仁科はビール風味のドリンクを飲み干し、空いたグラスを高く翳《かざ》した。少し待つと、新しいグラスが届けられた。

瑠衣のカクテルも運ばれてきた。二人は飲み喰いしながら、時間を潰《つぶ》した。スツールを滑《すべ》り降りたのは、およそ三十分後だった。

「あなたに力になってもらうんだから、勘定《かんじょう》はわたしに払わせて」

「いいんだ。気にするなって」

仁科は二人分の料金を払って、『クール』を出た。

「アルファロメオは、店の駐車場に置いておけばいい。おれの車に同乗してくれ」

「そうさせてもらうわ」

瑠衣が言って、先に地上に駆け上がった。

仁科も後《あと》から階段を昇《のぼ》った。表に出たとき、灰色のエルグランドが瑠衣の真横に急停止した。後ろ向きだった。

瑠衣が驚きの声をあげ、立ち竦《すく》んだ。

次の瞬間、エルグランドのスライドドアが開けられた。何か尖《とが》った物が勢いよく放たれた。瑠衣が後方に倒れる。

エルグランドがドアを開けたまま、急発進して走り去った。ナンバープレートには黒いビニール袋がすっぽりと被されていて、ナンバーは一字も読み取れなかった。

仁科は瑠衣に走り寄った。仰向けに倒れた彼女の左目には、水中銃《スピアガン》の銛《もり》が深々と埋まっていた。紐《ひも》付きではない。銛の先端は後頭部に達していそうだ。

瑠衣は微動だにしない。すでに息絶えているようだが、仁科は瑠衣の右手首を握ってみた。

温《ぬく》もりは、はっきりと伝わってくる。しかし、脈動は熄《や》んでいた。唐沢敦が第三者に瑠衣を片づけさせたのではないか。

仁科は短く合掌《がっしょう》してから、レクサスに向かって駆けはじめた。誰にも見られないうちに事件現場を去りたい。

幸いにも、誰にも見咎《みとが》められなかった。仁科はレクサスに乗り込み、唐沢公認会計士事務所に急いだ。

3

ノブは回らない。

ドアはロックされていた。唐沢公認会計士事務所だ。麻布台の雑居ビルの七階である。

仁科はスチール製のドアに耳を密着させた。

静まり返っている。物音は聞こえない。人のいる気配は伝わってこなかった。

唐沢はスタッフを早々に帰らせ、自分もオフィスを後《あと》にしたようだ。瑠衣の電話を受けて、公認会計士は気持ちを和《やわ》らげたと見せかけた。

だが、その実、瑠衣を棄《す》てる気になっていたのだろう。要求された手切れ金が高すぎたことに、唐沢は腹を立てただけではなさそうだ。瑠衣には違法な裏ビジネスのことを知られている。

たとえ手切れ金を払っても、その後も金をせびられる心配があった。危険な人物は排除しなければならない。

唐沢はそう考え、無法者か誰かに瑠衣を始末させたのではないか。唐沢自身が直《じか》に手を汚したとは考えにくい。逃走したエルグランドには、少なくとも二人の人間が乗っていたはずだ。加害者とドライバーである。

犯人たちは犯行前にナンバープレートに黒いビニール袋を被せている。盗難車を調達するだけの余裕はなかったのだろう。

すでに『クール』の駐車場近くで倒れている江森瑠衣に気づいた通行人が、一一〇番通報したのではないか。そうなら、間もなく赤坂署と本庁機動捜査隊の捜査員が臨場しそうだ。

仁科は唐沢公認会計士事務所から離れ、エレベーターホールに足を向けた。エレベーターで一階に下《くだ》り、雑居ビルの近くの路上に駐めたレクサスに乗り込む。

仁科は刑事用携帯電話《ポリスモード》を使って、警察庁次長の川奈に連絡を取った。スリーコールで、通話可能状態になった。

「松永輝光の愛人だった江森瑠衣が、さきほど殺されました」

「本当かね⁉」

「はい」

仁科は詳しいことを報告した。

「水中銃の銛《もり》が瑠衣の左目の眼球を貫《つらぬ》いて、後頭部まで達してたようなのか。それなら、ほぼ即死だったんだろうな」

「だと思います。川奈次長、初動捜査情報を集めてもらえますか。犯行の目撃者がいたとすれば、容疑者を絞り込むことはできるかもしれませんからね」

「わかった。仁科君は、唐沢敦が加害者を雇ったんではないかと推測したんだな？」

「ええ。筋の読み方が間違っているでしょうか？」

「いや、その疑いはきわめて濃いね。唐沢は、上大崎にある自宅に戻ったんだろうか」

「瑠衣を銛で射抜いた実行犯は逃げましたんで、唐沢は帰宅したんだと思います」

「そうだろうか」

「これから、唐沢の家《ヤサ》に行ってみます。在宅だったら、もっともらしい理由で外に誘い出して……」

「締め上げてくれ。顎《あご》と肩の関節を外して数十分放置すれば、松永と瑠衣の二人を第三者に始末させたことを吐くのではないか」

「そうだといいのですがね。ひとまず電話を切ります」

「初動捜査の情報を摑んだら、すぐ教えよう」

川奈が通話を切り上げた。

仁科はポリスモードを所定のポケットに収めると、専用覆面パトカーを走らせはじめた。唐沢の自宅を探し当てたのは、およそ二十分後だった。

豪邸と呼べる家屋で、庭も広い。仁科はレクサスを唐沢宅の石塀の際《きわ》に停めた。ライトを消し、そっと車を降りる。

仁科は唐沢宅の門まで歩いた。

ブロンズカラーの門扉《もんぴ》の隙間からカーポートを覗く。パーリーホワイトのプジョーしか駐《と》められていない。フランス車は、唐沢の妻が使っているのではないか。ロールスロイスは見当たらなかった。

唐沢は、まだ帰宅していないのか。それとも、愛車は車検を受けるためにディーラーの整備工場に預けてあるのだろうか。

仁科はインターフォンを鳴らした。

ややあって、スピーカーから中年と思われる女性の声が響いてきた。

「どちらさまでしょう?」

「銀座《ぎんざ》の『豊栄《ほうえい》貴金属』の者です。昼間、唐沢敦さまからお電話で四キロの金の延べ棒《インゴット》を今夜十時から十一時の間に五個、ご自宅に届けてほしいと……」

「わたし、唐沢の妻ですが、そういう話は夫から聞いていませんけど」

「そうなんですか。ご主人は、もう帰宅されていますでしょ?」

「いいえ、まだオフィスにいると思います」

「困りました。奥さまにインゴットをお渡しして辞去するわけにもいきませんので、しばらく車の中で待たせていただきます」

「お気の毒ですけど、そうしていただけますか」

「はい。では、そういうことで……」

仁科は唐沢宅の門から離れ、レクサスの中に戻った。エンジンを切り、唐沢の帰りを待つ。

十六、七分が過ぎたころ、灰色のエルグランドがレクサスの横をゆっくりと通り抜けていった。ナンバープレートは、黒いビニール袋ですっぽりと包まれている。

江森瑠衣を葬《ほうむ》った実行犯が、殺人の成功報酬を唐沢の自宅に取りにきたのか。一瞬、仁科はそう思った。そうだとしたら、エルグランドは近くに停止するだろう。

水中銃《スピアガン》の銛《もり》を瑠衣の左目に撃ち込んだ加害者は、自分に犯行を目撃されたと直感したのか。それとも、エルグランドを運転していた者が当方の姿を見たのだろうか。

犯人たちは仁科が唐沢宅に来ると予想し、罠《わな》を仕掛ける気になったのかもしれない。そうだったとしても、たじろぐ気持ちはない。あえて仁科は、罠に嵌《は》まってみることにした。

エルグランドは低速で走っている。仁科はレクサスのエンジンを始動させ、エルグランドを追いはじめた。

エルグランドは邸宅街を走り抜け、JR目黒《めぐろ》駅前に出た。権之助坂《ごんのすけざか》を下《くだ》り、山手《やまて》通りをたどって国道一号線を進んだ。

仁科はエルグランドを追走しつづけた。

やがて、エルグランドは川崎《かわさき》市川崎区から京浜《けいひん》工業地帯に向かった。京浜運河を挟む形で大きな工場が連《つら》なっている。照明に彩《いろど》られた工場群は巨大なオブジェのように見えた。

エルグランドは京浜運河の岸壁に停まった。ライトが消され、車内から二人の男が降りた。どちらも黒いフェイスマスクを被っている。

片方の男は水中銃《スピアガン》を持っていた。紐《ひも》のない銛は、すでに装填《そうてん》されている。もうひとりは金属バットを右手に提《さ》げていた。

仁科はレクサスを停止させ、運転席から出た。

二人組が肩を並べて近づいてくる。ともに、体つきは若々しい。おおかた二十代だろう。

仁科は十数メートル歩き、足を止めた。

運河から、風が吹いてくる。かすかに潮《しお》の香《か》を含んでいた。

「おまえがスピアガンの銛を江森瑠衣の左目に撃ち込んだんだなっ」

仁科は、右側にいる男に言った。相手が無言で水中銃を胸のあたりまで掲《かか》げた。

「死んでもらうぜ、てめえもな」

「唐沢から、いくら貰えることになってるんだ？」

「おれたちが唐沢さんに頼まれたことを知ってたのか⁉」

金属バットを握った男は、驚きを隠さなかった。

「やっぱり、そうだったか。唐沢は瑠衣に手切れ金を払いたくなかったし、裏ビジネスを恐喝材料にされたくなかったんだろうな」

「そのへんのことは、よくわからねえよ。江森って女を殺《や》ったら、六百万くれるって話だったんで、マー坊が水中銃で……」

「おまえがエルグランドを運転してたのか？」

「ああ、そうだよ。『クール』の近くに、あんたがいたことを唐沢さんに報告したら……」

「おれも片づけてくれって頼まれたわけか」

「そうだよ。あんたを始末する前に、何者か吐かせれば、おれたち二人は四百万の追加料金を貰えることになってるんだ」

「おまえらは半グレらしいな。そんな奴らに松永輝光は殺《や》れないだろう。瑠衣のパトロンをコルト・パイソンで射殺したのは殺し屋《プロ》なんじゃないのか？」

「そんなことを言ってたよ、唐沢さんは」

「てめえ、何者なんだっ」

マー坊が声を張った。

「刑事だよ」

「ふざけんじゃねえ」

「銛《もり》のスペアを持ってきてないようだな。それで、このおれを殺《や》れると思ってるのかい？」

仁科は嘲笑した。

「大和《やまと》さん、もうこの男を殺《や》っちゃってもいいでしょ？」

「マー坊、待て！　おれがちょいと先に痛めつけてやらあ」

大和と呼ばれた男が言って、金属バットを大きく振り被った。

仁科は前に大きく跳《と》んで、大和の肝臓《レバー》にパンチを叩き込んだ。拳《こぶし》は大きく沈んだ。大和が呻《うめ》いて、前屈《かが》みになる。

仁科は大和の顎《あご》をアッパーカットでのけ反《ぞ》らせ、マー坊の腰に横蹴りを見舞った。先に大和が後ろに引っくり返り、マー坊も転がった。倒れた弾みで、水中銃から銛が放たれた。

「残念だったな」

仁科はマー坊の脇腹に蹴りを入れ、大和の右手首をアンクルブーツの踵《かかと》で強く踏みつけた。

大和が唸《うな》る。金属バットが手から落ちた。

仁科は金属バットを遠くに蹴ってから、ショルダーホルスターからグロック32を引き抜いた。手早くサイレンサーを嚙ませ、安全装置を外す。

仁科は数メートル退《さ》がって、マー坊と大和の間に銃弾を撃ち込んだ。コンクリートが穿《うが》たれ、弾頭が高く舞った。

「本物《モノホン》の拳銃じゃねえか」

大和が震え声で言い、弾かれたように立ち上がった。マー坊も起き上がる。

二人は両手を高く挙げ、少しずつ後退しはじめた。

「唐沢は事務所にも、自宅にもいない。公認会計士はどこにいるんだ？」

仁科は大和に銃口を向けた。

「知らない。おれたちは唐沢さんとメールで遣《や》り取《と》りしてるだけで、お互いに行動を把握してるわけじゃないんだ」

「なら、唐沢にメールしろ。マー坊が水中銃《スピアガン》で、おれを殺した。だから、約束の成功報酬をどこかですぐに受け取りたいとな」

「あんたの正体について、何か報告しないと……」

「恐喝屋らしいと報告しておけ」

「おれたちがあんたを始末できなかったと知ったら、唐沢さんは怒るだろうな。経済やくざや『レッドドラゴン』の連中を使って裏仕事をしてるみたいだから、マー坊とおれはそいつらに殺《や》られるかもしれない」

「こっちの指示にちゃんと従えば、おまえら二人の味方になってやるよ」

「本当に？」

「ああ」

「おれたちは唐沢さんの依頼で、あんたを殺《や》ることになってたんだぜ。マー坊が江森瑠衣を始末したから、着手金の五十万円以外の五百五十万の成功報酬は貰えるんだが、あんたを殺《や》れなかったわけだから、二人とも消されそうだな。悪いけど、もう勘弁《かんべん》してくれねえか」

「唐沢にメールしなかったら、おれがおまえらをこの場で撃ち殺す」

「お、威《おど》しだよな⁉」

大和が確める口調で訊いた。

仁科は黙って威嚇《いかく》射撃した。放った九ミリ弾は、大和の頭上を疾駆《しっく》していった。頭髪が揺れた。

「わっ」

大和が短い声を発し、その場にしゃがみ込んだ。

横にいるマー坊も膝から崩れた。

「大和さん、唐沢さんにメールしてくださいよ。頼みます。逆《さか》らったりしたら、おれたち、本当に撃ち殺されそうだから」

「そうだな。おまえの言う通りにすらあ」

大和が共犯者に言い、カーゴパンツのポケットからスマートフォンを取り出した。

仁科は足許の薬莢《やっきょう》を回収し、大和の手許を見た。大和が両膝をコンクリートに落としたまま、メールを打ちはじめた。

「送信する前に、通信文をおれに見せろ。いいな？」

仁科は大和に命じた。

ほどなく大和は、スマートフォンのディスプレイを仁科に見せた。指示したことは、すべて文字にされていた。大和が唐沢にメールを送信する。それほど待たないうちに、返信があるのではないか。

仁科はそう思っていた。しかし、返信メールは届かなかった。

「唐沢さんは、おれたち二人が失敗踏《ドジ》んだと推察したんじゃないかな」

大和がスマートフォンに目をやりながら、小声で呟《つぶや》いた。マー坊が相槌《あいづち》を打つ。

「唐沢は、おれが罠を仕掛けたと見抜いたんだろう」

仁科は、どちらにともなく言った。先に応じたのは大和だった。

「ああ、多分ね。いくら待っても、唐沢さんから返信はないと思うな」

「そうかもしれない。おまえらは、おれの人質になってもらう。弾除《たまよ》けって言ったほうが正確かな」

「おれを楯《たて》にして、唐沢さんに迫る気なの⁉」

「そうだ。おまえらをおれの車のトランクに押し込んで、唐沢の自宅に引き返す。夜が明ける前には唐沢も帰宅するだろうよ。二人とも両手を頭の上で重ねて、ゆっくりと立ち上がれ！」

「まいったな」

「トランクルームの中でおとなしくしてなかったら、二人とも撃ち殺すぞ」

仁科は威嚇して、目顔で大和とマー坊を促《うなが》した。

大和が立ち上がりざまに、闘牛のように頭から突っ込んできた。仁科は腹筋を張り、頭突きを受け止めた。少しよろけたが、すかさず大和の背に肘打《ひじう》ちを落とす。

大和がうずくまった。

そのとき、マー坊が急に運河に向かって走りだした。どうやら逃げる気らしい。

「止まらないと、撃つぞ」

仁科は大声で警告して、夜空に一発ぶっ放した。

それでも、マー坊は駆けていく。大和が立ち上がり、仲間と同じように京浜運河に全速力で向かった。仁科はわざと狙いを外して、さらに一発撃った。しかし、二人とも走ることをやめなかった。

先に運河にダイブしたのはマー坊だった。少し遅れて、大和が暗い運河に飛び込む。

仁科は岩壁まで駆け、運河に目をやった。マー坊たち二人は、平泳ぎで横浜《よこはま》港のある方向に進んでいた。泳ぎ疲れて、溺《おぼ》れ死ぬことになるかもしれない。

仁科は救助を要請する気にはなれなかった。サイレンサー付きのグロック32を手にしたまま、エルグランドに歩み寄る。

仁科はルームランプを点けてから、グローブボックスから車検証を取り出した。静岡《しずおか》ナンバーだった。盗難車と思われる。大和たちが黒いビニール袋でナンバープレートを隠したのは、なぜだったのか。仁科は考えた。

おそらくエルグランドの所有者が、江森瑠衣を殺害したと思わせるために小細工を弄《ろう》したのだろう。

それはそれとして、大和たちがあっさり唐沢に雇われたことを白状したのは不自然な気がする。運河に身を投げた二人は別の者に雇われて、唐沢敦に濡衣《ぬれぎぬ》を着せようとした疑いもなくはない。

ミスリード工作だとしたら、瑠衣を殺させたのは唐沢ではないのだろう。唐沢を陥《おとしい》れようと画策した者が、松永射殺事件の黒幕なのだろうか。

仁科はルームランプを消し、エルグランドから離れた。

消音器を外して、グロック32をホルスターに仕舞《しま》う。仁科はレクサスの運転席に腰を沈めた。ドアを閉めたとき、懐で私物のスマートフォンに着信があった。

仁科はスマートフォンを摑み出し、ディスプレイを見た。発信者は穂積だった。

「先輩、申し訳ない。西條に怪しまれて……」

「監禁されてるんだな、事務所に？」

「そうです。面目《めんぼく》ない」

「西條を電話口に出してくれ」

仁科は言った。ややあって、経済やくざの声が耳に流れてきた。

「てめえ、自称中村一郎だよな？　同じ日に二人もおいしい儲け話を持ちかけてきたんで、てめえと穂積って奴はグルってるとピーンときた。だから、護身用のポケットピストルでビビらせて、ちょいと痛めつけてやった。いまは椅子に縛《しば》りつけてあらあ。一時間以内におれの事務所に来なかったら、仲間は殺《や》っちまうぞ」

「いま川崎にいるんだが、必ずそっちの事務所に行く。だから、穂積には何もするな」

「てめえらは恐喝屋みてえだが、銭になる情報《ネタ》はおれがそっくり貰うからな」

「ああ、くれてやろう」

仁科は電話を切ると、マグネット型の赤色灯をレクサスの屋根《ルーフ》に装着させた。サイレンを高らかに鳴り響かせながら、東京をめざす。それでも、内神田まで五十分ほど時間を要した。

『西條経済研究所』は古ぼけた雑居ビルの四階にあった。仁科はサイレンサーを付けたグロック32を構えながら、ノックなしでドアを開けた。
四十一、二歳の男が長椅子に腰かけ、茶色い葉煙草《シガリロ》を吹かしていた。その近くに、回転椅子にロープで括《くく》りつけられた穂積の姿があった。

「てめえが中村一郎か」

「そうだ」

「物騒な物を足許《あしもと》に置かないと、仲間を撃《ハジ》くぜ」

西條が言って、ベルトの下からジェニングスＪ‐22を引き抜いた。アメリカ製の安いポケットピストルだ。

全長は十二センチ五ミリしかない。二十二口径である。至近距離から心臓部や頭部を撃たれなければ、まず死ぬことはないだろう。

仁科は先に西條の右の二《に》の腕を撃った。西條が呻き、長椅子から擦《ず》り落ちた。仁科はポケットピストルを奪い取り、銃把《グリップ》から弾倉《マガジン》を引き抜いた。

西條が絶望的な顔つきになった。

仁科はポケットピストルとマガジンを長椅子の背後に投げ捨て、穂積の縛《いまし》めを解《と》いた。よく見ると、穂積の顔面は腫《は》れ上がっている。さんざん殴打《おうだ》されたのだろう。

「お返ししてやれよ」

仁科は穂積をけしかけた。穂積はコーヒーテーブルを横にずらすと、西條の胸と腹に連続蹴りをくれた。

西條が横に転がり、長く唸った。

「そっちは唐沢敦と組んで、企業恐喝を重ねてた。それをマスコミや警察に知られたくなかったら、訊かれたことにちゃんと答えるんだなっ」

仁科は言った。

「てめえら、何者なんでえ」

「質問するのは、こっちだ。唐沢は、超大物の松永輝光の愛人の江森瑠衣を寝盗った。それがバレそうになったんで、犯罪のプロに瑠衣のパトロンを射殺させたんじゃないのかっ」

「唐沢さん、そんなことさせてたのかよ⁉」

「公認会計士を庇《かば》う気なら、今度はどちらかの太腿《ふともも》に九ミリ弾を沈めるぞ。今夜、瑠衣も水中銃《スピアガン》の銛《もり》を左目に撃ち込まれて死んだよ」

「えっ⁉」

「唐沢は瑠衣に裏ビジネスのことを知られてる。それを種《ネタ》に強請《ゆす》られることを恐れたんで、誰かに片づけさせたんだろう。そっちは、そのあたりのことを知ってるにちがいない」

「おれは知らねえよ。唐沢さんは金儲けに熱心だが、人殺しなんかできねえと思うよ。案外、臆病《おくびょう》だからな」

「臆病だったら、松永の愛人には手を出さないだろうよ」

「そう言われると、意外に図太かったのかもしれねえな。けど、殺人教唆罪《きょうさざい》で人生を台なしにはしたくないと思うだろうから……」

「どの殺人事件にも関与してない？」

「そう思うよ、おれはな」

「そっちが正直に答えてるかどうか、もう一発撃てば、はっきりするだろう。奥歯を喰いしばってろ！」

「また撃つのか⁉　やめてくれーっ」

西條が哀願した。

数秒後、股の間から湯気が立ち昇りはじめた。恐怖に克《か》てなくなって、尿失禁してしまったのだろう。

唐沢敦は濡衣を着せられようとしているのか。そうだとしたら、いったい誰が松永や瑠衣を亡き者にしたのだろうか。また、捜査は振り出しに戻ってしまったのか。

仁科は長嘆息《ちょうたんそく》して、グロック32の銃口をフロアに向けた。西條が口を開く。

「早く救急車を呼んでくれねえか。撃たれたとこが痛むし、血も止まらねえんだ」

「その前に、あんたの悪事の口止め料のことを話し合いたいんだよ」

穂積が西條に言って、仁科に目配《めくば》せした。

仁科は黙ってうなずき、サイレンサーを緩《ゆる》めた。

4

東の空が明るみはじめた。

間もなく朝陽《あさひ》が射《さ》すだろう。仁科は、唐沢宅の近くで張り込み中だった。レクサスの中だ。

仁科と穂積が西條経済研究所を出たのは午前零時前だった。その前に穂積は西條の弱みにつけ込み、金庫に収まっていた三千七百万円を脅し取った。

仁科が放った九ミリ弾は、西條の右腕を貫通していた。弾頭はソファの背凭《せもた》れに埋まっていた。

仁科は弾頭を回収してから、西條に裸絞めを掛けて意識を失わせた。最初から救急車を呼んでやる気はなかった。小悪党の西條を別働隊に引き渡す気持ちにもなれなかった。雑魚《ざこ》を相手にしている暇《ひま》はない。

仁科は雑居ビルを出ると、穂積を自宅マンションに帰らせた。そして、自分は上大崎の唐沢宅を張ってきたのである。

警察庁の川奈次長から電話がかかってきたのは、張り込んだ直後だった。江森瑠衣殺害事件の初動捜査では、これといった手がかりは得られなかったという。

残念ながら、犯行の目撃者はいなかったらしい。エルグランドや仁科の姿を見かけた者もいなかったようだ。

仁科は京浜運河に飛び込んだ大和たち二人のことを川奈次長に頼んで、所轄署に問い合わせてもらった。逃げた二人が溺死《できし》したという情報は得られなかった。

大和と名乗った男とマー坊は、運河の向こう側に係留されていた艀《はしけ》に這《は》い上がったのかもしれない。静岡ナンバーのエルグランドは、やはり盗難車だった。

陽《ひ》が高くなっても、唐沢敦は帰宅する気はなさそうだ。大和とマー坊に瑠衣を始末させたことが発覚するのを恐れ、身を隠す気になったのか。

その疑いがないとは言い切れないだろう。しかし、自称大和はあっさりと殺人の依頼主が唐沢であることを白状した。やはり、その不自然さが釈然としない。ミスリードなのか。

二人組の本当の雇い主が別人なら、唐沢は身に危険を感じて潜伏する気になったとも考えられる。そうなら、唐沢と瑠衣は松永輝光射殺事件の首謀者に見当をつけていたのではないか。

推測したことが正しければ、瑠衣だけではなく、唐沢も口を封じられるだろう。

仁科は生欠伸《なまあくび》を嚙み殺し、瞼《まぶた》を擦《こす》った。ついでに、顔面に浮いた脂《あぶら》をハンカチで拭《ぬぐ》う。

ハンカチをポケットに戻したとき、私物のスマートフォンが震動した。

仁科は手早くスマートフォンを摑み出し、ディスプレイを見た。発信者は穂積だった。

「西條から脅し取った三千七百万の遣《つか》い道をあれこれ考えてるうちに、眠れなくなったようだな」

仁科はからかった。

「そうじゃないんですよ。おれ、いま錦糸町にいるんです。仮眠を取って、『レッドドラゴン』のボスの李健に探りを入れてみたんですよ」

「李に会えたようだな」

「ええ。本部事務所の近くの公園で毎朝、太極拳《たいきょくけん》の練習をしているという情報を入手してたんで、おれ、公園で待ってたんですよ」

「で、李に会えたのか」

「はい。李は、唐沢に頼まれて〝揺頭《ヤオトウ》〟の仕入れルートをつけてやったことを認めました。日本海沖で中国のトロール船から高級魚を安く買い付けて、ネット直販で唐沢が荒稼ぎしてることも話してくれたんですよ」

「そうか。で、唐沢が松永殺しに関与してる疑いについては？」

「それは考えられないと李は言ってました。というのは、松永は唐沢が愛人の瑠衣に手をつけたことを知っていたそうですよ」

「なんだって⁉」

「松永は、自分の目の前で唐沢が瑠衣とセックスしてくれれば、勘弁してやると言ったらしいですよ。愛人が別の男に抱かれるとこを見れば、松永は男性機能が蘇《よみがえ》るかもしれないと思ったんでしょうね」

「それで、唐沢はどういうリアクションを見せたんだって？」

「瑠衣を説得して、そのうち松永のリクエストに応《こた》えるという誓約書を認《したた》めたそうです。二年ほど前のことなのですが、瑠衣がオーケーしなかったんで、まだリクエストには応えてないはずだと李健は言っていました」

「その話が事実なら、松永は瑠衣を寝盗った唐沢に対して激怒したわけじゃないな」

「ええ、そうなんでしょう。はるか年下の愛人に性的な不満を感じさせていることを松永は負い目に感じてたんでしょうね。唐沢と瑠衣が回春剤を与えてくれそうだと密《ひそ》かに期待してたんだろうから、松永は二人を誰かに抹殺させようとは思ってなかったんじゃないのかな」

　穂積が言った。

「しかし、二年経《た》っても唐沢は瑠衣を説得できなかったんだろう。焦《じ》れた松永が二人を誰かに始末させる気にはならないか」

「九十過ぎの老人は、それほど気が短くないでしょう。唐沢は約束を破ったわけではありません。松永のリクエストにまだ応えてはいませんけどね」

「そうだな。そういう話なら、松永輝光が嫉妬に狂って第三者に唐沢と瑠衣を始末させようとしたなんてことは……」

「考えられないでしょうね。唐沢や江森瑠衣も、松永に対して殺意を懐《いだ》くことはないんじゃないかな」

「だとしたら、なぜ江森瑠衣は殺されてしまったのか。瑠衣は唐沢と組んで、誰かを脅迫してたのかもしれないな。そう考えれば、瑠衣が殺されて、唐沢が急に姿をくらましたことの説明がつく」

「先輩、きっとそうですよ。唐沢と瑠衣は、多額をせしめられる恐喝材料を握ってたんじゃないのかな。唐沢がまだ自宅に戻ってないのなら、どこかで殺されてるとも考えられますよ」

「そうだな。穂積、礼を言うよ。捜査が急展開するかもしれない。そっちは塒《ねぐら》に戻って、ぐっすり寝てくれ」

仁科は元新聞記者を犒《ねぎら》って、電話を切った。もう少し粘《ねば》って、自分もいったん自宅マンションで仮眠を取るつもりだ。

午前十時を回っても、唐沢は帰宅する様子はなかった。上着の内ポケットで刑事用携帯電話《ポリスモード》が鳴ったのは午前十一時二十分ごろだった。発信者は川奈次長だ。

「仁科君、唐沢敦が伊豆下田《いずしもだ》の石廊埼《いろうざき》灯台近くの断崖から海に身を投げたようだ。静岡県警に詳細を報告するよう指示したが、崖の上には唐沢の紐靴《ひもぐつ》がきちんと脱ぎ揃《そろ》えてあったらしい。片方の靴の中には、パソコンで打たれた遺書が入ってたという話だったよ」

「遺書の文面を教えてください」

「江森瑠衣に離婚をしつこく迫られて、心理的に追い込まれた。昨夜、ネットの裏サイトで見つけた裏便利屋の二人に瑠衣を水中銃で殺害してもらったが、罪の重さに耐えられなくなった。死んで故人に償《つぐな》いたい。そういった文面だったそうだ」

「もう遺体は収容されてるんですね？」

「ああ。投身する瞬間を見た者はいないらしいが、夜明け前に唐沢はダイブしたようだな。ただ、予備検視で唐沢の首筋に火傷痕《やけどあと》のような斑点《はんてん》があったらしいんだよ」

「多分、それは高圧電流銃《スタンガン》の電極を長く押し当てられたことによってできた火傷痕なんでしょう」

「考えられるね。唐沢の片方の靴下は裏返しだったというから、指の股に麻酔注射針を突き刺されて……」

「次長、それでは偽装投身自殺と見破られてしまうでしょう？」

仁科は異論を唱《とな》えた。

「うん、そうだろうな。どうしてソックスが片方だけ裏返しになってたのかね」

「唐沢を断崖の下に投げ落としたと思われる犯人はスタンガンの電極を首や腕に長く押し

当てると、火傷の痕が残ると思ったんでしょうね。それで、倒れた唐沢の靴下を急いで片方だけ脱がせて、足の裏にスタンガンの電極を長く押し当てたんではないだろうか。そこなら、火傷痕は見落されるかもしれませんのでね」

「なるほど。それから昏倒《こんとう》した唐沢に靴下を履《は》かせて、海に投げ落としたようだね。唐沢は荒磯にもろに頭部を打ちつけたみたいだから、即死に近かったんだろう」

「ええ、多分ね。投身自殺を装《よそお》った他殺であることが明らかになるのは、時間の問題でしょう。実行犯は別々なんでしょうが、江森瑠衣と唐沢敦を始末させたのは同一人臭いですね」

「そうなんだろうか」

「おそらく、そいつが誰かに松永輝光も射殺させたのでしょう。首謀者の顔はまだ透《す》けてきませんが、元老の怒りを買うようなことをしたんじゃないのかな。そして、何か弱みを瑠衣と唐沢に知られ、強請られてたのかもしれませんね」

「瑠衣と唐沢が相次いで命を奪われたと考えられるから、仁科君の筋の読み方は外れてないんだろう」

「次長、別働隊のメンバーに瑠衣と唐沢の入金をチェックしてもらってください」

「わかった。仁科君は自宅に帰って、少し寝たほうがいいぞ」

川奈が先に電話を切った。

仁科はポリスモードを私物のスマートフォンに持ち替え、穂積に唐沢が不審死したことを伝えた。

「唐沢敦は、自殺に見せかけて殺されたと判断してもいいでしょう。瑠衣が前夜に殺害されたことを考えると、二人は松永の逆鱗《げきりん》に触れた人間の致命的な弱みを恐喝《きょうかつ》材料にしたんでしょうね。何か後ろ暗いことをやってる奴は共通して用心深いし、保身本能が強いんですよ」

「そうだろうな。身の破滅を避けるためだったら、人殺しも厭《いと》わないんだろう。といっても、そういうタイプの人間は狡《ずる》いから、自らの手を汚したりしない」

「ええ、そうですね。瑠衣を水中銃で殺害したマー坊と大和って奴は裏便利屋か何かなんでしょうが、唐沢を始末したのは犯罪のプロなんじゃないですか？」

「そうなのかもしれないな。瑠衣と唐沢が強請《ゆすり》を働いてたんなら、多額の口止め料がどこかにあるはずだ」

「でしょうね。口止め料を自分の銀行口座に振り込ませるなんてことは考えられませんから、二人とも隠し金をどこかに保管してるんでしょう」

「おまえはどうしてるんだ？」

「現職刑事に金の隠し場所を教えたら、いつか先輩に手錠《ワッパ》打たれそうだな」

「おれは法の番人だが、義賊《ぎぞく》にはシンパシーを感じてる。穂積がたとえ百億円を他人《ひと》から脅し取ってたとしても、捕まえたりしないよ」

「くどいようですが、おれは義賊なんかじゃありません。悪人どもの金を脅し取って、優雅に暮らしたいだけです」

「また、悪ぶって。いいから、恐喝で手に入れた大金の隠し場所を教えてくれ。マンション型のトランクルームにがらくたと一緒に隠してあるのか。そうではなく、山の中に埋めてあるのかな？」

「どちらも外れです。おれの場合は、口座屋から買い集めた他人名義の預金口座に小分けにしてるんですよ。ボルボに積んでるスペアタイヤの中にも百万円の帯をびっしりと詰めてあります」

「そうだったのか」

「唐沢はクルーザーを所有してるようだから、船室のベッドの下に札束を敷き詰めてるのかもしれないな。瑠衣は他人名義で借りてるセカンドルームに手に入れた口止め料を隠してるのかもしれませんよ」

「二人とも、自宅以外の目につかない場所に隠し金を保管してそうだな」

「ええ、考えられますね。警察庁次長の密命で動いてる別働隊が何か手がかりを得てくれるんじゃないですか」

「そうだと、ありがたいな」

「先輩、松永、瑠衣、唐沢の死は一本の線で繋がってると見てもいいんじゃないんですか？」

「まだ確証があるわけじゃないが、そう思ってもいいだろうな。仮眠を取って、次長からの連絡を待つことにするよ」

「そうですか。おれはひと眠りしたら、悠子ママに捜査の流れを電話で話しておきます」

穂積が言って、通話を切り上げた。

仁科はスマートフォンを所定のポケットに突っ込み、車を走らせはじめた。朝の光が目を射《い》る。仁科はサングラスを掛け、自宅マンションに向かった。

二十分そこそこで、自宅に帰りついた。レクサスを地下駐車場に置き、自分の部屋に入る。仁科は寝室に直行し、パジャマに着替えてベッドに入った。疲れきっていた。一分も経《た》たないうちに眠りに落ちた。

目を覚ましたのは午後二時過ぎだった。

仁科は一服してから、ゆったりと湯に浸《つか》った。入浴後にコーヒーを淹《い》れ、イングリッシュ・マフィンとベーコンエッグを食べた。

仁科は汚れた食器を洗って、リビングソファに移った。まだ読んでいない新聞に目を通していると、刑事用携帯電話《ポリスモード》がサイドテーブルの上で鳴った。

自宅にいても、常にポリスモードは手の届く場所に置いてあった。電話をかけてきたのは川奈次長だった。

「別働隊の者たちが、江森瑠衣の自宅マンションの大型プランターの中に防水袋に入れられた隠し金を発見したよ。大型プランターは二つあって、総額で一億五千万だったそうだ」

「唐沢の隠し金は、どうだったんでしょう?」

仁科は訊いた。

「麻布台の事務所の一隅に段ボールが積まれてたらしいんだが、書類の下に札束が詰まってたそうだ。トータルで二億円あったらしい」

「どちらの隠し金も、恐喝で得たものと思われますね」

「そうなんだろうな。唐沢と瑠衣は共謀して、強請を働いてたんだろう」

「別働隊のメンバーは、唐沢の交友関係を洗い直してくれたんでしょうか?」

「唐沢は七年前に異業種交流会で知り合ったベンチャービジネス起業家の柴隆太《しばりゅうた》、四十三歳と意気投合したようで、個人的に親交を重ねるようになったんだ。柴は『ビジョン・ワールド』という会社の創業者で、ITビジネスやロボット開発で大きな利益を上げてたんだよ。しかし、レジャーランド事業にしくじって、倒産寸前まで追い込まれたようだな」

「そうですか」

「東日本大震災が起こった直後にウクライナから放射能測定器、防護服、除去装置などを大量に輸入して会社の損失を埋めたようなんだよ。それで、核シェルター建設に力を入れるようになったみたいだな。しかし、需要は伸びなかったらしいんだ」

「イスラエルには核シェルターが無数にあるそうですが、日本で核の脅威を感じてる者はまだ少ないでしょうからね。核シェルターの建設を考えてるのは、富裕層だけでしょう?」

「いま現在は、そうだろうな。しかし、北朝鮮は何十回も弾道ミサイルを日本の排他的経済水域(EEZ)に撃ち込んだ」

「最初の弾道ミサイルは秋田《あきた》沖に落下したんでしたっけ?」

「そう。防衛省は中距離ミサイル『ノドン』か、短距離ミサイル『スカッド』が発射されたという見方をしてた」

「ええ。その後、三発の弾道ミサイルが発射されて、北海道《ほっかいどう》の奥尻《おくしり》島沖約二百から二百五十キロのEEZに落ちたんじゃなかったかな」

「ああ、そうだったね。韓国軍の分析によると、三発とも『ノドン』だったらしい。幸い日本の航空機や船舶に被害はなかったが、北朝鮮の弾道ミサイルの能力は明らかに向上してる。それから、過去六回も核実験をやった。また去年十月四日の朝、北朝鮮は内陸部から『火星12号』と思われる弾道ミサイルを発射させたね。ミサイル弾は青森上空を通過して、太平洋に落下したと推測されてる。その前には一週間で短距離弾道ミサイルが数十発も発射された。中距離ミサイル『火星12』を使ったのは、米軍基地のあるグアムは射程内だと誇示したかったんだろうな。去年、『火星17』の打ち上げには失敗したようだが。三代目独裁者が日米韓に不満を募《つの》らせたら、日本の領土に向けて……」

「核ミサイルを撃ち込まないとは限りませんね」

「そうだな。核に脅《おび》える日本人が増えれば、核シェルターの建設事業は確実にビジネスになるだろう」

川奈次長が言った。

「そうでしょうね。ベンチャー起業家の柴隆太は核シェルター建設事業を大きく飛躍させる目的で、いたずらに核の脅威を煽《あお》ってるんだろうか」

「それも考えられるが、柴は不良外国人混成チームと接触してる疑いがあるそうなんだよ。その連中に資産家たちの家族を拉致《らち》させて、人質の解放と引き換《か》えに核シェルター建設の発注を強要してるとは考えられないだろうか」

「次長、それは考えられそうですね。唐沢は柴の汚いビジネスの手口を知って、二億円の口止め料をせしめたのかもしれませんよ。あっ、ちょっと待ってください。柴隆太が江森瑠衣に一億五千万の口止め料を払う必要はないな。二人には何も接点がないと思われますんで」

「江森瑠衣は唐沢に恐喝材料を与えられて一億五千万をせしめたと推測できるが、筋の読み方が間違ってるんだろうか」

「柴隆太に共犯者がいて、その人物と唐沢、瑠衣は面識があったとしたら……」

「唐沢と瑠衣の二人が口止め料を脅し取ってたと推測しても、別におかしくはないね」

「ええ」

「別働隊に柴の交友関係や血縁者を調べさせよう。『ビジョン・ワールド』のホームページには会社の所在地は当然、柴隆太の写真も載《の》ってる」

「ホームページを覗いてみます」

仁科はポリスモードの通話終了ボタンをタップし、セブンスターをくわえた。煙草を喫《す》い終えたら、『ビジョン・ワールド』を検索するつもりだ。

5

突然、雨が降りだした。

土砂降りだった。レクサスのフロントガラスに叩きつける雨滴《うてき》は、滝のように流れている。仁科は、虎ノ門《とらのもん》三丁目にあるオフィスビルの斜め前の路上に専用覆面パトカーを駐《と》めて張り込み中だった。

斬新《ざんしん》なデザインのオフィスビルの十八階には、『ビジョン・ワールド』の本社がある。会社のホームページによると、社員数は二百人ほどだ。

創業者の柴隆太の顔写真が掲《かか》げてあったが、いかにもエネルギッシュな風貌《ふうぼう》だった。野心を秘めた目は鋭かった。見るからに我《が》が強そうだった。

柴が黒いフェラーリを乗り回していることも、会社のホームページで知った。高輪《たかなわ》の自宅で寛《くつろ》ぐ写真も載っていた。自己顕示《けんじ》欲が強いようだ。

張り込んで三時間が経《た》つ。

柴がオフィスにいることは、偽電話で確認してある。そのうち捜査対象者は表に出てくるだろう。雨天のときの張り込みは、マークした相手に覚《さと》られにくい。その分、尾行を巻かれやすくもあった。

オフィスビルの地下駐車場から黒いフェラーリが走り出てきたのは、午後六時四十分ごろだった。

仁科は急いでレクサスのワイパーを作動させた。視線を延ばす。

フェラーリの運転席に坐っているのは、間違いなく柴隆太だった。仕立てのよさそうなグレイのスーツに身を包んでいる。

フェラーリは赤坂方面に向かった。

仁科はレクサスを発進させた。二台のセダンを間に挟みつつ、フェラーリを尾行する。

雨勢は少しも弱まっていない。柴が地味な国産車に乗っていたら、見失ってしまうかもしれない。派手好きなベンチャー起業家に感謝すべきか。

フェラーリは赤坂見附《みつけ》を通過し、紀尾井町《きおいちょう》にある老舗《しにせ》ホテルの地下駐車場に潜《もぐ》った。

仁科も倣《なら》って、フェラーリとは離れたカースペースにレクサスを入れた。ライトを消し、エンジンも切る。

だが、仁科はすぐには車を降りなかった。

柴がフェラーリから出て、エレベーター乗り場に向かった。仁科は静かにレクサスを降り、エレベーターホールの手前まで進んだ。コンクリート支柱に身を寄せ、エレベーター乗り場に目をやる。

ほどなく柴は函《ケージ》の中に消えた。

仁科はエレベーターホールに走り、階数表示盤を見上げた。柴が乗ったケージは十六階で停止した。仁科は別のエレベーターを利用して、すぐに十六階に上がった。客室は一室もなく、三つの宴会場があった。

使われている宴会ホールは一つだけだった。そのホールの前には、六、七十代の男女が集まっていた。出入口の前には、『地熱発電投資セミナー』と墨書《ぼくしょ》された立札があった。

受付で記帳を済ませた高齢者が次々にセミナー会場に入っていく。不用意に受付に近づかないほうが賢明だろう。

仁科はエレベーターホールにたたずんで、人待ち顔をこしらえた。左手首の腕時計にも視線を向ける。

受付には二人の若い女性が立っていた。どちらも『ビジョン・ワールド』の社員なのではないか。ともに二十代半《なか》ばだろう。

やがて、セミナー受講者の姿が受付周辺から消えた。受付の女性たちが芳名帳《ほうめいちょう》を重ねたとき、七十代後半の白髪の男性がケージから出てきた。

表情が険《けわ》しい。男は足早に受付に歩み寄り、大声で怒鳴《どな》った。

「柴社長に会わせろ！　きょうのセミナーで、また高齢者を騙《だま》す気なんだろうがっ」

「失礼ですが、どちらさまでしょう？」

「矢代到《やしろいたる》という者だ。地熱発電ビジネスに投資して、虎の子の二千万円を損失させられた被害者だよ。ハイリターンを保証するなんて、でたらめじゃないかっ。投資して七、八カ月は高配当が銀行口座に振り込まれたが、その後は一円のリターンもなかった。『ビジョン・ワールド』は投資詐欺をやってるんだろうが！」

「それは言い過ぎではありませんか。おそらく事務上の手続きに不手際《ふてぎわ》があっただけだと思います」

「いや、違うな。セミナーで知り合った投資家仲間たちに電話やファクスで問い合わせてみたら、わたしと同じような被害者が何人もいたんだよ。年寄りを騙して投資金を詐取《さしゅ》するなんて、悪質じゃないかっ。会社側が誠実な対応をしないなら、刑事告発するぞ。柴隆太を早く出せ！」

「いま上の者を呼んでまいります」

受付の女性が芳名帳を抱《かか》え、かたわらの同僚に目配せした。二人はおどおどしながら、セミナー会場に逃げ込んだ。

矢代と名乗った高齢者は、腹立たしげに受付台を拳《こぶし》で打ち据えた。全身に怒りがにじんでいる。柴隆太は投資詐欺で老人たちの出資金を吸い上げ、核シェルター建設ビジネスに回しているのだろうか。考えられないことではなさそうだ。

唐沢敦は投資詐欺のことを恐喝材料にして、柴から二億円をせしめたのか。ついでに親密な間柄だった江森瑠衣に強請《ゆすり》の種《ネタ》を与えて、一億五千万をせびらせたのだろうか。そうだったのかもしれない。

推測通りなら、『ビジョン・ワールド』の社長が脅迫者である瑠衣と唐沢を第三者に始末させた疑いが濃いのではないか。そこまで考え、仁科は首を横に振った。松永輝光と柴隆太には利害関係がないはずだ。

松永、瑠衣、唐沢の死はリンクしていると推測したのは、ただの思い込みに過ぎなかったのだろうか。そうではなく、まだ複雑なからくりを見抜けないだけなのか。

仁科は唸った。

そのとき、セミナー会場から驚くことに大和が現われた。ひとりだった。マー坊は伴《ともな》っていない。

大和は矢代につかつかと歩み寄ると、乱暴に片腕を掴んだ。

矢代が何か喚《わめ》き、全身で暴れた。すると、大和は上着のポケットからアーミーナイフを掴み出した。刃を起こし、切っ先を矢代の脇腹に突きつける。

矢代が体を竦《すく》ませた。大和は矢代を近くの男性用トイレに連れ込んだ。

仁科は走りだした。

セミナー会場の前を通過し、男性用トイレに躍《おど》り込む。大和が矢代の胸倉《むなぐら》を掴んで、アーミーナイフの刃を頸動脈《けいどうみゃく》のあたりに寄り添わせていた。二人しかいない。

「撃たれたくなかったら、刃物を足許に落とせ！」

仁科は大和を睨みつけた。大和は何か言いかけたが、口を閉じてアーミーナイフを捨てた。

「おたくさんは？」

矢代が仁科に顔を向けてきた。

「事情があって正体を明かすことはできないんですが、あなたの敵ではありません。投資詐欺に遭《あ》われたようですね」

「そうなんですよ。投資した金の半分でも返してもらいたくて……」

「柴社長に掛け合っても無駄だと思います。同じ被害に遭われた方たちと一緒に刑事告発すべきでしょう」

「そのほうがいいのかな。家に帰って、家内と相談してみます」

「後《あと》のことは任せてください」

仁科は矢代に言った。矢代がうなずいて、トイレから出ていった。

それを見届けると、仁科は大和の股間を蹴り上げた。

大和が唸って屈《かが》み込む。仁科は大和の後ろ襟《えり》を摑んで、大便用ブースに引きずり込んだ。洋式便器の中に大和の頭部を押し込み、流水レバーを捻《ひね》る。

大和の顔面は、たちまち水に濡れた。仁科は同じことを十回ほど繰り返した。

「もう勘弁してくれーっ」

「京浜運河に飛び込んで、うまく逃げ延びたか。大和だったな？　下の名は？」

「駆《かける》だよ」

「マー坊の名前は？」

「杉山正広《すぎやままさひろ》って名だ」

「セミナー会場にいるのか？」

「いや、マー坊は高飛びしたよ。柴社長の依頼で江森瑠衣を水中銃で殺《や》っちまったから、関西にしばらく潜《もぐ》ると言ってた。おれは車を運転してただけだから……」

「逃げることはないと考えたのか。おまえ、まさか『ビジョン・ワールド』の社員じゃないよな？」

「違うよ。柴社長に頼まれたんで、ボディーガードみたいなことをしてるんだ」

大和が答え、濡れた顔面をハンカチで拭いた。

「柴に頼まれて唐沢という公認会計士を自殺に見せかけ、石廊崎の断崖から海に投げ落としたんじゃないのかっ」

「おれは、そんなことしてないよ」

「そっちが正直に答えたかどうか、体に訊《き》いてみよう」

仁科は大和の脇腹を蹴り、またもや便器の中に顔面を押しつけた。四、五回、水を流す。

大和がもがき、頭をもたげた。

「おれ、嘘なんかついてないよ」

「柴が唐沢を殺したのか？」

「知らない。おれはわからないよ。投資詐欺のことで、柴社長は唐沢に強請られてたようだったな。おれとマー坊が知ってるのは、それだけだよ」

「柴は高齢者たちから騙し取った金を核シェルター建設事業に回してるんじゃないのか？」

「そのビジネスを成功させるには根回しが必要なんだと言ってたから、多分、そうなんだろうな」

「根回し？」

「そう。核に対する脅威を煽《あお》らないと、核シェルターを建設する気になる者は少ないんで、その気にさせる手立てが必要なんだと……」

「そうか」

仁科は思考を巡らせた。

柴隆太は北朝鮮の軍幹部か若き独裁者に貢《みつ》ぎ物をして、弾道ミサイルを日本海に向けて繰り返し撃ち込みつづけてほしいと頼み込んだのではないか。北朝鮮は核実験を繰り返し強行した。ミサイルを乱射してきた。さらに恐怖を与えれば、日本の富裕層は核シェルターを自宅の庭に建設する気になりそうだ。

しかし、誰かパイプ役がいなければ、そんなことはできない。誰が橋渡しをしたのだろうか。

柴は、日本に潜入中の北朝鮮の工作員か在日の実業家を抱き込んだのか。あるいは、脱北者を装ったスパイを脅迫して先方と繋がったのだろうか。

「核シェルター建設ビジネスは柴社長が計画したんではないみたいだぜ。親類の誰かがビジネスプランを練って、柴社長はアシストしてるようだな」

か？」

「柴には兄弟がいるのか？」

「二つ違いの姉さんがいるだけみたいだよ」

「地熱発電ビジネス絡みの投資詐欺が事件化したら、柴は会社もろともアウトになるだろう。それはそうと、セミナーが終わったら、柴は高輪の自宅に帰ることになってるのか？」

「いや、誰かに会うと言ってたよ。でも、ガードの必要はないと言ってた」

「そうか。おれのことを柴に喋ったら、おまえを撃ち殺す。ただの威《おど》しと高を括《くく》ってたら、若死にすることになるぞ」

「わ、わかったよ。まだ死にたくねえから、あんたのことは誰にも話さないよ」

大和が言った。

仁科は大和のこめかみを蹴り、ブースのドアを荒々しく閉めた。トイレを出て、エレベーター乗り場に向かう。仁科は地下駐車場に下《くだ》り、レクサスの運転席に入った。川奈次長に電話をかけ、経過報告をする。

「マー坊こと杉浦正広を全国指名手配させよう。大和が唐沢を殺してないとしたら、柴隆太の犯行なんだろうか」

川奈が自問するように呟いた。

「そう考えられなくもありませんが、大和は核シェルター建設ビジネスのプランナーは柴ではなく、親類の者だと言ってたんですよ」

「その立案者が核シェルター建設の需要増加を狙って、北朝鮮の有力者に金品を渡し、弾道ミサイルを日本海に落としつづけてくれと頼んだのか。考えられそうだね」

「投資詐欺で得た巨額を独裁者にプレゼントしてたんだとしたら、それこそ売国奴《ばいこくど》です。見逃すことはできません」

「売国奴か。仁科君、柴隆太の縁者が松永輝光と親しかった者と考えれば、元老、江森瑠衣、唐沢敦の死は一本に繋《つな》がるんじゃないのか」

「あっ、そうですね」

「該当する者がいたら、すぐに仁科君に教えよう」

「お願いします」

仁科は電話を切って、シートに深く凭《もた》れ掛かった。一時間前後は柴を待つことになるだろうと思ったからだ。

だが、予想に反して『ビジョン・ワールド』の社長は十数分後に地下駐車場に降りてきた。投資に関する説明は幹部社員に任せたのだろう。

じきにフェラーリは走りはじめた。

仁科は十秒ほど過ぎてから、尾行を開始した。柴の車は二十五、六分走り、上野にある『白山《はくさん》商事』の本社ビルに横づけされた。

同社は首都圏でパチンコ店と焼肉店を百店舗以上も運営していることで、つとに有名だった。会長の趙進鎬《チョジンホ》は在日二世だが、両親は現在の北朝鮮出身である。七十二歳の息子は親韓派を表明しているが、警視庁公安部はそれはカモフラージュと見て、いまもマークしているにちがいない。

柴が馴《な》れた足取りで『白山商事』のエントランスロビーに入っていった。仁科は車をフェラーリの数十メートル後方の路肩に寄せ、エンジンを切った。

ほとんど同時に、川奈次長から電話がかかってきた。

「仁科君、柴隆太は高石和典の母方の従弟《いとこ》だったよ」

「そうなら、捜査本部事件の首謀者は公設秘書だった高石と考えてもよさそうですね。しかし、犯行動機はいったい何だったんだろうか」

「別働隊の調べによると、高石の妻は三十四歳のときに精神のバランスを崩して二年後に入院先で首を括って死んだらしいんだ」

「何があったんですかね？」

「わたしの想像なんだが、松永は第一秘書の妻の体を奪ったんじゃないだろうか。若いころの松永は女にだらしがなかったようだからな」

「そうだったとしたら、高石は妻の異変に気づかないはずないでしょう？」

「多分、気づいてたんだろうな。しかし、高石は松永の力を借りて政界にデビューしたいと野望を燃やしてた。それだから、松永輝光と対立することは避けてしまったんじゃないかね。しかし、いくら待っても松永が自分の夢の後押しをしてくれる気配もうかがえなかった」

「政治家になる夢が潰《つい》えたんで、高石は母方の従弟の柴隆太と組んでビジネスの世界で一花咲かせたくなったんでしょうか」

仁科は言った。

「そうなのかもしれないよ。高石は核シェルター建設事業をなんとか成功させたくて、従弟に指示し、地熱発電ビジネスで投資詐欺をさせた。集まった出資金を北朝鮮の有力者に貢《みつ》いで、弾道ミサイルの打ち上げを定期的に実行してほしいと頼み込んだんじゃないのか。核の脅威を煽れば、シェルター建設需要は確実に伸びるだろう」

「ええ、そうでしょうね」

「松永は側近の高石が汚いビジネスで儲けようとしてることに勘づいて、計画をぶっ潰そうとしたんじゃないのかな」

川奈が言った。

「高石は妻の復讐をしたいという気持ちに押され、従弟に松永を射殺してもらったんでしょうか」

「実行犯がどっちなのかわからないが、高石が松永の事件に深く関与してることは間違いなさそうだな。唐沢は柴が従兄《いとこ》の高石と組んでダーティーなビジネスに手を染めてることを知って、二億を脅し取ったんだろう。つき合ってた瑠衣にも恐喝材料を教えてやったんだと思うよ。仁科君、まだ柴は紀尾井町のホテルにいるのかな」

「いいえ、いまは上野にいます」

仁科は経過を説明した。

「『白山商事』のトップは北の偉いさんたちと親交があるようなんで、公安は要注意人物リストに入れてる。柴が趙《チヨ》の会社をちょくちょく訪ねてるようなら、投資詐欺で集めた金の半分ぐらいは北の独裁国に流れてるのかもしれないぞ」

「柴隆太を尾行しつづけ、どこかで締め上げてみます」

「高石と柴が投資詐欺で高齢者たちを苦しめ、さらに金儲けのために国を売るようなことをしてるんだったら、とうてい赦《ゆる》せないな。法的な手順を守る必要はないんじゃないか」

「ええ」

「後は仁科君の判断に委《ゆだ》ねよう。別働隊を待機させておくから、悪人どもを追い込んでくれ。健闘を祈る」

川奈次長が通話を切り上げた。

仁科はポリスモードを懐に戻した。いつの間にか、雨は止《や》んでいた。

柴が『白山商事』から出てきたのは午後九時過ぎだった。帰宅するのだろうか。

フェラーリが動きだした。仁科は少し時間を置いてから、レクサスのシフトレバーをDレンジ《ドライブ》に入れた。

高級外車は日本橋《にほんばし》方面に走り、永代《えいたい》通りに入った。道なりに進み、日曹橋《にっそうばし》交差点を右折して夢《ゆめ》の島《しま》大橋を渡る。柴は従兄の高石と新木場《しんきば》か若洲《わかす》あたりで落ち合うことになっているのではないか。その一帯は人目が少ない。

仁科はフェラーリを追尾した。

ほどなく柴の車は、夢の島マリーナで停まった。桟橋《さんばし》にはヨットやフィッシング・クルーザーが数十隻、舫《もや》われている。

柴が車を降り、桟橋に向かった。

仁科はレクサスをマリーナの端にパークさせ、そっと運転席を出た。足音を殺しながら、桟橋をめざす。マリーナに人影はない。

柴は桟橋の突端《とったん》まで進み、白と青に塗り分けられたクルーザーの甲板《デッキ》に跳《と》び移った。

全長二十五、六メートルだった。船室《キャビン》の円窓からトパーズ色の灯《ひ》が洩れている。柴のクルーザーなのか。艇名は『メリッサ号』だった。

仁科はグロック32に消音器を装着させてから、桟橋を抜き足で進みはじめた。海風が斜めから吹きつけてくる。

仁科は『メリッサ号』のデッキに移り、船室の壁に耳を密着させた。

「隆太、オーストリア銀行経由で『白山商事』に振り込んだ金は、間違いなく三代目の側近に渡ってるんだな？」

高石の声だ。

「趙進鎬《チョジンホ》は、カリブ海の小国のペーパーカンパニーの口座に日本円にして十五億円を振り込んだという伝票のコピーをくれましたよ。これです」

「で、次の弾道ミサイルの打ち上げ予定はいつごろになるって？」

「来年の春には、二発ほど日本の排他的経済水域に着弾させるとのことでした。自衛隊が迎撃態勢をとると予想される地点に弾道ミサイルを落とす予定だそうですよ」

「自衛隊は迎撃ミサイル『ＳＭ３』を搭載したイージス艦を日本海に派遣して、地上では地対空誘導弾『ＰＡＣ３』の二段構えで迎撃する態勢をとるだろう」

「ええ、そうするでしょうね。でも、迎撃ミサイル搭載のイージス艦は四艦しかありません。そのうちの三艦は、だいたい東シナ海で中国軍の警戒監視に当たっています」

「そうだな。複数の弾道ミサイルが同時に発射されれば、一隻のイージス艦では対応できない。核の脅威を強く感じる日本人はもっと増えるだろう」

「和典さん、核シェルターを建設する人たちは増加中ですよ。地熱発電ビジネスの投資家から金をもっと集めて、三代目独裁者に金を流します」

「うまくやってくれ」

「任せてください。それにしても、和典さんは商才があるな。度胸もあるんで、感心してるんだ。大狸《おおだぬき》の松永輝光に長いこと仕《つか》えてきたんで、人間が金品に弱いことを学んだんでしょうね」

「松永に教えられることは多かったよ。しかし、あの怪物はわたしを利用しただけだった。妻を辱《はずか》しめて死に追い込んでも、罪を認めようとはしなかった。わたしを政治家にしてやるという約束も守らなかった」

「ひどい奴ですよね。おれもそう思ったんで、闇ルートでコルト・パイソンを手に入れたんだ。和典さんの代わりにおれが松永を射殺してもよかったんだが……」

「わたしは、自分の手でどうしても松永に仕返ししたかったんだ。隆太に投資詐欺をやらせて、集まった四百億円の半分近くを北の独裁国に供与して核シェルター建設ビジネスを推《お》し進めてることを松永に知られたとき、怪物を殺《や》る決意をしたんだよ。まごまごしてたら、わたしが先に松永が放つ刺客に命を取られてしまうにちがいないからな」

「そうでしょうか。まさか唐沢と江森瑠衣がおれたちの投資詐欺のことで口止め料を要求してくるとは予想もしてませんでしたよ。でも、杉山正広に松永の愛人を片づけさせて、おれ自身が唐沢を石廊崎の断崖から投げ落としたので、もう安心です」

「隆太にまで手を汚させてしまったな。この借りは一生、忘れないよ」

「水臭いことを言わないでほしいな。年齢は離れてるけど、おれたちは従兄弟《いとこ》同士なんですから」

柴隆太が言った。その言葉に、高石が言葉を詰まらせた。

仁科は上着の内ポケットから、万年筆型の特殊注射針を取り出した。注射針と筋弛緩《しかん》剤『パンクロニウム』のアンプルが直結している。

『パンクロニウム』は、アメリカで死刑執行時に使用する薬物だ。即効性が高い。

仁科はサイレンサー付きのハンドガンをベルトの下に挟み、キャビンの壁を数回叩いた。船室の出入口に回り込み、特殊注射器のキャップを外す。

「誰かな?」

柴が問いながら、キャビンの扉を開けた。

仁科は無言で、柴の右の向こう臑《ずね》を蹴った。骨が鳴った。柴が呻《うめ》いて、しゃがみ込んだ。仁科は柴の首に注射針を突き立て、プランジャーを強く押した。筋弛緩剤の溶液が柴の体内に注入される。

柴は甲板《かんぱん》に倒れ込み、七、八秒、痙攣《けいれん》した。そのまま息絶えた。

「隆太、どなたなんだ?」

船室から、高石の声が響いてきた。仁科は梯子段《はしごだん》を降りた。

ベッドの端に腰かけている高石が目を剝《む》き、反射的に立ち上がった。

「あんたの従弟は、もう生きてない。そっちも生きる価値はないな。趙《チョ》も消すことになるだろう」

仁科は言って、高石に組みついた。すぐに首筋に注射針を突き立て、薬剤が空になるまで吸引ポンプを押しつづけた。

ほどなく高石は頽《くずお》れ、床に倒れ込んだ。全身をひくつかせてから、静かに絶命した。

仁科はキャップを嵌《は》め、特殊注射器を懐に戻した。

すぐに刑事用携帯電話《ポリスモード》を取り出し、川奈次長に連絡をする。スリーコールで、電話は繋がった。

「高石と柴の両名を永遠《とわ》の眠りにつかせました。別働隊の出動を要請します」

「ご苦労さまだったね。経過を報告してくれないか」

「わかりました」

仁科はデッキに上がり、詳しいことを伝えはじめた。ふと夜空を仰《あお》ぐと、星も月も浮かんでいなかった。

本書は、『処刑捜査』と題し、二〇一六年十一月に徳間文庫から刊行された作品に、著者が大幅に加筆修正したものです。

葬り屋

一〇〇字書評

切り取り線

購買動機（新聞、雑誌名を記入するか、あるいは○をつけてください）

- □（　　　　　　　　　　）の広告を見て
- □（　　　　　　　　　　）の書評を見て
- □ 知人のすすめで
- □ タイトルに惹かれて
- □ カバーが良かったから
- □ 内容が面白そうだから
- □ 好きな作家だから
- □ 好きな分野の本だから

・最近、最も感銘を受けた作品名をお書き下さい

・あなたのお好きな作家名をお書き下さい

・その他、ご要望がありましたらお書き下さい

住所	〒				
氏名		職業		年齢	
Eメール	※携帯には配信できません	新刊情報等のメール配信を 希望する・しない			

この本の感想を、編集部までお寄せいただけたらありがたく存じます。今後の企画の参考にさせていただきます。Eメールでも結構です。

いただいた「一〇〇字書評」は、新聞・雑誌等に紹介させていただくことがあります。その場合はお礼として特製図書カードを差し上げます。

前ページの原稿用紙に書評をお書きの上、切り取り、左記までお送り下さい。宛先の住所は不要です。

なお、ご記入いただいたお名前、ご住所等は、書評紹介の事前了解、謝礼のお届けのためだけに利用し、そのほかの目的のために利用することはありません。

〒一〇一-八七〇一
祥伝社文庫編集長　清水寿明
電話　〇三（三二六五）二〇八〇

祥伝社ホームページの「ブックレビュー」からも、書き込めます。

www.shodensha.co.jp/bookreview

祥伝社文庫

葬《ほうむ》り屋《や》　私刑捜査《しけいそうさ》

令和 5 年 1 月 20 日　初版第 1 刷発行

著　者　南《みなみ》　英男《ひでお》
発行者　辻　浩明
発行所　祥伝社《しょうでんしゃ》
東京都千代田区神田神保町 3-3
〒101-8701
電話　03（3265）2081（販売部）
電話　03（3265）2080（編集部）
電話　03（3265）3622（業務部）
www.shodensha.co.jp
印刷所　堀内印刷
製本所　積信堂
カバーフォーマットデザイン　芥 陽子

Printed in Japan ©2023, Hideo Minami ISBN978-4-396-34863-2 C0193